W0024300

ON DIRAIT NOUS

Didier van Cauwelaert est né à Nice en 1960. Depuis ses débuts, il cumule succès publics et prix littéraires. Il a reçu notamment le prix Del Duca en 1982 pour son premier roman, *Vingt ans et des poussières*, le prix Goncourt en 1994 pour *Un aller simple* et le Prix des lecteurs du Livre de Poche pour *La Vie interdite* en 1999. Les combats de la passion, les mystères de l'identité, l'évolution de la société et l'irruption du fantastique dans le quotidien sont au cœur de son œuvre, toujours marquée par l'humour et une grande sensibilité. Ses romans sont traduits dans le monde entier et font l'objet d'adaptations remarquées au cinéma.

DIDIER VAN CAUWELAERT

On dirait nous

ROMAN

ALBIN MICHEL

ISBN : 978-2-253-07404-5 – 1re publication LGF

Il y a des phrases anodines qui peuvent influencer le destin avec autant de brutalité qu'un serment ou un pacte. C'est ce que je me dis aujourd'hui, lorsque je repense à ce samedi de printemps où, enlacés devant la grille, nous regardions le couple de vieux qui partageait un éclair au café, main dans la main sur le banc du square Frédéric-Dard.

— On dirait nous, à leur âge.

Ils se sont tournés dans notre direction d'un même mouvement, avec une attention soudaine, comme s'ils avaient entendu la réflexion de Soline et ressentaient la même impression. Ils nous ont souri. Lui, mince, élégant, argenté, le bronzage à peine ridé et le regard faïence balayé par une mèche soigneusement rebelle, ressemblait à une publicité pour croisières. Elle, toute menue, blouson polaire, baskets roses et nattes noires, avait l'air d'une petite fille déguisée en vieille dame. La peau mate, les pommettes hautes, le regard dense et fixe qu'ont les Amérindiennes sur les affiches dénonçant la déforestation, elle contemplait Soline avec une émotion intense, comme si elle lui rappelait une amie perdue. Il y avait un fauteuil roulant dans le prolongement du banc. L'assise servait de desserte pour leur goûter – religieuse au chocolat, tartelette aux fraises, canette de Schweppes à deux pailles.

Difficile de les virer, m'a exprimé Soline par une pression des doigts sur ma hanche. Samedi dernier, nous étions seuls au monde dans ce jardinet secret de la butte Montmartre, ce minuscule espace vert aux ornières dissuadant les poussettes où, allongée la tête sur mes cuisses, elle m'avait pris longuement dans sa bouche à l'abri des annonces immobilières du *Figaro*. D'où ma légère déconvenue face à l'occupation de notre banc par ces squatteurs du troisième âge.

Journal sous le bras, j'ai répondu à leur sourire d'un hochement de tête, et nous sommes partis à la recherche d'une porte d'immeuble sans code qui nous permettrait de faire l'amour dans une cabine d'ascenseur. Depuis qu'on vit ensemble, nos fantasmes n'ont cessé de se multiplier au rythme de nos soucis. Les problèmes de travail et d'argent renforcent notre besoin éperdu de nous évader dans le plaisir, d'étendre notre territoire amoureux au-delà des limites d'un logement précaire. La seule légèreté qui nous reste. La seule valeur refuge. La seule façon d'imposer nos désirs à la réalité.

Chaque week-end, nous fomentons un attentat à la pudeur. Nous avons baisé au musée Grévin, à l'Institut du monde arabe, dans la crypte de Saint-Sulpice, les parkings publics, les cabines d'essayage, les abris de jardin Bricomarché, la loge 3 du théâtre Edouard-VII, la roseraie de Bagatelle, les toilettes de l'Assemblée nationale et la chaudière du ministère de l'Ecologie durant les journées du Patrimoine – j'en passe et des plus vertes. Dans un monde qui ne veut plus de nos rêves, braver des interdits accessoires, nous mettre en danger comme si nous avions encore quelque chose à perdre, c'est notre seul moyen de résister. De continuer, contre vents et marées, à nous faire toujours davantage envie que pitié. Mais, en dehors de notre amour, nous ne savons plus de quoi demain sera fait.

Au coin du Moulin de la Galette, je lui ai demandé sous quel angle ces deux vieillards lui faisaient penser à nous. La réponse m'a serré le cœur. Du bout de sa voix flûtée, ce concentré d'énergie joyeuse qui, dans nos détresses actuelles, me bouleverse d'autant plus, elle a murmuré en posant la tête sur mon épaule :

— On ne sait pas lequel des deux protège l'autre.

*

J'avais rencontré Soline treize mois plus tôt, dans un TGV dont le contrôleur lui refusait l'accès. Avec une bonne volonté craquante, elle essayait de lui faire comprendre qu'elle avait un concert le soir même à Laval, ce à quoi il répondait invariablement, sur un ton de fatalité administrative, qu'elle aurait dû acheter un second billet pour son violoncelle inadapté aux casiers à bagages.

— Je ne demande pas mieux, mais le train est complet.

— Je sais. C'est pourquoi l'un de vous deux doit descendre, mademoiselle. Le BHG ou vous. Raison de sécurité.

— Le quoi ?
— Le bagage hors gabarit.
— Eh bien, je lui laisse mon siège, au BHG ! Vendez-moi une place debout.
— Vous savez ce que ça veut dire en français, « complet » ?
J'attendais derrière elle sur le quai, hypnotisé par le galbe de son short en jean. Elle avait des jambes interminables et toutes fines, qui contrastaient avec les biceps saillant sous son tee-shirt. J'ai fini par m'interposer d'un air galant, pour vérifier si ses seins tenaient les promesses de ses fesses.
— Je peux loger le violoncelle, si vous voulez.
Elle s'est retournée d'une pièce. Et oui, le recto valait le verso. Un bon 90 C déformait la typo du slogan *Je suis Charlie*, et son visage de madone démodée évoquait la *Laitière* de Vermeer sur les pots de yaourt, en dépit de la tignasse châtain foncé qui ajoutait à l'ensemble une touche afro-cubaine. J'ai précisé avec une gentillesse virile :
— J'ai une résa en trop.
Le contrôleur a vérifié mes dires sur l'e-billet sans m'accorder un regard.
— Eh ben voilà, a-t-il ronchonné en jetant un œil torve à la jeune femme. Remerciez la providence.
Sous-entendu : bénissez votre cul. Et il a tourné sa rogne vers les voyageurs suivants qui poussaient en se coinçant dans le sas avec leurs bagages en pare-chocs.
— Soline Kerdal, s'est-elle présentée en me désignant l'étiquette de son instrument comme une preuve à l'appui. Ça existe encore, les gens comme vous ?

J'ai répondu par une moue d'ignorance, et elle m'a serré la main avec un tressaillement joyeux qui m'a retourné le cœur. Les doigts collés aux miens, elle attendait que je décline mon identité, tandis que je ne pensais qu'à prolonger le contact. J'ai fini par dire :

— Illan Frêne.

— Comme la prison ?

— Comme l'arbre.

La dépression amoureuse qui me tordait l'estomac depuis des mois avait disparu en dix secondes. Bloquant l'accès du couloir aux râleurs qui s'entassaient dans le sas, Soline Kerdal me détaillait sans vergogne, les yeux brillant d'une gratitude perplexe.

— Vous voyagez toujours avec deux billets ?

— Oui, ça permet de rendre service.

Son regard noisette m'a scanné avec une acuité qui m'a laissé la bouche toute sèche. Jusqu'à mon intervention auprès du contrôleur, j'avais cru au miracle, espéré qu'Anne-Claire me rejoindrait à la dernière minute sur le quai pour sauver notre week-end. À présent, je n'avais qu'une peur : la voir débouler dans la voiture 12 en m'accusant d'être un pervers narcissique acharné à la faire culpabiliser – le discours auquel j'avais eu droit à Noël lorsque je lui avais offert une nuisette en soie.

— Matteo vous remercie, a repris la jeune femme en inclinant vers moi son violoncelle.

Je lui ai serré le cadenas qui fermait sa coque de protection en plastique blanc, et j'ai dit que c'était la moindre des choses.

— C'est un Goffriller, m'a-t-elle révélé à voix basse.

— En effet, ai-je commenté, dans le doute, avec une mimique d'expert.

— Fabriqué à Venise en 1701, a-t-elle enchaîné sur le même ton avant de mouiller son doigt pour effacer une trace noire sur le plastique laqué.

Une telle solennité dans la confidence laissait clairement entendre que je pouvais être fier du bénéficiaire de ma « résa en trop ». Le mouvement de son doigt sur la coque donnait à ses seins une ondulation exquise que je pouvais admirer à loisir, tant elle était concentrée sur la tache de cambouis. Avec un vrai soulagement, j'ai entendu l'annonce du départ imminent et la fermeture automatique des portes. Elle a dit :

— C'est sympa que vous soyez mélomane.

J'ai retiré mes yeux des voyelles de *Charlie* et, par instinct, j'ai augmenté mon capital de sympathie en diminuant mon mérite : en fait, ma copine venait de me larguer et son billet n'était pas remboursable.

— J'ai de la chance, s'est-elle réjouie. Je veux dire : je suis désolée.

J'ai murmuré qu'il n'y avait pas de quoi, avec une sincérité un peu trop flagrante qui trahissait l'émoi dans mon caleçon.

— Je vois, a-t-elle souri. Vous allez où ?

— Laval.

— Comme moi, c'est top ! Vous êtes libre, ce soir ? Je vous invite à mon récital, si vous n'êtes pas allergique à Gluck.

Tout en remontant l'allée derrière elle, j'ai dit que c'est moi qui étais chanceux. Elle n'a pas réagi.

En réalité, je m'arrêtais au Mans, et la nuitée de relais-château préachetée en promo Internet pour l'anniversaire d'Anne-Claire n'était pas plus remboursable que son billet. Cinq minutes auparavant, j'étais encore dans l'état d'esprit de ne pas « laisser perdre » ; à présent je ne songeais qu'à gagner les faveurs d'une inconnue. J'ai désigné mes places en affichant un air de triomphe modeste :

— 35 et 36.

Elle s'est fermée aussitôt.

— Club 4, a-t-elle soupiré sur un ton de reproche, fixant la table encombrée par le pique-nique des deux autres occupants du compartiment vitré. Moi j'ai la 11 – tant pis, je la garde. Je vous dois ?

Elle a sorti son porte-monnaie. J'ai refusé qu'elle paie la place du violoncelle avec un léger contretemps, à cause de l'éventail de préservatifs qui séparait ses billets de dix et de vingt euros. Ma gêne lui a déclenché un petit sourire où la connivence en demi-teinte le disputait à la provocation narquoise :

— Dois-je déduire de votre regard que vous préférez être payé en nature ?

J'ai fait le type à l'aise dans ses baskets à qui l'on propose la botte tous les quarts d'heure.

— Non, non, c'était un billet promo : je n'aurais pas la prétention…

— En revanche, si vous aviez la gentillesse…

On a joué à celui qui ferait durer le plus longtemps ses points de suspension sans détourner les yeux. J'ai perdu.

— La gentillesse de quoi ?

— Asseyez-vous, merde, vous bloquez tout le monde ! nous a lancé un voyageur obèse.

Le violoncelle comprimé entre nous, on s'est tassés dans l'alcôve du Club 4 pour se faire écraser les orteils par les valises à roulettes. Le bout des doigts délicatement posé sur mon poignet, elle m'a ouvert son cœur d'un ton suave :

— Matteo ne peut pas voyager côté soleil, et je suis claustrophobe en Club 4. Ça ne vous ennuie pas de le prendre à côté de vous à la 35 ? Tenez-le bien dans les courbes. En avion, je lui attache sa ceinture ; là, je compte sur votre poigne.

J'ai dégluti en acquiesçant des paupières. Moi qui, depuis mon arrivée à Paris, me faisais virer par tous mes employeurs pour maladresse et distraction, j'étais complètement épaté par cette marque de confiance exprimée d'une manière si sensuelle. Elle m'a repoussé côté vitre, puis elle a remonté l'assise du siège couloir afin de caler Matteo entre le dossier et la table centrale du compartiment.

— Mais vous êtes peut-être du genre à dormir dans les trains ?

— Il ne craint rien, ai-je menti en passant mon bras autour de la coque de l'instrument, je suis totalement insomniaque.

— Génial. Soyez sages, a-t-elle conclu.

Elle est allée s'asseoir sur le siège isolé que lui avait attribué la SNCF et, dès le départ du train, elle s'est plongée dans la révision de ses partitions. Moi, j'ai maintenu mon érection au bain-marie en continuant d'enlacer Matteo, qui avait tendance à basculer vers le couloir au moindre cahot. Ses bretelles de transport molletonnées sentaient la feuille de tomate, la jacinthe et la mangue, et je fermais les yeux dans le parfum de Soline Kerdal en imaginant que c'est elle que j'étreignais.

— Vous êtes touchants, tous les deux, m'a-t-elle glissé en allant aux toilettes.

Ce qui lui a moins plu, c'est quand le contrôleur m'a sommé de descendre du train en gare du Mans avec le violoncelle, parce que les places 35-36 étaient désormais celles d'un couple de Manceaux qui se rendaient à Rennes, billets à l'appui. J'ai dû avouer mon pieux mensonge à Soline qui arrivait aux nouvelles, atterrée. Comme le train était de plus en plus complet, je lui ai proposé de l'emmener en taxi à Laval.

— T'as pas volé ta nuit d'amour, a-t-elle conclu, robe du soir et chignon strict, en me glissant dans sa chambre Ibis à l'issue de sa prestation au festival Jeunes Talents de la Mayenne.

Epuisé par les vingt-quatre heures de rupture téléphonique infligées par Anne-Claire, j'avais dormi tout le temps de son concert, grâce à quoi je m'étais montré à la hauteur de son corps. J'ai toujours été une éponge affective, un caméléon du sexe : timide avec les complexées, sadique au contact des masos, romantique envers les tendres et embrasé par les torrides. Après trois ans de prise de tête fusionnelle avec une étudiante en psycho revendiquant sa récente frigidité comme une reconquête de soi, c'était merveilleux de reprendre corps dans les bras d'une virtuose de l'amour qui tirait de ma queue des accords inédits.

— Tu es sépharade ou ashkénaze ? m'a-t-elle demandé entre deux coups de langue.

J'ai répondu que j'étais juste circoncis.

— Illan, c'est pas un prénom juif ?

— Si. Ça signifie « arbre ».

— Décidément. On t'a gâté, au niveau des racines.

Avec sobriété, je lui ai expliqué qu'en avril 1944 mes grands-parents maternels, collabos et prudents, avaient appelé leur fille Sarah. Ça ne leur a pas évité d'être fusillés à la Libération, mais ma mère, communiste dès l'âge de raison, a mis un point d'honneur à prolonger par devoir de mémoire cette fausse judaïté issue de la haine antisémite.

— Moi, je suis bretonne, a-t-elle répondu en sortant une des capotes de son porte-monnaie. C'est pas simple non plus.

Et on a refermé nos livrets de famille pour continuer de faire connaissance.

*

A une heure du matin, *Avec le temps* de Léo Ferré a retenti sur la table de chevet – la chanson préférée d'Anne-Claire, qu'elle avait téléchargée sur mon portable comme mélodie signalant ses appels. Rendue insomniaque par notre rupture unilatérale après trois mois de séparation « à l'essai », elle m'appelait chaque nuit pour que je la console de m'avoir largué. Figé derrière Soline, j'ai pris l'appel sans me retirer :

— Oui, salut, je ne peux pas te parler, là, je suis en train de faire l'amour à une femme sublime dont je suis tombé amoureux grâce à toi dans le TGV. Tout va bien, de ton côté ?

— Je confirme, a dit Soline en me piquant l'oreillette. C'est un très bon coup, merci de l'avoir remis sur le marché. Joyeux anniversaire, madame.

Depuis, on ne s'était plus quittés. Elle en était d'autant plus surprise que d'habitude elle ne gardait jamais ses amants au-delà d'un trimestre et qu'ils étaient tous, condition jusqu'alors sine qua non, de sacrés mélomanes. Cela dit, une méthode personnalisée avait rapidement comblé mes lacunes. Elle m'avait appris à aimer la musique classique en jouant nue devant moi tandis que, métronome vivant, je battais la mesure avant de venir prendre dans ses bras la place de Matteo – à condition d'avoir identifié l'œuvre dont j'interrompais alors l'exécution. Cette formation continue avait duré six mois dans un bonheur à couper le souffle. Elle habitait avec son violoncelle un studio du faubourg Poissonnière qu'elle appelait son poulailler. Vingt-trois mètres carrés entièrement tapissés de boîtes d'œufs, pour l'insonorisation.

— Comment tu trouves ? m'avait-elle demandé, d'un ton anxieux, à notre retour de Laval.

J'ai dit que ça en faisait, des omelettes. Elle m'a basculé sur le lit à une place encadré par le pupitre et les rayonnages de partitions. J'étais le premier homme qu'elle amenait chez Matteo, m'a-t-elle avoué après coup. J'en frémissais de fierté, mais lui l'a très mal pris, d'après elle : le lendemain, il était complètement désaccordé. Les voisins, eux, m'ont souri avec bienveillance quand j'ai descendu la poubelle. Nos cris de plaisir les changeaient agréablement de la nuisance répétitive des accords franchissant la barrière des boîtes d'œufs.

Avant de me connaître, elle faisait toujours l'amour au domicile de ses amants. Comme j'habitais sur le canapé de mon copain Timothée, depuis qu'Anne-Claire m'avait viré de son loft, elle m'a proposé au bout de trois jours de quitter Levallois pour partager le loyer du poulailler.

Ces six mois dans son univers musical et sensuel ont été, de loin, la période la plus heureuse de ma vie. Une promesse d'éternité au jour le jour dans l'évidence d'une passion qui bouleversait tout en moi et ne changeait rien pour elle. Elle s'en étonnait chaque jour : « C'est incroyable comme tu ne me déranges pas. » Je la remerciais du compliment. J'étais très fier de me sentir transparent pendant qu'elle travaillait ses partitions, de me faire oublier en bossant de mon côté sous boules Quies derrière le chauffe-eau de la salle de bains, le MacBook sur les genoux et un coussin rembourrant le couvercle des chiottes.

On dormait la fenêtre ouverte sur des parfums qui me rappelaient ma Savoie natale : des effluves de chèvrefeuille, terreau, pins noirs et feuilles mortes embaumant une cour intérieure abandonnée aux chats, tout à fait hors sujet dans ce quartier populaire en pleine colonisation bobo. Dès qu'on sortait de l'immeuble, on tombait dans un monde interdit aux plus de trente ans où, entre deux lounges rivalisant de biobouffe et trois clubs de sport high tech, les jeunes geeks enjambaient l'Afrique affamée sur le trottoir de leurs start-up pour aller transpirer à mille euros le trimestre.

Le week-end, Soline laissait reposer le classique. On se commandait des sushis et je lui chantais Brassens, Bénabar, Stromae ou Ben l'Oncle Soul, que Matteo accompagnait avec une maestria qui me faisait dérailler sans honte.

Et puis le destin a brisé notre ménage à trois. Le violoncelle appartenait à un fonds de pension anglais qui, très à cheval sur son image de mécène, l'avait prêté à Soline pour cinq ans renouvelables quand elle avait gagné le concours Rostropovitch. Malheureusement, son intransigeance musicale, son physique d'allumeuse et sa manière bien à elle de rembarrer chefs d'orchestre et programmateurs de tournées (« Je couche, mais pas utile ») avaient raréfié ses concerts au point que Warren Capital Partners, en vertu d'une clause résolutoire fixant un minimum de récitals annuel, lui avait repris Matteo en janvier dernier pour le confier à une Chinoise surexposée depuis sa consécration aux Victoires de la musique classique. Soline bénéficiait toutefois d'une option d'achat prioritaire durant les trois mois suivant la résiliation du contrat de prêt, mais comme le Goffriller était estimé à plus d'un million d'euros, la consolation était maigre. Elle n'avait aucune garantie à offrir à sa banque. Quant à moi, avec mon statut d'auto-entrepreneur en alarmes écoresponsables et mes petites magouilles immobilières au noir pour combler mon déficit de clientèle, les organismes de prêt me trouvaient encore plus digne de méfiance qu'un intermittent du spectacle.

Le problème, c'est que Soline ne se remettait pas de la séparation. Les accents uniques qu'elle tirait de Matteo, grâce aux trous de vers qui modulaient la sonorité de la table d'harmonie en érable, n'avaient pas d'équivalent. Désormais, tous les autres violoncelles étaient pour elle du bois de caisse sans âme, sans secrets, sans surprises. Refusant de régresser sur un instrument ordinaire, elle avait renoncé à jouer. Elle préférait donner des cours au Conservatoire. Perfectionner ses futurs concurrents. Assurer sa relève.

Comme c'était un calvaire pour elle d'habiter seule avec moi le poulailler conçu pour Matteo, je nous avais relogés provisoirement dans un des appartements que j'étais chargé de vendre : le sixième étage du bel immeuble en briques beiges au coin des rues Girardon et Norvins. Les propriétaires étaient des Suisses de Lausanne, ils roulaient sur l'or et refusaient de baisser le prix : je ne lésais dans la combine que l'agent immobilier qui, de son côté, se dispensait de me verser la moindre prime sur les négociations que je menais à terme. La morale était sauve.

Soline faisait semblant d'être bien dans ces quatre-vingt-quinze mètres carrés meublés Knoll où il fallait ne rien changer, ne rien bouger, ne rien salir, et prendre l'accent vaudois en présence des voisins pour qu'ils nous croient apparentés aux propriétaires. Mais la dépression musicale dans laquelle je la voyais s'enfoncer, sous ses dehors rieurs qui ne trompaient que les autres, me broyait le cœur. J'aurais fait n'importe quoi pour lui récupérer l'instrument de sa vie. Je l'ai fait.

C'est la seule circonstance atténuante que j'invoque aujourd'hui.

J'ai revu les deux vieux le lendemain matin, à la boulangerie de la rue Norvins. Je faisais la queue derrière les familles sortant de la messe à Saint-Pierre de Montmartre, quand j'ai senti une main se poser sur mon épaule.

— Si je puis me permettre… Mon épouse trouve votre compagne absolument radieuse.

Je me suis retourné vers l'homme du square, vêtu d'une veste en lin hors d'âge d'où dépassaient des stylos, des lunettes de soleil et un étui à cigares. La vieille dame, elle, était restée sur le trottoir de la boulangerie, comme le chien attaché qu'elle caressait par-dessus la roue de son fauteuil roulant, tout en me fixant avec un sourire anxieux.

— Moi-même, a-t-il ajouté de sa belle voix profonde et chaude, je la trouve aussi envoûtante que ma femme à l'époque où je l'ai rencontrée.

J'ai pris acte avec un air vague, ne sachant s'il convenait de remercier ou de déplorer le temps qui passe. Il a enchaîné, les yeux dans les yeux :

— Mais vous aussi, vous êtes un homme très séduisant.

Je me suis démarqué du qualificatif par une moue lucide. J'ai un physique passe-partout, les yeux fades, les cheveux blonds qui se clairsèment et une barbe de deux jours qui me donne du caractère toutes les quarante-huit heures, ensuite elle me gratte et je la rase. En dehors de la musculature que j'ai tout le temps d'entretenir, je ne vois pas ce qu'on peut me trouver d'attirant quand on ne me connaît pas.

— Pour nous, a conclu le vieil homme, vous êtes le couple idéal.

Je n'ai pas réagi. L'intensité avec laquelle il avait prononcé cette banalité l'apparentait moins à un compliment qu'à une offre de service. Tous deux n'avaient pourtant pas le profil des conjoints échangistes qui naguère, dans les réceptions d'après-concert, nous faisaient parfois des avances. « Pour l'instant, on se suffit à nous-mêmes, leur répondait gentiment Soline, reparlons-en dans vingt ans. » Depuis qu'elle avait cessé de jouer, on ne voyait plus personne. « Se suffire à nous-mêmes », désormais, était-ce un privilège ou un renoncement ? L'usure, insidieusement, s'était mise à produire les mêmes effets que la nouveauté : quand on rentrait du boulot, on n'avait plus envie de ressortir. Je me répétais chaque jour que ce n'était qu'une mauvaise passe à franchir, mais pour aller où ?

— Le couple idéal, a répété le vieux, un ton plus bas.

Une nostalgie teintée d'espoir brillait dans son regard bleu. Comme s'il éprouvait par empathie ce qui me nouait la gorge. Il a hoché lentement la tête, pris une longue inspiration, puis, après un temps d'hésitation, il est ressorti sans rien ajouter.

Sa femme a levé vers lui des yeux interrogatifs, tandis qu'il saisissait les poignées de son fauteuil. Il l'a rassurée d'une moue, et il a descendu ses roues du trottoir avec une délicatesse concentrée.

— Bonjour, ça sera ?

Je me suis retourné vers la jolie boulangère à voix pimpante et regard triste. Elle avait à peine vingt ans, un physique neutre, un mari au fournil sous ses pieds et toute une vie de comptoir dans les yeux.

— Une tradi bien cuite, merci.

— Trente et cinquante qui font deux, et le bonjour à vot' dame.

— Ce sera fait.

Le couple idéal... Je l'avais cru, moi aussi. J'avais cru que l'ardeur lumineuse de Soline, ce tempérament de feu follet qui m'avait redonné goût à la vie, triompherait de tous les obstacles. Comme elle avait cru, un temps, que ma débrouillardise soulèverait des montagnes. Mais les arnaques indolores auxquelles je me livrais à la faveur de la crise immobilière, en louant à la semaine et au black à des touristes qataris les appartements de luxe que j'étais censé vendre, me rapportaient à peine de quoi payer, le cas échéant, la prime d'assurance du violoncelle. D'autant que, me laissant de plus en plus circonvenir par l'urgence humanitaire dont mon copain Timothée me rebattait les oreilles, je me retrouvais comme un con à héberger gratuitement des migrants en lieu et place de mes Qataris solvables.

Résultat : je trompais Soline en gonflant le montant de mes gains illicites, comme elle trichait sur le tarif de ses cours au Conservatoire. Chacun s'efforçait de faire croire à l'autre que l'espoir restait de mise et qu'au dernier jour de l'option de rachat, nous arracherions le Goffriller aux griffes de la soliste chinoise. Mais nous savions bien que seuls nos corps se disaient la vérité, quand ils jouissaient dans l'énergie du désespoir. Et encore. Quelle que soit la violence de notre plaisir, je ne pouvais chasser la surimpression gravée dans ma rétine. La dernière image que j'avais de Matteo. La veille de sa restitution au fonds de pension, Soline m'avait joué, tout habillée pour une fois, la transposition pour violoncelle de *La Périchole* d'Offenbach. Une mélodie poignante qu'elle avait chantée d'une voix neutre en me fixant, tandis que ses larmes coulaient sur l'archet. La tragédie banale d'un couple amoureux que la pauvreté contraint à la séparation.

Crois-tu qu'on puisse être bien tendre,
Alors que l'on manque de pain ?
A quels transports peut-on s'attendre
En s'aimant quand on meurt de faim ?

Tradi sous le bras, je suis remonté à l'appartement avec une impression bizarre. Le souci que je me faisais pour la femme de ma vie était comme accentué, justifié par le visage anxieux de cette vieille dame invalide à qui elle s'était identifiée la veille, au square Frédéric-Dard, et qui semblait éprouver un sentiment analogue.

Soline passait l'aspirateur. Je ne lui ai rien dit de la scène à la boulangerie. On n'est pas sortis faire l'amour, ce dimanche-là. On est restés sous la couette à visionner la dernière saison d'une série à suspense dont on connaissait la chute. Quand elle s'endormait, pelotonnée contre mon dos, elle me caressait le ventre dans un mouvement d'archet.

*

A une heure du matin, je me suis réveillé seul. J'avais dû ronfler, et elle était partie finir sa nuit dans la chambre d'ami, comme nous disions pudiquement. Sur la pointe des pieds, je suis allé la regarder dormir sur le plus haut des lits superposés, son bras nu pendant au niveau de l'échelle en pin clair. Quand je lui avais fait visiter ce quatre-pièces plein de craquements de parquet censé lui faire oublier le silence insonorisé du poulailler, elle était restée figée un long moment sur le seuil de cette chambre d'angle, décorée de posters de Justin Bieber, Djokovic et *Twilight.*

— Illan, je crois que j'ai envie d'un enfant de toi.

C'était moins une demande qu'une constatation. Pris de court, j'avais botté en touche avec un mélange de gêne, de modestie lucide et d'humour noir :

— Pour remplacer Matteo ?

— Non, parce que je t'aime.

Elle m'appelait mon amour vingt fois par jour, mais elle ne conjuguait jamais le verbe. C'est toujours moi qui le faisais en premier, et elle disait moi aussi. Empêtré dans mon émotion, j'avais répondu qu'un bébé, oui, bien sûr, quand on serait un peu plus cool financièrement… Là, ce n'était pas trop le moment d'y penser.

— Je sais. Mais ça fait du bien de le dire.

— Ça fait du bien de l'entendre.

On n'en avait jamais reparlé.

Je suis allé baisser le volet, pour éviter que le jour ne la réveille. Une seule fenêtre était allumée de l'autre côté de la rue Norvins, au même étage que nous, dans la masse du grand immeuble haussmannien à flanc de colline qui surplombait la statue la plus photographiée de la Butte : Marcel Aymé sortant de la haute muraille de soutènement du square Frédéric-Dard. Dès que j'ai actionné la fermeture du volet électrique, la lumière d'en face s'est éteinte. Je n'ai pas fait le lien, sur le moment.

J'ai remonté le duvet imprimé de nuages sur l'épaule de Soline, et je suis retourné ronfler dans notre chambre.

Le lundi soir, après le Conservatoire, elle fait les courses de la semaine au Monoprix du boulevard de Clichy. La livraison arrive généralement dans l'heure qui suit son retour à la maison, tandis qu'elle nettoie sans fin sous la douche les approximations et les contresens rythmiques de ses élèves – quand ce n'est la douloureuse évidence d'un talent qui un jour dépassera le sien. Mais ce soir-là, lorsque le coup de sonnette a interrompu le bilan catastrophique de mon auto-entreprise, ce n'était pas le livreur.

— Bonsoir, monsieur. J'espère que nous ne vous dérangeons pas.

Il avait une bouteille de champagne à la main, elle tenait sur ses genoux un cake aux olives qui sortait du four. Devant mon silence désarçonné, le vieil homme a précisé :

— Nous aurions dû vous téléphoner, mais nous ne connaissons que votre étage. A force de nous croiser dans le quartier, il devenait malséant de ne pas vous rendre une visite de courtoisie, n'est-ce pas ? Georges Nodier. Mon épouse Yoa.

— Illan…

J'ai retenu à temps mon nom de famille, qui n'était pas celui de la sonnette. L'air occupé mais courtois, j'ai serré les mains qu'ils me tendaient. Il portait un blouson en daim moucheté de pluie ancienne, elle une tunique bariolée et un grand collier en lattes de bois.

— En fait, nous habitons l'immeuble d'en face, a-t-elle déclaré avec un sourire rayonnant, et nous sommes ravis de ce vis-à-vis. Vos prédécesseurs étaient bien laids à regarder.

J'ai dit merci, aussi déstabilisé par sa franchise que par la gratitude qui la sous-tendait. Une pointe d'accent tonique en plus, elle avait la même élégance de diction que son conjoint, le même phrasé à la fois empesé, onctueux et fluide. Ils ont conclu en chœur :

— Un jeune couple, ça nous rajeunit.

Ils ont ri de la formule en se regardant d'un air attendri. Leur bien-être sans complexe rappelait ces spots publicitaires où des seniors enjoués se félicitent de maîtriser l'incontinence.

— Mais si vous n'êtes pas disponibles, a-t-il enchaîné, ce n'est pas grave. Nous repasserons.

Le champagne était un Dom Pérignon rosé à plus de cent euros et le cake maison nous changerait agréablement du Monoprix Gourmet. Je me suis effacé contre le mur en signe de bienvenue, tout en les priant d'excuser ma compagne qui était sous la douche – au moment précis où elle déboulait du couloir. Avec la spontanéité qui lui tient lieu de politesse, Soline s'est extasiée sur le parfum du cake, avant de reconnaître le vieux couple et de crier à la coïncidence : justement elle avait rêvé d'eux, la nuit dernière, en train de manger leur éclair au café sur le banc. J'ai toussoté pour lui rappeler qu'elle était nue, son état habituel dès qu'elle rentre de ses cours.

— À notre âge, c'est sans conséquence, l'a rassurée le voisin.

— Moi-même, je suis de souche indienne, a renchéri la voisine. La pudeur est une invention de la colonisation.

— Je vais quand même passer une robe, s'est excusée Soline.

Ils l'ont regardée filer vers la chambre, avec le sourire bienveillant qu'on accorde d'ordinaire aux enfants turbulents plutôt qu'à la nudité sereine d'une trentenaire.

— Je te l'avais dit, a murmuré le vieil homme. C'est toi à son âge.

— Sois raisonnable, lui a-t-elle glissé d'un air de reproche ému – non pas comme s'il remuait le couteau dans la plaie, mais comme s'il attisait en elle une forme de tentation.

— Raisonnable ?

Il s'était raidi. Dans sa bouche, le mot avait tout d'une insanité.

— C'est vraiment ce que tu veux, Yoa ?

J'ai désamorcé la soudaine tension entre eux en les invitant à entrer. Aussitôt, il a traversé le salon au pas de charge en direction de la porte-fenêtre, la laissant se débrouiller sur le tapis persan qui entravait la rotation de ses roues. J'ai saisi les poignées du dossier pour l'aider à s'extirper de la soie mouvante, puis je l'ai garée devant la table basse en laiton où son mari avait déposé le Dom Pérignon. Ces deux vieux dégageaient une telle impression de liberté que les codes sociaux en devenaient obsolètes. Plus ils paraissaient décalés, plus je leur trouvais de charme, en dépit du vague malaise que j'éprouvais depuis la boulangerie.

— Vous nous voyez presque aussi bien que nous, a-t-il constaté en désignant l'immeuble d'en face. Nous sommes les sept fenêtres du sixième.

J'ai précisé, poussé par je ne sais quelle délicatesse, qu'on les avait remarqués pour la première fois l'avant-veille, au square Frédéric-Dard.

— Sur votre banc, oui. C'était un peu le but.

La phrase du vieil homme m'a troublé, mais moins que le petit claquement de langue que son épouse avait émis pour le rappeler à l'ordre. En tout cas, son emploi de l'adjectif possessif ne souffrait guère l'ambiguïté : s'ils avaient choisi ce banc pour lier connaissance avec nous, c'est qu'ils y avaient surpris notre fellation sous *Figaro* le week-end d'avant. Pourtant, ces deux vieillards de conte de fées n'avaient vraiment pas le genre libidineux. On sentait juste une connivence étrangement naturelle qu'ils brûlaient de partager avec nous. Une barrière de générations qu'ils s'appliquaient à sauter en nous invitant à faire de même.

Tandis qu'elle démoulait son cake aux olives, j'ai cherché où les propriétaires entreposaient les flûtes, dont nous n'avions pas encore eu l'usage. Quand on squatte l'appartement d'autrui, on se rend vite compte que la logique de rangement n'a rien d'une vertu universelle. Je me suis rabattu sur les verres à bordeaux, que nos logeurs involontaires devaient juger plus tendance pour déguster le champagne.

— Vous habitez sur la Butte ? s'est enquise Soline en réapparaissant dans une de ses robes d'été Petit Bateau qui ajoutent la candeur à la transparence.

— Depuis cinquante ans, a répondu Georges Nodier. Je suis professeur émérite de linguistique à la Sorbonne. J'ai connu ma femme en Alaska, elle a bien voulu s'expatrier, mais elle ne peut vivre que sur les hauteurs.

— Je suis tlingite, nous a-t-elle expliqué.

Nous avons hoché la tête avec une compassion en suspens, attendant qu'elle développe. Il est apparu très vite qu'il ne s'agissait pas d'une maladie mais d'un peuple amérindien.

— En version intégrale, son nom de tribu est Yoatlaandgwliss, a précisé l'époux. Leur langue est l'une des plus complexes au monde, tant au niveau de la grammaire que de la phonologie. Certains phonèmes ne se retrouvent dans aucun autre dialecte ; c'est pourquoi je me suis spécialisé dans son étude.

— Nous ne sommes plus qu'un millier à la parler. Moi-même, lorsque Georges est arrivé dans notre village, je ne connaissais que l'anglais. C'est lui qui m'a appris ma langue.

Elle lui a saisi la main dans un élan qui a mouillé nos yeux.

— C'était ma meilleure élève, nous a-t-il confié avec un air modeste. L'université de Virginie, qui effectuait une enquête sur les traditions de son peuple, avait sollicité mes services d'interprète.

Je l'écoutais en regrettant de ne pas avoir connu d'enseignant dans son genre, au lycée. Ça m'aurait peut-être donné envie de continuer mes études en milieu scolaire, au lieu d'apprendre tout seul en roue libre dans la bibliothèque de mes premiers employeurs.

— Quand nous sommes tombés amoureux, la situation l'a contrainte à l'exil, mais je me suis toujours attaché à ne point la couper de ses racines, de sa culture, de ses croyances. Quels que soient les moments difficiles que nous avons pu traverser, elle aura fait de moi le plus heureux des hommes.

Derrière son sourire captivé, Soline m'envoyait des appels de détresse. J'ai compris la gêne qu'elle éprouvait. Il avait l'air de prononcer à titre préventif l'éloge funèbre de son épouse.

— Je suis musicienne, moi aussi, nous a déclaré l'invalide pour détendre l'atmosphère.

J'ai perçu une crispation immédiate chez Soline. Elle n'aimait pas qu'on la reconnaisse. Elle détestait qu'on l'interroge sur son art et sa vie. Si la presse lui avait consacré si peu d'interviews, c'est qu'elle ne parlait jamais que de son violoncelle. L'historique, les sonorités, l'hygrométrie, l'entretien au quotidien… Mais depuis qu'on lui avait enlevé Matteo, elle ne l'évoquait même plus en ma présence. J'ai fait diversion en portant un toast à notre bon voisinage.

— Musicienne est un petit mot, a repris Georges Nodier. Elle a été une remarquable percussionniste.

Le tambour rituel joue un rôle majeur dans la culture tlingite : il harmonise à la fois les énergies du groupe et les contacts avec l'au-delà.

— C'est surtout le bois du cadre qui résonne avec la forêt, a-t-elle nuancé. Chaque instrument demeure relié aux arbres vivants dont il provient. Vous connaissez Natasha Paremski ?

Soline a immobilisé son verre à trois centimètres de ses lèvres. C'était l'une de ses pianistes préférées. Le rêve qui lui tenait le plus à cœur, au temps de Matteo, était d'enregistrer avec elle la *Sonate pour violoncelle et piano* de Rachmaninov. Elle en parlait dès qu'on lui tendait un micro, espérant que son inaccessible idole finirait par entendre le message.

— Natasha a amené son Steinway dans ma forêt, en 2003, a poursuivi la vieille dame en détachant sur ses genoux les tranches du cake. Elle voulait le reconnecter avec son bois d'origine. L'arbre qui fournit la table d'harmonie, vous le savez, c'est l'épinette de Sitka, et elle ne pousse que chez nous. Le piano s'est remis en phase avec sa forêt natale.

J'observais l'effet de ces paroles sur le visage de Soline qui s'était aussitôt détendu, rouvert, éclairé. Elle semblait envoûtée par la coïncidence qui associait l'arbre totem des musiciens à cette Indienne exilée en face de nous sur la butte Montmartre. Moi-même, je sentais mes réserves initiales se diluer dans une sorte de fascination bizarrement naturelle.

— J'ai vu dix fois la vidéo sur le Net, a déclaré Soline en noyant l'émotion dans le champagne. Paremski dit que ces arbres sont à la fois pour elle un public et un orchestre, et que son piano n'est plus le même depuis qu'il est « revenu à la maison ». Je n'avais pas fait le lien avec votre tribu.

— Personne ne le fait, l'a rassurée Yoa avec une sorte de fierté triste. Nous aurions déjà disparu de la mémoire de l'humanité, sans Georges.

— Et donc, a-t-il enchaîné en remplissant les verres à ma place, je ne voulais pas que Yoa laisse en friche ses dons musicaux. Le fils d'un de mes collègues à la Sorbonne avait monté un groupe de jazz ethnique, dans les années 60. Les Squeezed. Ça ne vous dit plus grand-chose, aujourd'hui, mais ils ont connu un certain succès. Claude Lévi-Strauss a préfacé leur disque, et ils ont fait l'Olympia avec Juliette Gréco.

— En première partie, a précisé la percussionniste.

Il lui a tourné son fauteuil vers le mur, comme s'il voulait la punir de sa modestie, mais c'était pour fouiller dans la sacoche fixée au dossier. Avec d'infinies précautions, il a tendu à Soline un vieux 33 tours aux couleurs criardes un peu passées. *Indian Wars.* Sur la pochette, la seule femme était une trentenaire nue sous une robe en lamelles de bois façon store vénitien, dont la sensualité de gamine réfléchie n'était pas sans rappeler, c'est vrai, l'attraction érotique de Soline. Le style était différent, mais la même sérénité volcanique accrochait le regard. Georges Nodier continuait d'assurer le fond sonore :

— C'était une démarche politique, à l'origine, contre la ségrégation aux Etats-Unis. Un Hopi au piano, un Sioux à la basse, un Cherokee au saxo, une Tlingite à la batterie… Cela dit, sur le plan musical, ça tient le coup, même si le succès fut éphémère. Yoa n'est plus la batteuse que j'ai connue, bien sûr, mais elle demeure une extraordinaire accordeuse, quel que soit l'instrument.

Il a marqué un temps, puis il a tendu le disque à Soline.

— C'est pour vous. Il n'en reste que trois.

Avec un sourire de regret, elle a dit que c'était trop gentil, mais qu'elle ne pouvait accepter. Un tel collector... En plus, sa platine à vinyles était cassée.

— Donnez-la-moi, s'est-il empressé, je suis très bricoleur, depuis que je n'enseigne plus. Je répare tout.

— Et il cuisine merveilleusement bien, a renchéri l'Indienne en désignant le cake aux olives.

Tandis que je disposais les tranches sur des soucoupes à café et que Soline ouvrait un paquet de cacahuètes pour compléter l'apéritif, je commençais à me demander quel était le vrai but de leur « visite de courtoisie ». Avec plus ou moins de finesse, ils s'employaient à se mettre en valeur l'un l'autre, comme s'ils avaient répondu à une petite annonce groupée. Accordeuse et homme à tout faire. En même temps, leur immeuble à treize mille euros le mètre carré et la qualité de leur champagne ne suggéraient guère le manque de ressources. C'était peut-être simplement la solitude.

— Puis-je utiliser vos toilettes ? a demandé la dame en s'extrayant de son fauteuil.

Soline s'est précipitée pour l'aider. Les jambes toutes maigres flageolaient dans le pantalon flottant. J'ai voulu me lever ; son mari m'a retenu d'un geste ferme. Cramponnée au bras de son hôtesse, elle claudiquait en semblant se mouvoir à la force du poignet.

— Maladie de Charcot, a murmuré le vieil homme en regardant les deux silhouettes s'éloigner dans le couloir. Une saloperie qui s'attaque aux muscles et aux terminaisons nerveuses. Et encore, elle est atteinte de la version lente. Mais tout aussi incurable. D'un moment à l'autre, l'atrophie musculaire va gagner les poumons, et ce sera la fin.

J'ai murmuré les banalités qu'on prononce en pareil cas : c'est affreux, quelle tristesse. Il a balayé ma compassion d'un sourire résigné.

— Au contraire. Nous profitons de chaque instant. Pas un jour sans partager un moment de tendresse, un rire, un petit plaisir, une découverte… Elle m'aide considérablement, je dois dire. Elle m'aide à accepter l'échéance. Les Tlingits n'ont aucune peur de la mort : ils savent où ils vont.

J'ai avalé une bouchée de cake, apprécié d'un haussement de sourcil, puis j'ai demandé sous les dehors de la curiosité neutre :

— Ils vont où ?

Il a reposé sa soucoupe sans toucher à l'entame, a pris dans le bol à sa gauche une poignée de cacahuètes, puis s'est retourné vers moi.

— L'étude qu'effectuait en Alaska l'université de Virginie, en la personne de son directeur du département de psychiatrie, le Dr Ian Stevenson, portait sur la réincarnation. C'est la clé de voûte de la culture tlingite, vous savez. Et ils en ont une conception toute particulière : non seulement ils se préparent à revenir au monde, mais ils choisissent leurs futurs parents.

J'ai plissé le front.

— C'est-à-dire ?

Il a écarté les mains avec un soupir.

— Notre esprit occidental a du mal à concevoir ce genre de notion, je suis bien placé pour le savoir. Disons qu'ils ont recours à la fois aux rêves prémonitoires, aux signes d'affinités, aux échanges de vues… Ils prospectent, ils se renseignent, ils font passer des entretiens d'embauche pour sélectionner leur prochaine famille…

J'ai repris une tranche, malgré moi. Le cake était à la fois lourdingue et addictif. Et il n'était pas aux olives. Ce qui en tenait lieu avait un curieux goût de champignon et de cannelle.

— Qu'en pensez-vous ?

Je me suis douté qu'il ne sollicitait pas mon avis sur la recette de son gâteau, mais sur celle de la réincarnation à la tlingite. J'ai dit :

— C'est original. Et ça marche ?

— Dans 80 % des cas, d'après les statistiques publiées par Stevenson. Mais il faut que la famille d'accueil soit d'accord. La réincarnation n'est pas un viol, c'est un consentement mutuel.

Ma bouche est devenue très sèche. Il y avait quelque chose dans ce cake qui absorbait la salive. Et mon cerveau semblait subir le même phénomène de pompage. Le vieux professeur guettait mes réactions, les doigts crispés dans les sillons de son pantalon en velours. A la fin, mon silence l'a incité à me demander si j'étais croyant.

— Pas trop, non.

— Chez vous, on appelle cela le *gigal*. Le « roulement des âmes ». Il est écrit dans le Zohar : « La naissance de l'homme ici-bas, ainsi que la mort, ne provoquent qu'un déplacement de l'esprit. »

— Qu'entendez-vous par « chez moi » ?

— Votre prénom est d'origine hébraïque.

— Pas moi.

— Désolé.

— Pas de quoi.

J'ai repris une bouchée de cake. Il a changé de sujet :

— Vous avez combien, cent mètres carrés ? Votre loyer doit être exorbitant.

J'ai esquivé sa question en la lui retournant. Comme il ne répondait pas, j'ai précisé d'un air dégagé que des parents de Lausanne nous prêtaient ce pied-à-terre où ils ne venaient jamais. Une mimique de discrétion appuyée m'a laissé soupçonner qu'il n'était pas dupe. M'avait-il vu travailler à l'agence, place des Abbesses, derrière la vitrine où trônaient les photos de cet appartement ? J'ai répété :

— Et vous, au point de vue loyer ?

— Nous sommes propriétaires. Que ce soit dans la pierre ou sur un être humain, je me trompe rarement lorsqu'il s'agit d'investir.

Son regard soutenu confirmait le double sens de sa phrase. Le bruit de la chasse d'eau l'a incité à couper court aux préliminaires :

— Bref, j'ai envie de vous faire une proposition indécente. La manière dont Yoa regarde votre compagne n'a pas dû vous échapper.

Mes orteils se sont recroquevillés dans mes baskets. J'ai maintenu mon sourire de bon voisinage, me contentant d'écarter les mains en signe de regret :

j'étais respectueux de la misère sexuelle des seniors, situation que Soline et moi ne pouvions que déplorer, mais de loin. Autrement dit : merci pour le champagne, remballez votre cake et bon retour. J'ai avalé une goulée d'air pour lui résumer tout cela avec un minimum de diplomatie, mais il m'a pris de vitesse :

— Verriez-vous un inconvénient à ce que mon épouse se réincarne dans votre enfant ?

Il avait posé la question sur un ton serviable, sa coupe de champagne dans une main, sa poignée de cacahuètes dans l'autre. Aussi abasourdi que rassuré, je me suis efforcé de lui répondre sur le même mode anodin :

— Aucun. Si ce n'est que ma compagne ne croit pas à la réincarnation, et que la maternité n'est pas vraiment à l'ordre du jour.

Il a enfourné les cacahuètes, essuyé sa paume sur son genou, puis il a murmuré comme on donne un conseil en passant :

— Il ne faudrait pas trop tarder non plus. Yoa n'a pas un cheveu blanc, je vous l'accorde, mais elle va tout de même sur ses quatre-vingt-neuf ans. Avec l'évolution de sa maladie, les médecins ne lui laissent guère l'espoir d'atteindre le chiffre rond. Et moi, égoïstement, j'aimerais bien être encore là quand elle renaîtra.

Son émotion m'a noué la gorge. Il a vidé son verre, l'a reposé.

— Et vous non plus, a-t-il repris sur le même ton, vous n'avez pas l'éternité devant vous.

J'ai senti le sang quitter mon visage. Son regard s'est durci à mesure que son sourire s'allongeait.

— Je veux dire, vous êtes soumis à des échéances. Ne serait-ce que sur le plan financier…

Le bruit des talons sur les tomettes a précipité son débit :

— Soyons directs : nous vous avons choisis, jeune homme, et vos conditions seront les nôtres. Voulez-vous être les futurs parents de ma femme ?

J'ai cherché en vain une trace d'humour, d'allégorie ou de second degré dans son regard de faïence. Je n'y ai vu qu'une insistance déterminée, une confiance sans faille, une indifférence totale au ridicule que sa proposition aurait dû normalement inspirer. Il jaugeait mon silence, attentif, pas inquiet.

— Nous en reparlerons, a-t-il enchaîné avec mansuétude, comme si c'était moi qui lui avais soumis une requête. Je vous attends demain midi au Vieux Chalet, 14 rue Norvins, pour régler les modalités.

Avant que j'aie pu répondre, Soline nous a rejoints en soutenant la vieille Indienne qui semblait enchantée.

— Vous avez de merveilleuses tomettes, m'a-t-elle complimenté. C'est dommage de ne les avoir conservées que dans le couloir.

Je me suis levé pour l'aider à se rasseoir, tandis que son époux terminait le bol de cacahuètes. Elle a pris ma main, l'a unie à celle de Soline. Une certitude apaisante, une sagesse d'initiée brillaient dans la sérénité de ses yeux, que démentait en vain son corps pantelant. Elle a dit :

— Il y a un rêve qui pèse en vous, mes enfants. Libérez-le, et il se réalisera.

J'ai échangé avec mon amoureuse un regard où l'espoir essayait de se frayer un chemin, mais c'était pour être courtois. La désillusion n'en serait que plus lourde quand on se retrouverait seuls.

— Allez, chéri ! a enchaîné Yoa avec une énergie mutine en se laissant choir dans son fauteuil roulant. Il se fait tard et ils sont jeunes.

Son œillade coquine n'exprimait aucune nostalgie. Rien que de la bienveillance où elle semblait puiser une sorte de bonheur par procuration. Georges Nodier s'est extirpé du canapé.

— Vous êtes définitivement un très joli couple, a-t-il soupiré avec une soudaine morosité, comme si le fait de nous quitter le réinsérait dans les réalités de son âge. Merci pour votre hospitalité. Et n'oubliez pas de me donner votre tourne-disque.

Il a remonté la fermeture éclair de son blouson en daim. Puis il a refermé les doigts sur les poignées du fauteuil et, se tournant vers Soline que son épouse embrassait avec effusion, il lui a déclaré sur un ton d'encouragement :

— Je suis sûr que votre enfant vous rendra très heureuse.

Sa femme lui a donné une petite tape sur le mollet, à mi-chemin entre le reproche et l'attendrissement. Il m'a pris des mains le vieux tourne-disque, le lui a posé sur les genoux. Elle a agité les doigts en signe d'adieu par-dessus son épaule, tandis qu'il la poussait vers l'ascenseur.

— Pourquoi il m'a dit ça ? a demandé Soline après avoir refermé la porte.

J'ai répondu par une moue vague. Le temps de chercher les mots pour lui rapporter la demande insensée du professeur de linguistique, elle a décrété :

— Je les adore. J'aurais tellement aimé avoir une mère comme elle.

J'ai refermé la bouche. Le problème, c'est qu'ils pensaient exactement la même chose – mais pas au conditionnel passé.

J'ai toujours dormi comme un plomb, quels que soient les problèmes avec lesquels je me couche. Cette nuit-là, j'ai fait l'une des premières insomnies de ma vie.

Depuis que Soline m'avait confié son désir d'enfant dans la chambre aux lits superposés et que je m'étais montré si fuyant, nous n'étions jamais revenus sur le sujet. Mais je voyais bien de quelle manière elle regardait les bébés dans la rue. La « proposition indécente » de Georges Nodier n'aurait fait que retourner le couteau dans le berceau, aussi l'avais-je gardée pour moi. La dissimulation me restait sur l'estomac, tisonnée par le souffle régulier de son sommeil. Je n'ai réussi à sombrer qu'au petit jour, dans un cauchemar où des Peaux-Rouges couverts de peintures de guerre me cuisinaient au fond d'un chaudron, pour me transformer en nourrisson monstrueux qu'ils installaient sur un autel en pierre. Un hurlement m'a réveillé en sursaut, alors que le sorcier de la tribu commençait à me découper façon tranche de cake. Le lit était vide.

Je me suis précipité au salon. Tétanisée devant son ordinateur, Soline avait la bouche ouverte en contemplant l'écran. Elle a désigné d'un doigt tremblant la première ligne de son relevé bancaire.

— Un million deux, Illan ! J'ai un million deux cent mille euros sur mon compte ! C'est quoi, ce délire ?

— Une erreur, l'ai-je rassurée en bâillant. C'est mieux dans ce sens-là.

Elle m'a regardé d'un air égaré. J'ai précisé :

— Un virement erroné, ça se corrige plus vite qu'un prélèvement abusif.

Elle a aussitôt appelé son conseiller clientèle, le pète-sec qui harcèle sa messagerie deux fois par semaine pour lui signaler qu'elle a encore dépassé le montant de son découvert autorisé.

— Julien Boissière, HSBC, à votre service.

Avant qu'elle ait terminé de prononcer son nom, il lui a signifié dans le haut-parleur de son smartphone qu'il était en rendez-vous et qu'il la recontacterait ultérieurement. La sécheresse du ton allait dans le sens de mon interprétation.

Il était neuf heures et demie. J'ai déposé un baiser réconfortant dans le creux de sa nuque, et je suis retourné me coucher. Le mardi, c'est mon jour de travail. Le seul où je peux me consacrer pleinement à mon auto-entreprise, sans perdre mon temps à promener de penthouse en hôtel particulier des investisseurs blasés en échange d'un salaire de stagiaire. J'ai rendez-vous pour une démonstration de matériel dans deux heures : il faut que je sois dans une forme irrésistible, en dépit de cette insomnie qui m'a laissé sur les rotules. Si seulement je pouvais me rendormir…

Incapable de décompresser, je ressasse sur l'oreiller mes offres promotionnelles, mes arguments psychologiques, les avantages écoresponsables de mon système Végétalarm. Je n'ai pas reçu de commande depuis trois semaines et mon banquier à moi ne me téléphone même plus. Je suis tellement dans le rouge que je ne reçois plus que du papier bleu.

— Pourvu que ça soit une erreur ! a imploré Soline en revenant dans la chambre.

— Mais *c'est* une erreur, mon amour.

— Je veux dire : une *vraie* erreur de banque à mon profit, et au détriment de personne.

Elle a rejeté la couette, s'est agenouillée entre mes jambes en posant son portable, et elle a poursuivi entre deux coups de langue :

— Genre des marchands d'armes qui filent une rétrocommission à un intermédiaire secret : ils se trompent d'un chiffre sur le numéro de compte et paf ! ça tombe sur le mien. Et ils ont tellement la trouille que la police financière mette son nez dans leurs magouilles qu'ils passent l'erreur par pertes et profits, du coup ils me laissent créditée en espérant que personne ne remontera jusqu'à eux – c'est possible, tu crois, mon amour ?

Mes pensées tiraillées entre le manque de sommeil et le désir que je peinais à réprimer, j'ai répondu que je ne voyais pas d'autre explication raisonnable, ce qui était la pure vérité. Mais je me suis abstenu d'évoquer l'explication déraisonnable que je venais d'entrevoir. Une manip de hacker. Une escroquerie délibérément commise à son profit par mon copain Timothée.

Sous des apparences de boulet, ce géant d'origine béninoise cumule dans ma vie les fonctions d'ange gardien et de démon tentateur. Ça fait douze ans qu'il m'a pris sous son aile, et que je subis le fardeau de ses ambitions à mon égard. Je débarquais de ma province, il venait de crever en tête de station, gare de Lyon, et s'escrimait en vain sur son cric. Je n'avais pas les moyens de m'offrir un taxi, mais je l'ai aidé à changer sa roue. Du coup, il m'a chargé gratuitement jusqu'à la roseraie de Bagatelle, où mon CV m'avait valu une place de paysagiste que j'ai perdue en moins de trois mois, quand j'ai remplacé les pesticides par les méthodes biodynamiques auxquelles mon père m'avait formé. Depuis, contre vents et marées, Timothée me soutient autant qu'il me plombe. En dehors de ses heures au volant et de son action associative en faveur des migrants, c'est le plus efficace des pirates informatiques. Capable de s'introduire dans n'importe quel système après avoir désactivé mots de passe, verrous, antivirus et pare-feux, il assure les relations publiques de Végétalarm en infiltrant les sites sécurisés des sociétés de surveillance, qui envoient sans le savoir ma publicité à leurs clients. Il s'est juré de me rendre riche avec mon invention, et il adore Soline.

— Un million deux, Illan, tu te rends compte ! a-t-elle clamé avec l'ardeur d'une championne de rallye malmenant ma queue façon levier de vitesse. Ce n'est pas un hasard, cette somme : c'est un signe !

Le problème était bien là. Quand j'avais confié à Timothée la détresse de Soline privée de son violoncelle, j'avais sans doute mentionné la valeur d'achat optionnel figurant sur le contrat de prêt. Un montant que, du coup, mon calamiteux bienfaiteur avait dû prélever à EDF ou Gaz de France, comme il le faisait habituellement, à raison d'un centime d'euro par facture qu'il reversait aux ONG améliorant le sort des réfugiés de guerre sur le sol français. Une générosité qui, là, risquait de m'envoyer droit au tribunal pour complicité de recel et détournement de fonds.

— Qu'est-ce que je fais ? s'est demandé Soline en m'enfourchant. Je vire tout de suite la somme à Warren Partners pour bloquer Matteo, ou j'attends que la banque me confirme que je suis vraiment créditée ?

Je me suis contenté de répondre qu'on n'était pas à une minute près. Elle m'a donné raison en ralentissant ses ondulations pour faire durer le plaisir. C'était la première fois depuis des mois qu'on n'avait pas recours au sexe en vue d'oublier le reste, mais de pérenniser un instant. Et la première fois aussi, peut-être, qu'au moment de jouir ensemble on a fait orgasme à part. Elle s'est abandonnée à l'espoir fou ; moi au renoncement lucide. On ne pouvait plus continuer cette vie, lutter en vain par le déni et la baise-écran. L'erreur magique à laquelle elle se raccrochait ce matin, c'était l'illusion de trop.

Echoués l'un contre l'autre dans nos respirations qui s'apaisaient à l'unisson, on a sursauté à la vibration du smartphone.

— Julien Boissière, HSBC, rebonjour mademoiselle Kerdal, pardon d'avoir tardé à vous rappeler, j'espère que je ne vous dérange pas.

Souffle en suspens, désarçonnés par un tel changement de ton, on fixait le haut-parleur où sirupait la voix doucereuse.

— Je viens de consulter votre compte : je suppose que votre appel concernait le virement d'assurance vie effectué ce jour par la Luxembourgeoise de placement. Permettez-moi tout d'abord de vous présenter mes condoléances, s'il s'agit du décès d'un proche.

Mon coup de coude a mis fin au silence interloqué de Soline. Elle a balbutié merci.

— A votre service, mademoiselle. Puis-je prendre la liberté de vous mettre en relation avec monsieur Rémi Poitevin, qui gère le portefeuille d'investissement de nos clients Premier ?

— Non, a brusquement jeté Soline, avec la froideur rétroactive des humiliés bancaires devenus solvables. Je vous enverrai un mail avec un ordre de virement.

Elle a éteint le conseiller d'un coup de pouce et m'a broyé les côtes en hurlant de bonheur :

— On l'a, Illan ! Putain, on l'a !

Je me suis réjoui. Du moins j'en ai donné les signes, tandis que j'entrevoyais soudain une troisième hypothèse, encore plus démente que l'erreur de destinataire ou le détournement de fonds.

— C'est toi qui vibres, là, m'a signalé Soline.

J'ai couru décrocher Timothée qui s'angoissait à coups de klaxon en bas de l'immeuble : j'avais ma démo d'alarme dans vingt minutes et ça bouchonnait sur Clichy.

— Attends ! a crié Soline en me rattrapant sur le palier.

Elle m'a noué la cravate garnie de fers à cheval qu'elle m'avait offerte pour mon anniversaire.

— Sinon, il va encore râler, ton associé.

J'ai regimbé, au nom d'une éthique machinale qui n'était que le refus de m'avouer ma dépendance :

— Ce n'est pas mon associé : je suis auto-entrepreneur.

— Et heureusement que lui, il cst entreprenant.

Je n'ai pas aimé son bisou moqueur sur le nez, quand elle m'a poussé vers l'ascenseur. Durant la descente de la cabine, les doigts crispés sur ma grosse mallette en fer, j'ai senti se creuser un fossé dans ma gorge. Un pressentiment qui m'a glacé. Elle avait touché le gros lot, *elle*, et entre nous rien ne serait plus jamais comme avant.

*

Rencogné sur la banquette en cuir de la grosse Mercedes bordeaux, il m'a fallu toute l'avenue Junot et la rue Caulaincourt pour oser demander à Timothée si c'était lui, la Luxembourgeoise de placement. Mieux qu'un démenti, son absence de réaction, tandis qu'il slalomait dans les engorgements de la place Clichy, a lézardé mes soupçons. Il semblait ne pas avoir saisi la question et n'avait pas le temps de s'y intéresser : on était en retard. Du coup, ça m'a complètement déconcentré. S'il n'était pour rien dans cette fortune tombée du ciel, je me retrouvais sans prise devant la plus absurde des hypothèses.

La cliente du jour était une vieille fille collectionneuse de pendules Empire, que Timothée avait préchauffée huit jours plus tôt dans son taxi première classe entre l'hôtel Drouot et le Palais-Royal. N'ayant aucune confiance dans les systèmes de protection sans fil aux radiations pathogènes, la dame l'avait écouté avec intérêt vanter mon concept de biosurveillance relié aux plantes d'appartement.

L'esprit ailleurs, je dispose mon matériel high-tech dans son intérieur suranné. Je branche mes électrodes sur le philodendron de la salle à manger, les relie à ma microcentrale d'alarme, allume ma caméra de contrôle et l'emmène boire un café en bas de chez elle. Sur l'écran de mon MacBook, elle regarde le grand Black en costume croisé ouvrir la porte avec la clé qu'elle lui a confiée, et pénétrer dans son trois-pièces musée avec des airs de cambrioleur. Au moment où Timothée se faufile au ralenti, exagérant l'ampleur de ses mouvements comme un acteur de cinéma muet, le tracé d'encéphalographe relié à la plante verte affiche un pic. Aussitôt, l'alarme se déclenche. Démonstration achevée.

Je coupe la vidéo, clique sur la page de mon devis d'abonnement incluant l'installation et la maintenance. La cliente potentielle réagit avec une mine pincée :

— Qu'essayez-vous de me dire, que mon philodendron est raciste ?

— Non, qu'il vous reconnaît. Et qu'il s'inquiète parce qu'un inconnu entre chez vous en votre absence. Vous avez constaté que lorsque vous étiez là, son encéphalogramme demeurait plat. Même chose quand vous remonterez, tout à l'heure.

Elle épluche mes tarifs, mes conditions de garantie, puis questionne d'un air méfiant :

— Et ce n'est pas dangereux, pour une plante, d'être branchée à ces appareils ?

Je la fais patienter d'un geste, le temps de lire le texto de Soline qui vient d'apparaître : *Ai contacté Warren Partners, on a pris rendez-vous. Mon amour, mon amour, mon amour ! J'arrive pas à y croire.* Le ventre noué, je réponds : *Moi non plus. J'ai un déj, on se retrouve après à la maison, on en parle, je t'aime.*

— Dangereux pour la plante ? s'esclaffe Timothée qui vient de nous rejoindre, soucieux de détendre la cliente exaspérée par mon inattention. Mais pas du tout, chère madame, au contraire ! Par rapport à un végétal purement décoratif à qui on ne demande rien, il est prouvé scientifiquement qu'une plante de garde se porte deux fois mieux. Regardez, c'est écrit sur le prospectus : « Chaque réaction de stress que lui procure la détection d'un intrus augmente sa croissance d'un centimètre » ! Certifié par l'Inra, l'Institut national de la recherche agronomique ! Et nous sommes fournisseurs officiels du ministère de l'Ecologie ! achève-t-il en lui brandissant sous le nez un autographe de Ségolène Royal, qu'il a chargée par hasard le mois dernier dans son taxi à la sortie d'un resto.

— Et quel est le truc ?

Il feint de s'offusquer de l'emploi d'un tel mot :

— Ce n'est pas un tour de magie, madame, c'est de la neurobotanique ! Demandez à l'inventeur.

Face à mon silence, Timothée lui résume la découverte empirique de mon jardinier de père que j'ai mise au service de l'humanité : les chryptosomes. Des capteurs de champs électromagnétiques qui permettent aux végétaux de se connecter à nos ondes cérébrales. Avec un regard en biais vers mon portable en veille sur la table, la collectionneuse de pendules se lève en disant qu'elle va réfléchir.

— Je peux savoir ce qui se passe ? me balance Timothée en redémarrant sa Mercedes. Tu m'avais juré de ne plus jamais foirer un oral !

Je le déçois, une fois de plus. Au temps où il m'hébergeait sur son canapé, il s'était évertué à m'entraîner d'arrache-pied pour le concours Lépine, dans l'espoir de vendre mon brevet à Digibio ou Jardiland. Mais, à cause de ma présentation jugée « trop poétique », le jury départageant les inventeurs avait boudé la neurodétection végétale pour couronner un système de recyclage des pneus.

— T'étais absolument pas sur le coup, Illan ! J'ai dû ramer comme un malade pour t'emballer la mémé – je veux bien te rendre service, moi, mais faut que tu te sortes les doigts du cul, un jour, sinon j'arrête d'y croire moi aussi et tu déposes ton bilan. C'est ça que tu veux ? Tu es en train de jouer avec le feu, mon ami !

Ça lui va bien de me dire ça, lui qui me fourgue tous les quinze jours un contingent de sans-papiers que je m'efforce de planquer au péril de mon job. Enfreignant la charte des professionnels de l'immobilier, l'interdiction des locations touristiques saisonnières à Paris et les lois sur l'immigration clandestine, je croule en connaissance de cause sous une demi-douzaine de chefs d'inculpation, auxquels vient peut-être de s'ajouter la complicité d'escroquerie à l'assurance vie. Cette fois, je veux en avoir le cœur net :

— Timothée, réponds-moi franchement. C'est toi qui viens d'effectuer un virement sur le compte de Soline ?

Il me toise dans le rétroviseur en affichant une indignation légitime.

— Moi ? Avec les centaines de migrants qui nous crèvent sous le nez chaque jour, tu crois que j'ai l'humeur à jouer les pères Noël au mois d'avril ?

Je regarde l'heure, je lui demande pardon et le remercie de me déposer au plus vite 14 rue Norvins. Il remonte sur la Butte en grillant les feux sans desserrer les lèvres et, arrivé à destination, pour la première fois en douze ans, il me fait payer la course. Ça me remettra, dit-il, du plomb dans la tête.

C'est gentil de sa part, mais, en sentant l'émotion accélérer mon pouls tandis que tinte la clochette d'entrée du restaurant, je comprends que je vais peut-être au contraire, justement, sortir enfin de l'âge de plomb.

Coincé entre un Starbucks Coffee et un étal de poulbots *made in China*, le Vieux Chalet est un restaurant immuable qui ressemble à son patron. Avec son blazer de collège anglais, sa cravate d'enterrement et sa courtoisie distante, Monsieur Robert paraît à peine plus âgé que sur les photos de son livre d'or où il pose aux côtés d'Edith Piaf, Marcel Aymé, Dalida ou Claude Nougaro. Dans des caractères gothiques à l'élégance dissuasive, sa vitrine précise : « Spécialités niçoises », pour éloigner les touristes friands de gratinées à l'oignon et autres coqs au vin montmartrois. Et, de fait, aussi bien dans la petite salle obscure aux grands tableaux flamands que dans le jardin de gravier sous tonnelle agrémenté d'un cabanon de chiottes à la turque, on ne trouve que des habitués du cru et des amoureux de passage.

— La table de monsieur Nodier, s'il vous plaît.

— Monsieur Nodier ? s'étonne la jeune serveuse à tablier de soubrette et piercing nasal.

J'en conclus qu'il a oublié de réserver, et qu'il est encore plus en retard que moi.

— Midi, c'est midi ! glapit une tête sortie de la fenêtre de cuisine donnant sur le jardin. Je suis en plein coup de feu, là ! Mets-le à la 13 et prends-lui sa commande, Fatia, j'arrive.

Décontenancé, je regarde la serveuse me nettoyer une table en fer constellée de pollen de bouleau et de fleurs de vigne vierge.

— Il nous dépanne, m'explique-t-elle, le cuistot a une gastro. Salade niçoise et confit de canard ?

C'est proposé sur un tel ton directif que je me conforme aux suggestions du chef. Elle m'apporte une corbeille de pain, du beurre et des radis. Couvert de salpêtre et de toiles d'araignée, Monsieur Robert me débouche d'office le gevrey-chambertin 1980 qu'il vient de remonter de la cave.

— Cadeau de la maison, avec les remerciements de mon ami Georges. Nous étions si inquiets pour l'avenir de Yoa.

Tandis que je goûte le vieux bourgogne, je me dis avec un certain inconfort que tout Montmartre doit être au courant de la « proposition indécente » que m'a faite mon voisin d'en face.

— Il adore rendre service et ça lui évite de perdre la main, marmonne son contemporain d'un air tracassé, avant d'aller le rejoindre aux fourneaux.

Concentré sur les questions précises que je m'apprête à poser, je tartine du beurre sur la baguette que je trouve bizarrement fade et molle.

— Il y a un problème ? s'enquiert l'ancien professeur de linguistique en s'asseyant face à moi, polo maculé de sauce et calot de chirurgien collé par la sueur.

Soucieux de procéder par étapes, je lui demande d'où vient le pain.

— Carrefour Market.

— Celui d'en face est sublime.

— Je sais. La boulangère est charmante, mais son mari est un néo-lepéniste qui oblige ses mitrons à lui faire des gâteries entre deux fournées. Vous devriez le boycotter, vous aussi. J'ai laissé votre tourne-disque au vestiaire, vous le reprendrez en partant. Il est comme neuf; c'était juste un ressort à changer.

Avant que j'aie pu le remercier, il enchaîne sur le même ton :

— Le virement est bien arrivé ?

Aussitôt, je ravale la question qui me brûlait le gosier. Une gorgée de vin, et je laisse tomber avec le plus de neutralité possible :

— C'est de la folie, monsieur Nodier. On ne peut pas accepter.

Il écarte les mains, fataliste.

— Vous êtes obligés : ça s'appelle le potlatch. Vous connaissez, je suppose ?

— Non.

— L'autre pan majeur de la culture tlingite. La surenchère des donations. Un présent démesuré qui appelle en retour un cadeau encore plus considérable, et ainsi de suite jusqu'à la ruine mutuelle et, par là même, l'enrichissement à travers ce que peut nous apporter autrui. La loi du sacrifice conçu comme un investissement. Le principe même de la confiance, quoi. La renaissance par la dépossession.

— Mais que voulez-vous qu'on vous donne de plus « considérable » qu'un million d'eu… ?

Ma phrase se délite dans son regard narquois. Il m'a fourni hier soir la réponse à la question que je suis en train de poser.

— Redonner vie à ma femme, Illan, la reloger dans votre enfant, ça vaut tous les millions du monde.

La serveuse a déposé devant lui une assiette de confit, en me prévenant que ça serait plus long pour ma salade niçoise. Dès qu'elle a tourné les talons, je me penche pour lancer à voix basse :

— Attendez, monsieur Nodier, il ne m'appartient pas de répondre à la place de Soline…

— Mais vous ferez en sorte qu'elle accepte, maintenant que vous connaissez la règle du jeu. Voilà.

Je ne sais pas pourquoi, soudain, je prends la mouche. Comme ma mère lorsque sa patronne me donnait des étrennes disproportionnées qui lui paraissaient une insulte à la classe ouvrière.

— Que Soline accepte quoi ? L'éventualité de se faire squatter le fœtus par le fantôme de votre femme ? Si ce n'est que ça, OK, je transmets.

Sous la vigne vierge centenaire, il me considère avec une sorte de hauteur déçue, une vague indulgence qui n'est pas loin du mépris. En attaquant son confit, il me répond :

— Ce n'est pas « que ça », non. Il ne s'agit en aucun cas d'un squat, comme vous dites, mais d'un usufruit librement consenti. Un engagement qui, sur le plan moral et affectif, vaut bien plus que le prix d'un violoncelle, croyez-moi.

A nouveau, je sens au fond de moi la révolte prendre le pas sur la gratitude. Il semble avoir la logique pour lui, et c'est tout de même un comble.

— Vous attendez quoi de Soline, monsieur Nodier ? Un pacte en lettres de sang ? Genre le diable avec le Dr Faust, version mère porteuse ? Au lieu de vous vendre son âme, elle vous fait une location-ventre ?

— Il faut surtout que nous définissions les marques.

Mon élan de sarcasme retombe aussitôt.

— Les marques ?

— Il est très important pour un Tlingit d'être reconnu, dès qu'il revient au monde, comme la continuité de son incarnation précédente. D'où les taches de naissance, les dépigmentations, les rougeurs ou les grains de beauté significatifs, définis de son vivant d'un commun accord avec sa future famille. Pour éviter toute erreur, toute méprise, toute usurpation d'identité.

J'en reste sans voix. Son sérieux didactique, le ton de banalité qu'il emploie rendent la situation plus extravagante encore. Et il développe :

— Par exemple dans les cas de mort violente, un trait rouge entoure le cou du nouveau-né, là où, dans sa précédente existence, il fut pendu ou étranglé. Une pointe de flèche ou une balle de pistolet peuvent créer également une zone de psoriasis à l'endroit de l'impact. Dans le cas de Yoa, n'ayez crainte, ce sera plus paisible. Les morts naturelles ne laissent que des traces sans conséquences. Des questions ?

Il me ressert un verre de bourgogne. Ballotté entre l'incrédulité, l'ironie et le respect dû au montant de sa dotation, je ne sais que répondre. Monsieur Robert ressort de la cuisine. Tout pâle, en nage dans son blazer taché, il traîne les pieds jusqu'à nous, dépose devant moi une salade débordant d'artichauts violets, d'anchois, de tomates, de poivrons verts et d'œufs durs.

— Le commis ne s'en sort pas, Georges. Ça serait bien si vous reveniez nous donner un petit coup de main…

— Je cuisine ou je mange, mon petit Robert, je ne peux pas tout faire. Deux secondes et je vous rejoins.

Le patron repart, regard au sol, maugréant dans le gravier.

— Où en étais-je ? marmonne l'ancien prof de la Sorbonne en empoignant sa cuisse de canard. Ah oui, les marques de naissance. En termes de signature karmique, il est bon de s'entendre sur une trace épidermique plutôt que sur un handicap ou une douleur, vous serez d'accord avec moi.

— Qu'est-ce que c'est que ces conneries ?

— Une croyance partagée par un tiers de l'humanité, jeune homme, et un phénomène physique attesté dans plus de mille cas par l'université de Virginie. Au lieu de subir de façon aléatoire le signe de reconnaissance qu'utilisera le défunt, les Tlingits le définissent avec lui avant sa mort. Cela dit, les Tibétains vont encore plus loin. Ainsi, le frère de l'actuel dalaï-lama, qui ne présentait aucune particularité sur sa peau, a été marqué au beurre durant son agonie à un endroit précis, afin qu'on puisse identifier commodément sa réincarnation.

Je fourre un œuf dur piqué d'anchois dans ma bouche avant de lancer, à la limite de l'agressivité :

— Et l'ADN, vous en faites quoi ?

— Pardon ?

— Le brassage d'ADN qui crée un nouvel individu à partir des gènes de ses parents, vous en faites quoi, si la mère n'est qu'un centre de recyclage ?

Il gonfle les joues, coude sur la table et front dans la main.

— Ne mélangez pas tout, mon vieux. Vous étiez moins raisonneur, hier soir.

— Oui, et je me demande bien pourquoi ! Qu'est-ce qu'il y avait, dans votre cake sans olives ?

— Un souvenir de jeunesse au Maroc, sourit-il avec une petite moue de gamin que j'aurais trouvée touchante dans un autre contexte. Je voulais que vous soyez détendu pour accueillir ma proposition.

— Vous m'avez shooté au shit, quoi, dis-je sèchement en enfournant un poivron.

— Preuve que j'avais raison : ce n'est pas la salade niçoise qui va vous ouvrir à la spiritualité.

Il allonge le bras pour essuyer une tache d'huile sur ma cravate. Je recule au fond de ma chaise. Il poursuit sans se formaliser :

— Mais je vous réponds quand même. La grande aventure du cycle tlingit, depuis des millénaires, est justement de permettre au réincarné d'expérimenter de vie en vie le brassage génétique, comme vous dites, sans perdre de vue son caractère, ses acquis, ses objectifs. C'est un nouveau bateau qui vogue à chaque fois sur d'autres mers, en fonction de vents différents, mais le capitaine reste le même.

— Et il vient d'où, le million d'euros ?

Georges Nodier fige sa fourchette dans le confit, coupé net au milieu de sa métaphore marine. Après trois secondes d'hésitation, il relève les yeux en tendant la main vers son verre. Une gorgée de gevrey-chambertin, un soupir, et il se lance :

— Je n'ai pas toujours été quelqu'un d'honnête, Illan. Du moins, j'ai joué au plus malin avec de vrais méchants, et j'ai gagné. Dans les années 60, d'après les experts, les gisements pétroliers les plus prometteurs du monde se situaient dans l'est de l'Alaska, chez les Tlingits. D'où la nécessité de nouer avec eux des relations de confiance. Comme je suis l'un des derniers non-Indiens sur terre à parler couramment leur langue, vous imaginez les sollicitations dont j'ai fait l'objet.

Il repousse une feuille de vigne vierge qui lui chatouille l'épaule, poursuit avec une ferveur sourde :

— J'ai *tout* accepté. J'ai servi d'intermédiaire exclusif à *tous* les consortiums pétroliers, et ce dans le plus grand secret, grâce à la clause de confidentialité qui me liait à chacun d'eux. Et comme j'exigeais le tiers de mes honoraires à la signature de mon engagement, l'échec des pourparlers avec les Tlingits – auquel j'avais soigneusement œuvré pour les protéger de l'exploitation comme de la cupidité – m'a rapporté un joli pactole que j'ai très bien su placer. Portefeuille d'assurance vie en actions luxembourgeoises au bénéfice de Yoa. J'étais tellement sûr de partir avant elle, avec mes trente cigarettes par jour – des Boyard maïs, à l'époque. Mais je me suis assagi. Depuis qu'il est transgénique, j'ai supprimé le maïs.

Il marque une pause, tapote le bout de ses phalanges jaunies au-dessus de son assiette. Puis il sort un paquet neutre décoré d'une tumeur cancéreuse, gratte une allumette et, après m'avoir informé que la fumée ne me dérange pas, il tire une longue bouffée en affichant une volupté triste.

— Voilà. Je n'ai jamais touché à cet argent pas très glorieux qui, vu de l'extérieur, représente ma seule réussite. En fait, un fiasco total. Mes entourloupes d'interprète n'auront retardé que de quelques années les ravages écologiques et humains du pétrole chez les Indiens d'Alaska. Hier matin, j'ai retiré de mes placements la somme correspondant à la valeur du violoncelle, en me fiant à l'estimation donnée par Wikipedia. Considérons que j'ai converti, au profit de ma femme, mon assurance vie en assurance réincarnation. Maintenant, c'est à Soline et vous de m'offrir le plus beau cadeau du monde.

Je recrache un noyau d'olive, puis, un peu moins tendu, je lui demande pourquoi leur choix s'est fixé sur nous. Il esquisse un sourire de nostalgie, retire son calot de cuistot, passe une main dans ses longues mèches blanches à peine décoiffées. Soline trouve qu'il ressemble au chef d'orchestre Herbert von Karajan. Moi, il me rappelle Félicien Marceau, l'un des derniers auteurs que j'aie lus par ordre alphabétique dans la bibliothèque de la baronne de Préoz, avant que ses héritiers ne me licencient.

— Ce qui nous a frappés chez vous en premier, me répond-il, c'est cette incroyable énergie sexuelle. Quand nous vous regardons faire l'amour, nous avons tellement l'impression de nous voir en flash-back…

Je réponds merci, malgré moi. De mon côté, j'aimerais bien pouvoir conserver à son âge une telle lumière de sensualité. Aucun dépit, aucun regret : il actualise ses beaux souvenirs plutôt que de s'appesantir sur son déclin. L'identification lui tient lieu d'aide-mémoire.

— Et puis, poursuit-il, quand Yoa a découvert que Soline était musicienne, ç'a été pour elle la confirmation. Ce n'était pas un hasard si vous étiez venus habiter en face de nos fenêtres. Vous étiez le couple qu'il nous fallait.

Cette formulation me heurte, à nouveau. Un peu froidement, je lui demande quelle serait sa réaction si nous refusions de lui faire un enfant.

— A votre avis ? Se soustraire à la surenchère des cadeaux, c'est violer la règle du potlatch. Toute infraction à cette loi, tout refus de l'appliquer, condamne le coupable à être exclu de la communauté. Le péché d'économie, dans la religion tlingite, est le seul qui soit mortel. Surtout l'économie de soi.

— C'est une menace ?

Il hausse les épaules, repousse son assiette.

— Qu'est-ce que vous croyez ? Que vous êtes le seul couple d'accueil envisageable sur la butte Montmartre ? Ça fait des années que Yoa est condamnée à brève échéance, vous imaginez qu'on s'est tourné les pouces en vous attendant, que vous êtes l'unique sélection, le premier entretien d'embauche ? Nous avons une liste d'attente, Illan. Des postulants aussi dignes d'intérêt que vous deux, et avec des rêves beaucoup moins coûteux à réaliser. Vous êtes arrivés en tête, mais ma proposition a une durée de vie très courte. Accrochez votre cravate à la rambarde de votre balcon avant 17 heures, sinon ma banque recevra l'ordre d'annuler le virement par code 09 : erreur de destinataire. Un simple jeu d'écritures. Ça vous laisse quatre heures vingt de réflexion.

Il se lève, jette un œil agacé vers la fenêtre de la cuisine où résonnent des invectives. Je le retiens par le bras. M'efforçant de paraître indifférent à ses pressions, tout du moins de conserver l'avantage par le suspense, je réserve ma réponse en me contentant de vérifier un point de détail :

— Le cas échéant… ce serait à moi d'exposer la situation à Soline, ou vous vous en chargeriez ?

— Comme vous le sentez. Vous me direz. J'arrive ! beugle-t-il sans transition, tourné vers Monsieur Robert qui peste en essayant d'éteindre un début d'incendie dans une poêlée de champignons.

Georges Nodier remet son calot, fait deux pas sur le gravier en direction de la cuisine, puis revient se pencher au-dessus de moi avec une expression beaucoup plus douce.

— Je dois vous faire un dernier aveu, Illan. Malgré tout mon amour et mon empathie pour Yoa, je suis resté au fond de moi un vieux rationaliste. Comme vous, j'ai beaucoup de mal à croire au concept même de réincarnation. J'aimerais qu'elle parte en paix, c'est tout. Qu'elle sache où elle va. En se disant qu'elle sera la bienvenue.

Je le regarde avec une émotion nouvelle.

— Vous voulez juste qu'on joue le jeu, c'est ça ? Qu'on lui fasse croire qu'on y croit ?

Il répond d'une voix nouée à peine audible :
— Je voudrais qu'elle consacre ses dernières forces à un déménagement plutôt qu'à des adieux. Je peux compter sur vous ?

Je hoche la tête. Il étend le bras, serre mon poignet et regagne la cuisine tandis que le jardin se remplit autour de ma table. Je finis de saucer mon assiette. C'est la première fois de ma vie qu'un être humain place un tel espoir en moi. Depuis la mort de mes parents, je ne me suis jamais senti indispensable, unique. J'ai toujours dû prendre les devants, faire mentir la première impression, prouver que je vaux la peine – comme je continue à le faire sans grand succès auprès de Timothée, qui ne voit en moi qu'un retour sur investissement de moins en moins probable. Même avec Soline, je me sens souvent facultatif, interchangeable. Ma seule supériorité sur les hommes qui m'ont précédé dans sa vie, c'est que je suis jusqu'à présent le dernier en date. Elle aime en moi les sentiments que je lui inspire, le plaisir qu'on se donne, l'admiration forcenée par laquelle je tente de la soutenir. Mais pour combien de temps ? Seuls un projet commun, un enjeu majeur seraient à même d'éviter que notre passion en roue libre se requalifie un jour pour elle en amitié fidèle, parce qu'elle aurait rencontré quelqu'un de plus neuf – je sais comment elle fonctionne avec ses ex. J'ai confiance en elle, mais je me connais trop pour ne pas douter de moi. Je sais bien qu'elle mérite mieux, avec son talent, sa beauté, son avenir. Dans la grande carrière qui l'attend si elle retrouve Matteo, combien de temps se contentera-t-elle de traîner derrière elle un loser qui s'excuse ? Je rêve d'un amour éternel et je n'ai d'intérêt qu'à court terme, je le sais bien. La façon bouleversante dont un vieil homme aussi lucide que moi organise le départ de la femme de sa vie, est-ce cela qui me rend si malheureux tout à coup ?

Sans attendre le plat suivant ni demander l'addition, je laisse un billet de cinquante euros sous mon verre et je quitte le restaurant. J'ai l'estomac noué, la tête lourde et la peur au ventre. L'intuition d'un danger que j'aggrave à mesure que je ressasse. Comme si notre couple qui avait résisté aux épreuves était mis en péril par ce qui, aux yeux de tout le monde, ne serait qu'une merveilleuse opportunité.

— Monsieur ! Attendez !

Le patron du Vieux Chalet cavale derrière moi sur les pavés de la rue Norvins, le tourne-disque sous le bras. Je le lui prends des mains en bredouillant une excuse qu'il balaie d'un geste nerveux.

— Ne le vexez pas, voilà tout. Je suis bien placé pour le savoir : c'est la crème des hommes, un bénévole comme on n'en fait plus… Mais quand on n'apprécie pas à sa juste valeur ce qu'il fait pour vous, il peut devenir absolument infect.

Je le remercie pour la mise en garde. Il secoue la tête avec un mouvement d'épaules, minorant sa contribution, et, les mains enfouies dans les poches de son blazer voûté, il pivote pour aller retrouver ses clients, ses tracas, son épuisant bénévole.

*

Au carrefour Lepic, je continue à descendre la rue Norvins en direction de l'avenue Junot. J'essaie des phrases dans ma tête. Je cherche comment aborder devant Soline le sujet de l'après-vie que j'évite soigneusement, d'habitude. Issue d'une famille de puritains matérialistes dont elle a pris en tout le contre-pied, elle est aussi chrétienne que libertine. Elle croit aux miracles, aux anges, à la communion des saints, au paradis conçu comme une fête des sens et de l'esprit où l'on retrouve ceux qu'on a aimés sur terre. En revanche, quand on lui parle de l'âme d'un défunt s'incorporant dans un vivant – comme s'y est employé avec force anecdotes le très vaudou Timothée, la seule fois où je l'ai ramené à la maison –, c'est pour elle un simple cas de possession démoniaque soluble dans l'eau bénite. La convertir à la notion de réincarnation ne sera pas une mince affaire. Surtout pour un athée comme moi qui, en termes d'utopies, ne croit qu'en la justice sociale, l'écologie apolitique et la paix favorisée par l'extinction des fanatismes. Face à elle, sur un plan spirituel, je n'ai pas plus d'arguments que de crédit. Quant à lui demander de faire semblant, comme m'y a incité Georges Nodier, c'est hors de question : elle a trop souffert dans son enfance de l'hypocrisie et des secrets de famille pour transiger avec la vérité des sentiments. Viscéralement incapable de mentir ou de feindre, elle m'a ainsi déconseillé de réinviter Timothée parce qu'elle le trouvait très attirant, et qu'elle préférait pour l'instant n'avoir que moi dans sa vie.

Si elle choisit d'enfreindre les lois du potlatch en refusant à Yoa le droit d'asile posthume, il faut donc que je lui conseille une stratégie bancaire la protégeant des représailles – par exemple le transfert immédiat du virement d'assurance vie sur des produits financiers HSBC, dont le nantissement garantira le prêt destiné à l'achat du violoncelle.

J'ai toujours été très doué quand il s'agit de défendre les intérêts des autres. Pour ce qui me concerne, en revanche, je ne marche qu'aux coups de cœur, à l'idéal, aux fidélités absurdes. Personne en dehors de Soline ne peut comprendre pourquoi je m'accroche professionnellement à la télépathie végétale, au lieu de gagner ma vie en toute quiétude dans une arnaque rentable. J'adorais mes parents avec autant de légitimité qu'elle déteste les siens. C'est eux qui m'ont initié aux systèmes de perception des plantes. Et mon devoir d'orphelin, depuis la fuite de gaz qui les a emportés pendant que je draguais les filles au village, est de faire breveter les découvertes qu'ils n'ont jamais eu les moyens de protéger. Je sais que je n'ai aucune chance de réussir, d'où la force inaltérable de ma motivation liée à une dette morale et non à une espérance de résultat. Mais la perspective que Soline puisse vivre à nouveau de sa passion me donne des ailes. Autant mon propre échec m'indiffère, autant le succès est nécessaire à son talent, à son épanouissement. C'est pourquoi je préfère, connaissant son intégrité, ne pas la braquer en lui dévoilant trop vite l'origine du miracle à sept chiffres qui s'est produit ce matin sur son compte débiteur.

J'en suis là de mes réflexions quand je découvre, au coin de la rue Girardon, le scooter pistache de Soline attaché à la grille du Moulin de la Galette.

D'habitude, le mardi, après ses cours du matin, elle déjeune au Conservatoire avec des collègues ou des élèves. Je traverse pour coller le nez aux baies vitrées du restaurant. Personne, à part des groupes. Je finis par l'apercevoir en transparence à l'extérieur, dans le patio envahi de glycines et de bignonias, attablée en face d'une silhouette dont je reconnais aussitôt le fauteuil roulant.

Souffle coupé, je regarde mon amoureuse gesticuler avec ses langoustines et son casse-noix, puis s'enthousiasmer, bouche bée, avant d'éclater de rire. Le front ventousé, la main en écran au-dessus de mes cheveux pour diminuer les reflets, j'observe leur discussion, leur complicité, leurs élans successifs. Deux copines de toujours qui échangent des confidences, des points de vue, des vacheries peut-être… Elles s'interrompent mutuellement, renchérissent, claquent leurs paumes l'une contre l'autre, boivent des gorgées de rosé entre deux brisures de pinces.

Je recule pour nettoyer la buée. Je n'en reviens pas. Aucune barrière entre elles, aucune surprise, aucune gêne… Je ne distingue la vieille Indienne que de trois quarts dos, mais elle semble tout aussi volubile que ma Soline. Rien à voir avec la petite ombre effacée, douce et fragile qui trempait à peine les lèvres dans son champagne, hier soir. Est-ce l'énergie naturelle de son interlocutrice qui déteint sur elle, ou bien l'exaltation du marché qu'elle lui propose – exaltation décuplée par l'adhésion apparente de Soline ? A moins que Yoa ne se livre pour l'instant qu'à des manœuvres d'approche ; une opération séduction où il n'est question encore ni de virement, ni de potlatch, ni de réincarnation… Juste une passerelle générationnelle entre deux femmes que séparent tout au plus les origines, la couleur, la culture, les croyances et quelques décennies. Deux femmes sensuelles, aimées, artistes, deux musiciennes en lien fusionnel avec leur instrument, deux amies spontanées qui ne pourront rien se refuser…

Je recule lentement, sursaute avec un bond de côté pour éviter la camionnette qui me klaxonne. Bon. Je n'ai plus qu'à regagner l'appartement, et cesser de me prendre la tête avec les réactions de Soline en attendant qu'elle m'en fasse part.

Dans le magnifique ascenseur en ronce de noyer saccagé par la mise aux normes, je me demande soudain si les deux vieux se sont concertés avant de nous inviter séparément, ou si chacun d'eux en a pris l'initiative à l'insu de l'autre.

J'ai passé l'après-midi assis devant la fenêtre de la cuisine. A 15 heures, j'ai vu Georges Nodier ramener Yoa chez eux. Il a fermé les rideaux de leur chambre. Sans doute l'a-t-il aidée à se déshabiller, à se coucher pour une sieste. Il est réapparu cinq minutes plus tard au salon, marchant de long en large en fumant. Il avait troqué sa tenue de cuistot contre une veste d'intérieur en velours grenat. Il a regardé la télé. Ouvert du courrier. Passé plusieurs appels. Puis il s'est plongé dans des papiers.

De mon côté, j'ai des tonnes de mails à envoyer pour mon bilan comptable et mes relances immobilières, mais je n'arrive pas à me concentrer. Il est 16 h 30 et Soline n'est pas encore rentrée. Est-elle retournée au Conservatoire, marche-t-elle au hasard des rues en ruminant les propos de Yoa, ou a-t-elle foncé à Neuilly dans les bureaux de Warren Partners pour lever son option d'achat sur Matteo ?

N'y tenant plus, je dénoue ma cravate dix minutes avant l'heure limite et je sors l'accrocher à la rambarde. Qu'au moins le virement soit confirmé.

Le ciel s'est chargé de nuages. Georges a ramené sa femme au salon. Elle est vêtue à présent d'un jogging violet. Lui-même a remplacé la veste d'intérieur par un costume en lin. Il lui a préparé une infusion, massé les pieds, regonflé les pneus. Pendant qu'il vérifiait à genoux la pression de sa roue droite, elle s'est penchée pour l'embrasser sur le front avec une tendresse immense. Il s'est relevé un peu trop vite, l'air agité. Il est sorti sur la terrasse pour vérifier s'il pleuvait. La main en visière, il a constaté la présence de ma cravate flottant au vent tel un fanion. Son index et son pouce ont formé un cercle en direction de mon balcon pour entériner mon choix. Il a refermé la porte-fenêtre et rejoint Yoa.

Dans les jumelles achetées l'été dernier pour partager au plus près les émotions de Soline pendant ses concerts, je n'ai rien perdu de leurs échanges, de leurs sourires, de leur complicité. Pas besoin de savoir lire sur les lèvres pour comprendre ce qui brillait dans leurs yeux. Nous mordions à l'hameçon. A leurs appâts respectifs. Nous étions sous leur emprise et sous leur charme.

La pluie sur les vitres brouille mon champ de vision. Georges donne un coup de téléphone. Puis il prend Yoa dans ses bras pour lui enfiler un imper, la rassoit et la pousse en direction du vestibule.

J'attrape mon ciré, mes clés, me précipite dans l'ascenseur. Je ne sais pas ce qui m'arrive. Le besoin d'inverser les rôles, de reprendre l'avantage, de les filer comme ils nous espionnent depuis qu'on est venus vivre sous leurs yeux...

Un taxi Kangoo aménagé pour les personnes à mobilité réduite stationne devant la place Marcel-Aymé. Les deux vieux sortent de leur immeuble sous des trombes d'eau. Il porte un panama et elle un bob de plage, comme pour influencer la météo. Je cours chercher mon vélo dans le local poubelles, regarde le chauffeur arrimer la passagère dans son fauteuil roulant à l'arrière de la fourgonnette. Je les laisse démarrer et je les suis à distance.

Rue Lepic, rue Berthe, place Charles-Dullin, boulevard de Clichy… La voie réservée aux taxis est en travaux, et je suis obligé de m'arrêter sous la pluie tous les vingt mètres pour ne pas les doubler. Arrivés au bas du pont Caulaincourt, ils reculent dans la contre-allée desservant l'hôtel Mercure, s'arrêtent sur l'emplacement livraison face à Castorama. Abrité sous le hayon du taxi, Georges attend que le chauffeur ait descendu le fauteuil par la rampe amovible, puis il engouffre Yoa dans le magasin de bricolage.

J'attache mon vélo sous l'arcade et je les retrouve au niveau –1. Il pousse sa femme dans les allées comme un Caddie, déposant sur ses genoux pinceaux, rouleaux, seaux de peinture, white-spirit. Soudain, au rayon moquette, elle tend le bras dans sa direction, l'agite, se frappe la poitrine, tourne de l'œil. Georges lâche aussitôt le classeur d'échantillons, se précipite vers elle, appelle un vendeur. Il bloque les roues de Yoa, s'agenouille, entreprend de lui masser vigoureusement la poitrine. Une voix d'hôtesse ânonne dans les haut-parleurs qu'un médecin est demandé aux revêtements sol.

— Chérie, mon adorée, mon cèdre rouge, reviens, je t'en supplie ! C'est trop tôt…

Il sort de la sacoche du fauteuil une bouteille d'oxygène, lui installe la canule sous le nez. Elle le repousse, saisie de mouvements incontrôlés. Au moment où je vais bondir de ma planque pour lui prêter main-forte, un moustachu à catogan déboule entre les têtes de gondole. Il écarte le vieux sans ménagement, vire les seaux de peinture, place correctement le respirateur, puis prend le pouls en manipulant son portable de l'autre main.

— Dr Fuchs. Une PMR en défaillance pulmonaire chez Casto, place Clichy, premier sous-sol, parquet-moquette. Je vous attends, faites vite.

Caché derrière les panneaux de stratifié façon chêne, je regarde le vieux linguiste étreindre les épaules de sa femme.

— Tiens bon, mon arbre d'amour, ma chérie adorée…, gémit-il, le nez enfoui dans ses cheveux. Reste encore, accroche-toi, je t'en supplie !

Dans les sifflements de l'oxygène, j'entends sa femme haleter :

— Ne t'inquiète pas, Georges… Je serai de retour très vite…

— Non, reste ! Ça ne rime à rien, même si ça devait marcher… Ne me laisse pas, Yoa ! Je suis trop vieux pour te voir grandir !

Chaviré par ce cri du cœur que je suis le seul à pouvoir décrypter, je retiens mon souffle. Le médecin les considère tous deux avec une perplexité inquiète, tandis qu'il fait reculer la foule des curieux.

Découvrant les regards braqués sur eux, les Nodier continuent leur aparté en dialecte. Des sons gutturaux, chuintants, liquides. Elle respire mieux, comme si sa langue maternelle avait un effet thérapeutique. Elle se calme. Ses mouvements convulsifs s'espacent. J'attends que le Samu arrive dans le magasin, puis je vais récupérer mon vélo.

*

La pluie diminue pendant que je remonte par le pont Caulaincourt. J'imagine le transfert aux urgences, la salle de triage, les heures d'attente. Je me revois à la place de Yoa, quatre ans plus tôt, attendant de crever dans les courants d'air et l'indifférence des équipes débordées. Je m'étais fait piquer par un cactus en l'équipant d'électrodes, je gonflais de partout sans pouvoir proférer un son, et je ne voyais même plus s'afficher sur l'écran les numéros de tickets – de toute façon, je n'avais pas eu la force d'en prendre un. Mais j'étais seul, à l'époque; je ne concernais personne. Là, avec l'autorité irrépressible de Georges, Yoa passera devant tout le monde. Ça n'enlève rien au mauvais pressentiment qui s'amplifie à chaque tour de pédalier. C'est étrange, ce que j'éprouve. Après trois quarts d'heure d'apéritif et vingt minutes de déjeuner, j'ai l'impression d'être attaché à ce Nodier comme s'il m'avait vu naître.

Il y a de la lumière dans notre salle de bains. Soline est rentrée. Je ne sais pas si cela me rassure ou m'angoisse. J'ai tant besoin de l'entendre et je ne suis pas en état de parler. La situation m'oppresse comme si je n'avais plus le choix. Le temps s'accélère, le processus auquel j'ai donné mon accord tacite ne relève plus seulement de la discussion de salon. Que va-t-il se passer pour Yoa, si elle décède avant que sa future mère tombe enceinte ? Son esprit va-t-il rôder autour de nous en attendant son heure ? Sans en éprouver d'étonnement particulier, je constate la facilité avec laquelle j'entre à présent dans la logique ancestrale de l'Indienne. Cette quasi-inconnue dont la maladie incurable vient de changer le cours de notre vie, en précipitant peut-être du même coup la fin de la sienne : lâcher-prise, impatience du « retour », volonté de renaître en présence de son veuf... Ces deux vieux amoureux me bouleversent. Est-il possible que mes repères aient ainsi changé en vingt-quatre heures ?

Avant de remonter à l'appartement, je m'arrête pour boire un whisky dans un troquet de la rue des Abbesses. Je n'aime pas du tout ce que je ressens. J'ignore si la mémoire des morts peut se réimplanter chez les vivants, mais la douleur de Georges me déchire comme si c'était Soline que je m'apprêtais à perdre.

Lorsque j'ai ouvert la porte, le son d'un tam-tam résonnait dans l'appartement. Elle avait installé le tourne-disque et les enceintes au milieu de la salle de bains. Plongée dans l'eau moussante, les yeux fermés, entourée de bougies et de bâtonnets d'encens, elle écoutait le disque enregistré par le groupe de Yoa à la fin des années 60. Je suis resté un moment à la regarder, appuyé au chambranle. Quand le solo de tambour s'achevait, elle envoyait la main en arrière pour remettre le bras de la vieille platine au début du morceau.

Elle m'a découvert dans la glace en rouvrant les yeux pour ajouter de l'eau chaude. Comme si l'on continuait une conversation, elle m'a dit en baissant le volume :

— C'est extraordinaire comme elle joue… Extraordinaire. Tu sens la respiration de ce tambour ? Les pulsations, les montées, les ruptures, les reprises… C'est au-delà de la rythmique, c'est une vibration qui résonne avec je ne sais quoi… Là, je suis en train de planer grave, j'ai des fourmis de la tête aux pieds, l'impression de danser au-dessus de mon corps…

Sur le rythme lancinant du tambour, je me suis déshabillé sans la quitter des yeux. Elle a soutenu mon regard, ôté lentement la mousse de ses seins, remonté les jambes pour me faire de la place. Le bain a débordé, la flaque a touché les fils de la platine et le fusible a sauté. A la lueur des bougies, on s'est enlacés dans le silence en conservant le même tempo. Nos sexes se sont cherchés, effleurés, éloignés. Elle a dit :

— J'ai déjeuné avec elle.

— Ah bon ?

Mon ton avait sonné curieusement juste.

— C'est une femme incroyable, Illan. Elle a lu tout ce qui est paru sur moi. Les interviews, Matteo, les bonnes critiques – même les salades qu'ont racontées mes parents dans *Le Télégramme de Brest*.

Je l'ai pénétrée avec lenteur en répétant ah bon.

— Mais je ne suis rien à côté d'elle. Rien.

Elle m'a ressorti doucement pour me raconter son repas. Je la fixais tandis qu'elle continuait à me caresser en cadence.

— Pour fabriquer son tambour, à quinze ans, elle a tué un daim et coupé un cèdre jaune. Mais quand elle t'en parle, ce n'est pas le fait de donner la mort, au contraire. C'est l'animal et l'arbre qui donnent leur vie pour créer le tambour dans lequel ils se réincarnent.

Elle a marqué un silence. J'ai cru que c'était pour faire un sort au verbe réincarner, mais elle a repris :

— D'après ce qu'elle m'a dit, les vivants et les disparus sont reliés par le même champ vibratoire : un son particulier à chacun, mais qui a un besoin constant de se réorchestrer. C'est ça, la mémoire, pour un Tlingit. Il n'a pas le culte du passé : il *est* ses ancêtres. Comme les tambours *sont* le daim et le cèdre.

Je sentais bien qu'elle tournait autour du pot, mais je ne faisais rien pour bousculer ses confidences. Je me disais que Yoa était en train d'agoniser à l'hôpital, ou déjà morte. J'essayais d'imaginer son fantôme virevoltant autour de nous, en repérage. Je fixais les flammes immobiles des bougies. Mais je ne ressentais rien d'autre que la douleur de Georges. Sa détresse implorante au rayon moquette, quand il serrait contre lui le petit corps en souffrance.

— C'est des sacrés guerriers, en même temps, poursuivait Soline. Tu sais que l'Alaska était une colonie du tsar, au départ ? Les Tlingits ont toujours refusé l'occupation de leur sol. En 1793, ils ont brûlé la plupart des vaisseaux russes qui tentaient d'accoster. Et après, ils n'arrêtaient pas d'attaquer leurs camps fortifiés à mains nues, avec pour seule protection leurs armures en lattes de cèdre rouge – Yoa en portait un modèle réduit comme collier, hier soir, tu as vu. Ça arrêtait les balles des Russes, comme par magie, ça les rendait dingues. Impossibles à tuer, les guerriers tlingits ! Bref, ces espèces d'Astérix les ont tellement défiés, harcelés, castagnés, foutus à la flotte, que le tsar en a eu marre : en 1867, il a vendu l'Alaska aux Etats-Unis pour se débarrasser de ces teignes. C'est Yoa qui dirigeait les attaques sur l'île de Sitka.

Sa main s'est immobilisée en haut de ma cuisse. Comme son silence m'y invitait, j'ai fait mine de tiquer :

— Yoa ? Mais ça lui ferait quel âge ?

— Je t'ai dit que leurs ancêtres, c'étaient eux. Ils pensent qu'ils se réincarnent à chaque génération, à l'intérieur de leur clan. Le plus souvent, dans leur système de croyance, c'est une de tes nièces qui se propose de t'héberger quand tu quittes ton corps, et ton histoire se poursuit sous la forme de son môme. Ou bien tu vas trouver tes voisines, et tu leur fais passer un casting de future mère.

J'ai dissimulé mon soulagement de la voir si bien préparée à la condition suspensive de son virement. J'ai dit :

— C'est cool, ça évite la consanguinité.

Ma réflexion ne l'a pas fait sourire.

— Exactement. Il y a deux clans principaux : les Aigles et les Corbeaux. Si comme Yoa tu es une Aigle, tu es obligée d'épouser un Corbeau, mais tu dois te réincarner chez les Aigles. Et comme c'est une société matriarcale, c'est le frère de la mère qui exerce l'autorité paternelle, pas le père.

— Sympa.

— Le problème de Yoa, c'est que sa fuite avec Georges l'a coupée de son monde. Elle n'a plus personne à qui transmettre son âme. C'est là que j'interviens.

Je me suis reculé contre le fond de la baignoire, curieux de voir comment elle allait m'annoncer ce dont j'avais tant de mal à lui faire part. Elle a pris une longue inspiration, les ongles joints dans la mousse, et elle s'est lancée :

— Comment te présenter ça ? Le million d'euros sur mon compte, c'est un peu comme sa dot.

— Pardon ?

— C'est l'argent qui me permettra de la prendre en charge.

— C'est-à-dire ?

— D'élever notre enfant.

Mon absence de réaction lui a fait préciser aussitôt :

— D'y contribuer, je veux dire. Avec les récitals et les enregistrements que je vais reprendre et multiplier par dix, tu vas voir, dès que j'aurai récupéré Matteo…

Sur la pointe de la voix, j'ai répété à contretemps :

— « Notre enfant »… ?

Elle a répondu à la prudence de mes guillemets par une évidence joyeuse :

— L'enfant que tu vas me faire.

— Avec elle ?

Les deux mots m'avaient échappé dans un réflexe de défense qui sonnait comme une raillerie. Elle s'est appuyée sur le rebord de la baignoire, a replié son coude, planté son menton au creux de sa paume.

— C'est un peu *space*, résumé comme ça. Disons : l'enfant dans lequel elle s'imagine renaître.

— Et… ça ne te gêne pas ?

— Non, pourquoi ? C'est une femme géniale, ça serait dommage que cette mémoire se perde.

Je n'en revenais pas que ses convictions chrétiennes aient intégré avec autant de naturel et de rapidité les croyances tlingites. Elle a perçu ma réserve, m'a rassuré en labourant mes cheveux :

— C'est symbolique, tout ça, mon amour. A part l'argent, qui est bien réel. Ça représente les économies de toute leur vie, et ils nous veulent comme héritiers spirituels. Ça te choque si on leur dit oui ?

Moi qui m'étais tellement demandé comment contrer ses réticences, je me suis entendu lui opposer les arguments que j'avais cru être les siens :

— Attends, on les connaît à peine, et ils te filent un million d'euros pour que tu leur fasses un gosse !

— C'est de la métempsycose, Illan, pas de l'insémination artificielle. Ils ont flashé sur un couple de jeunes et ils le subventionnent pour réaliser un fantasme. Accomplir l'acte fondateur d'une culture en train de disparaître. Où est le problème ? Je trouve ça beau.

J'ai laissé aller ma tête contre les flacons de shampoing. Je m'étais déjà formulé cette conclusion – d'où venait ma gêne à l'entendre dans sa bouche ? Peut-être que la pureté combative pour laquelle je l'admirais tant venait de montrer ses limites, et j'étais déçu qu'elle réagisse à ma façon. Dans notre couple, c'est moi qui m'accommodais des petites magouilles et concessions nécessaires à la survie en société ; c'est elle qui défendait bec et ongles l'intégrité, l'idéal, l'exigence – toutes ces valeurs en voie d'extinction qui purgeaient si bien ma mauvaise conscience depuis qu'on se connaissait. Comme si elle ressentait mon dépit, elle a caressé le coin de mes lèvres avec son gros orteil.

— En fait, c'est beaucoup plus simple que ça, Illan. Ils s'aiment vraiment, ces deux-là. Comme je rêverais qu'on s'aime encore à leur âge. Elle sait qu'elle va mourir d'un jour à l'autre, et elle a peur qu'il parte en vrille. Alors elle veut lui donner un but, c'est tout, pour qu'il se raccroche à quelque chose.

— Et le but, c'est nous.

— C'est l'enfant que tu me feras, si tu en as toujours envie. Tu me disais : « Quand on sera un peu plus cool financièrement… » Je nous trouve assez cool, là, depuis ce matin, non ?

Mon silence a fini par la crisper. Elle a laissé retomber sa jambe dans la baignoire.

— Maintenant, si tu trouves ça pesant, malsain, je ne sais quoi…, t'es pas obligé d'être le père. C'est à moi qu'on a fait le virement.

L'odeur des bougies m'a pris à la gorge, tout à coup. Elle m'a éclaboussé le visage d'un revers de main.

— Hé, je te vanne ! Qu'est-ce qui te gêne ? La perspective de Georges Nodier collé à notre bébé ? On le prendra comme parrain, voilà, rien de plus. Tu penses à quoi, là, exactement ?

Je pensais aux marques de naissance qu'avait évoquées le vieux : ces cicatrices qui devenaient des taches, des angiomes, des grains de beauté, du psoriasis… Yoa lui en avait-elle parlé ? Pour ne pas trahir une information que j'étais censé ignorer, j'ai saisi la première image qui se présentait :

— Et si c'est un garçon ?

— Oui ?

— Imagine son parrain qui le fait jouer à la poupée en l'appelant « ma chérie adorée ». C'est *Rosemary's Baby*, ton truc.

Elle a remonté son pied dans mon dos pour manœuvrer le robinet d'eau chaude.

— Sans vouloir être cynique, Illan, il a quatre-vingt-douze ans, Rosemary's papy. Ça ne va pas être une charge trop longue à porter pour le bébé.

Sa moue coquine a achevé de déliter mes scrupules. Elle a crocheté ma nuque avec son pied, replié sa jambe pour me ramener contre elle.

— Et en termes de dommages et intérêts, de toi à moi, il me semble qu'un million deux c'est assez correct.

Je me suis trouvé à court d'objections. Au moins, on avait fait le tour des arguments : on pouvait sans remords céder à la vénalité. Elle m'a serré dans ses bras, couvert de baisers à chaque virgule :

— Je suis allée chez Warren Partners, je leur ai donné un chèque de 10 %, je paierai le reste en cent quatre-vingts mensualités, ils sont ravis, justement la Chinoise venait d'annuler Pleyel et de leur renvoyer le violoncelle en exigeant une restauration, elle dit que les trous de vers dénaturent le son, j'adore la Chine. Ils me font livrer Matteo demain matin.

J'ai immobilisé son visage entre mes paumes.

— Tout ce qui compte pour moi, Soline, c'est que tu sois heureuse.

— Et là, j'ai l'air très dépressive ? Elle m'a vraiment scotchée, cette femme, tu sais. Sa rythmique, sa sensualité, sa manière de ressentir le monde, de capter la souffrance pour lui donner un sens… On est tellement compatibles, Illan… C'est incroyable. Jamais dans mes études ou ma carrière je ne me suis sentie aussi proche d'une autre musicienne. Et ça va bien plus loin… Mais ne t'inquiète pas.

L'émotion a troublé son regard. Entre mes mains, son sourire s'est allongé pour recueillir une larme.

— On va changer de vie, mon amour. On va avoir une maison à nous, un enfant à nous, tu vas pouvoir laisser tomber tes petits boulots d'appoint, financer tes recherches sur les plantes, travailler tes rêves aussi fort que je vais réaliser les miens... Tu m'as aidée comme tu n'as pas idée, ces derniers mois, avec ta force d'inertie, ta façon de faire comme si tout allait s'arranger toujours, et tu as gagné, tu vois. On va penser à nous, maintenant, profiter de ce cadeau dément sans se prendre la tête, simplement en aidant deux vieux à supporter la mort... Tu veux ?

J'ai enfoui ma tête au creux de son épaule, le nez au ras de la mousse. J'avais bien fait de me taire. Jamais je n'aurais trouvé les mots pour lui présenter de manière aussi convaincante ce qu'elle tentait de me faire accepter.

— Yoa ne me demande rien, tu sais. Juste de rester comme je suis et, quand elle ne sera plus là, de penser un peu à elle quand tu me baises. D'accueillir son image mentale. C'est ça, en fait, la réincarnation. Au sens propre. Un acte de chair.

J'ai fait glisser mes paumes vers ses tempes, regardé l'éclat mouillé des bougies dans ses yeux. Son bonheur me sautait au cœur. J'avais eu si peur de la perdre, de la voir s'éteindre dans ce quotidien sans espoir dont je n'aurais jamais eu les moyens de la sortir.

— Elle ne veut pas squatter notre couple, Illan, elle veut juste donner à son homme une raison de survivre... On lui fait cette dernière joie ? On lui dit qu'on veut bien la prendre comme bébé ?

Il y avait dans sa voix la même légèreté grave, le même défi tout simple que s'il s'était agi d'adopter un animal. J'ai dit :

— On peut.

— Génial ! C'est un peu ce que j'ai fait, je t'avouerais. Si tu avais vu la lumière dans ses yeux... Elle s'y croit déjà. Elle te sent hyperbien, toi aussi. Elle dit qu'on va être les meilleurs parents du monde.

— C'est gentil. Mais attendons que le problème se pose...

— Je te parais hors sujet, là, tout de suite ?

Mon index entre ses doigts, elle a descendu ma main sous l'eau, réveillé mon excitation en faisant monter la sienne, et les débordements du bain ont éteint les bougies.

*

Il ne pleuvait plus. Les nuages s'étaient repliés au-dessus du Sacré-Cœur et le coucher de soleil était une splendeur.

— On dirait qu'ils ne sont pas là, a dit Soline en regardant l'appartement d'en face.

Je n'ai pas réagi. De même que j'avais passé sous silence mon déjeuner avec Georges au Vieux Chalet, je ne lui avais rien dit de ma filature à vélo, du malaise respiratoire de Yoa chez Casto. Discrètement, j'ai décroché de la rambarde ma cravate trempée. J'ai épongé la table du balcon, mis le couvert et on a mangé nos pâtes face à leurs fenêtres éteintes.

— Ça t'ennuie si j'arrête la pilule ?

— Là, déjà ?

— Ce n'est pas ça qui va la tuer.

On s'est pris la main par-dessus le photophore. On avait parlé tout bas, comme si les Nodier nous avaient posé des micros. J'étais tellement bien avec elle. J'avais tant besoin de sa fausse désinvolture, de son insouciance réfléchie, son humour à cœur ouvert, son impudeur qui masquait si mal ses blessures.

— Je t'aime, Soline.

— Moi aussi. Ils sont allés se faire une toile, tu crois ?

J'essayais de chasser la vision du Samu, tandis qu'elle enchaînait sur un ton de reproche :

— Dis donc, nous, ça fait combien de temps qu'on n'est pas allés au ciné ?

— Samedi dernier.

— Pour le film, pas pour niquer dans le noir. Tu sais, culturellement, je crois que ça va nous faire du bien de fréquenter des vieux.

*

Ils sont rentrés à 21 h 30, dans un taxi ordinaire. Ils avaient l'air en forme. Pas de canule d'oxygène, pas de séquelles apparentes. Georges s'est étiré en direction de la lune, cigarette au bec, panama de côté. Puis, comme le chauffeur ne daignait pas quitter son volant, il a sorti le fauteuil du coffre, l'a déplié devant la portière pour y installer sa femme. Sans vergogne, il lui a mis sur les genoux les deux pots de peinture et les sacs bleus Castorama.

— Je l'crois pas, ils font leurs courses en nocturne, s'est extasiée Soline tandis que le taxi redémarrait. Jure-moi qu'on sera comme ça à leur âge.

— Sans le fauteuil et les clopes, d'accord.

En finissant notre verre de sancerre, on a attendu que leur étage s'allume. Il avait dû se passer quelque chose dans l'ascenseur. Georges avait l'air soudain agité en poussant le fauteuil. La tête basse, Yoa essuyait des reproches. Il l'a garée devant la télé, a déchargé les fournitures, puis il est sorti sur la terrasse pour tirer ses dernières bouffées, le visage tourné vers le ciel au-dessus des ailes du Moulin de la Galette. S'étaient-ils disputés à cause de nous ? Leurs stratégies croisées pour emporter notre adhésion étaient peut-être moins concertées que je ne l'avais cru en entendant le récit de Soline. J'essayais d'imaginer quelles réflexions Yoa avait pu faire à son mari, entre le rez-de-chaussée et le sixième, pour le froisser de la sorte. Peut-être une phrase du genre : « La petite m'a dit oui pour le bébé ; ce n'est plus la peine que je m'accroche. »

Au bout d'une minute, il a écrasé son mégot et fermé les persiennes en fer, sans un regard vers notre balcon. Maintenant que les choses étaient claires entre nous, il respectait notre intimité. Ou bien il protégeait la leur.

— Ils ont vraiment confiance en nous, tu crois ? a demandé Soline, décontenancée par l'attitude de son bailleur de fonds. Ou ils nous testent ?

J'ai répondu par un geste d'ignorance. J'avais hâte de fermer les volets, moi aussi. De ne plus penser qu'à nous. Mais quand on a fait l'amour, cette nuit-là, on n'était plus seuls.

Depuis ce matin, ils peignent. Ils ont décollé le papier japonais de la petite pièce du fond donnant sur la terrasse, près de la séparation vitrée. Et ils la repeignent en rose. Est-ce une coutume tlinglite ? S'entraîner à dormir dans une chambre de fillette avant de mourir fait-il partie du protocole de réincarnation ?

Au lever du soleil, buvant mon café au-dessus de l'évier, je les ai vus vider leur ancien débarras, puis tendre une bâche sur le sol. Ils se partagent les murs : elle peint le bas au pinceau et il passe le reste au rouleau, juché sur un vieil escabeau. Dans mes jumelles, les gouttes roses tombent sur le bob de plage de Yoa.

Soline me rejoint, les découvre, m'interroge. Elle sourit de mon interprétation. A peine. Sans toucher aux toasts que je viens de lui beurrer, elle se maquille comme pour un rendez-vous d'amour.

Matteo est arrivé à 9 h 40, dans une caisse matelassée trop grande pour l'ascenseur que les transporteurs ont dû monter à pied. Après le déballage, le contrôle marchandise et la signature du bon de livraison, Soline les a raccompagnés sur le palier avec un pourboire équivalant à notre budget de la semaine. Puis elle m'a sauté au cou, m'a dévoré de baisers en arrachant ses vêtements et s'est jetée sur Matteo, plaquant sa peau nue contre l'érable.

Au sixième coup d'archet, elle a posé le violoncelle contre le mur et s'est rhabillée avec pour tout commentaire :

— Enfoirée de Chinoise.

Je l'ai vue manœuvrer toutes les chevilles de réglage, vérifier la pression du chevalet, varier la tension des cordes pour modifier le rendu des notes qui me paraissait inchangé. Diapason, pizzicato, extensions et démanchés, crayon gras sur les points d'appui des cordes, contrôle de l'âme, ce petit cylindre d'épicéa coincé à l'intérieur de la table d'harmonie... Elle commentait chaque phase, lançant dans le vide son ressenti, son diagnostic, ses craintes, ses tentatives de correction. Au bout de vingt minutes, folle de rage, elle s'est s'éclipsée dans le cellier. Elle est revenue avec un carton Monoprix qu'elle a déscotché, aplati, sorti sur le balcon pour le fixer entre les barreaux de la rambarde, après y avoir inscrit au marqueur en lettres géantes :

AU SECOURS, YOA !
IMPOSSIBLE DE L'ACCORDER !

Dix minutes plus tard, Georges sonnait à la porte et faisait rouler sa femme jusqu'au violoncelle étendu sur la table de la salle à manger. Ils étaient restés en tenue de peintre, tout tachés, entêtants de white-spirit.

Ils rayonnaient. J'ai offert un café au parrain en instance qui a refusé, tandis que notre future gamine entreprenait d'ausculter Matteo. J'avais beau tenter d'apprivoiser la situation par l'ironie, j'étais tout chamboulé devant la joie de vivre que semblait leur donner ce matin notre acceptation. Soline, elle, ne tenait pas en place. Murée dans sa fureur, elle attendait les résultats de l'autopsie.

— A tous les coups, elle a joué du Xenakis, fulminait-elle. Remplacer le boyau par du tungstène sur un Goffriller, c'est un crime !

Les yeux fermés, la vieille Indienne aux doigts déformés faisait vibrer chaque corde, posait la paume de sa main droite sur la table d'harmonie, les éclisses et les ouïes comme on évalue la température sur le front d'un enfant. Puis, alternant les va-et-vient d'archet et les rotations de chevilles, elle a fait monter entre ses lèvres closes un son qui n'avait rien de commun avec les modulations de Soline. Elle lui a pris la main, tandis que son bras gauche quasiment atrophié reposait au niveau de l'âme du violoncelle. Elle a dit :

— Il a un problème avec l'accord à 440 Hz.

— Sa fréquence d'origine, c'est 432.

La vibration de Yoa s'est modifiée dans sa gorge, tandis que Soline jouait la note avec son index, la montait ou la rebaissait d'une inflexion de cheville. Elle a repris son archet. Toute tension avait disparu de son visage ; à nouveau, elle faisait corps avec son instrument. Peut-être que mes oreilles me jouaient des tours, mais à présent Matteo semblait s'accorder de lui-même aux fréquences émises par les cordes vocales de Yoa. J'ai laissé échapper un sifflement d'admiration. L'Indienne s'est interrompue aussitôt, soucieuse, a fait un signe à Georges. La main sur mon épaule, il m'a entraîné vers la porte, et on est descendus boire un verre au Moulin.

L'émotion nous rendait peu loquaces. Que se dire, à part merci ? Après le premier Americano, je lui ai demandé si sa femme intervenait souvent de la sorte. Il m'a répondu qu'elle n'acceptait d'accorder un instrument que si elle « sentait » le musicien. Il a précisé :

— C'est comme une thérapie de couple. Enfin, c'est moi qui interprète.

— Que va-t-il se passer, maintenant ?

— A quel point de vue ?

Mon geste vague m'a valu un silence éloquent. Au deuxième cocktail, mon portable a vibré, signalant l'arrivée d'un texto de Soline. *Quand vous voulez.* On est remontés. Une curieuse allégresse flottait autour de nos femmes, comme si les sons qu'elles avaient tirés du violoncelle demeuraient en suspens dans la pièce. La vieille Indienne s'est tournée vers Georges pour l'informer qu'elle nous invitait ce soir à un souper-concert. Il a pris acte avec un étonnement assez peu convaincant.

— Je vous ferai mon *kwaangwlatg*, s'est-il réjoui en posant la main sur l'épaule de Soline. Le plat typique des Tlingits – le moins dégueulasse, en tout cas. La gastronomie n'est pas le pan dominant de leur culture.

— Commande-nous un taxi, mon Georges, si ça ne t'ennuie pas. J'aurai une course à faire pour tout à l'heure.

Repensant à la bagnole pourrie dont le chauffeur, la veille au soir, ne l'avait même pas aidée à se transférer de la banquette au fauteuil, j'ai appelé Timothée pour qu'il vienne les chercher dans sa limousine.

— Je viens de décharger gare du Nord, temps estimé dix-sept minutes, m'a-t-il répondu d'un ton sec.

Apparemment, il m'en voulait encore d'avoir foiré notre démonstration d'alarme auprès de la collectionneuse de pendules du Palais-Royal. Dans ces moments-là, il se délecte de me rendre tous les services possibles, afin que je me sente d'autant plus coupable.

— Une Mercedes classe S vient vous chercher dans un quart d'heure, ai-je dit à Yoa en raccrochant. C'est un vrai chauffeur de maître qui vous traitera comme une princesse.

Je n'ai pas compris sa réaction, sur le moment, sa tristesse soudaine.

— Pourquoi vous donnez-vous tout ce mal pour moi ?

L'incongruité de la question, formulée presque à la manière d'un reproche, m'a laissé sans voix. Il y avait, dans son regard et sa pose rencognée sur la droite du fauteuil, la même anxiété que je lui avais vue dimanche sur le trottoir de la boulangerie. Comme si ma prévenance lui rappelait, subitement, que tout ce qui se mettait en place entre elle et nous n'était destiné qu'à préparer une relation posthume. Le sens bouleversant qu'on pouvait prêter à sa phrase – « attendez que je sois revenue au monde dans votre enfant pour vous donner du mal » – a incité Georges à l'évacuer prestement, sous le prétexte que notre ascenseur était lent et qu'il ne fallait pas faire attendre le taxi.

— 20 heures, interphone YGN, sixième gauche, bonne journée, a-t-il conclu en poussant le fauteuil vers le vestibule.

Avec une brutalité que ne laissait pas soupçonner son atrophie musculaire, elle a soudain bloqué son frein. Il a failli passer par-dessus bord. Elle s'est retournée vers Soline. Elle voulait sa réponse.

— Pourquoi vous donnez-vous tant de mal pour moi ? a-t-elle répété durement. Pourquoi m'avez-vous demandé d'accorder ce violoncelle que personne ne connaît mieux que vous, alors que je n'ai plus l'oreille ni la main ?

Soline a coulé vers moi un regard de détresse auquel je ne savais quoi répondre. Et puis elle a eu un trait de génie.

— Potlatch ! a-t-elle répondu d'un air mutin.

Le visage de l'Indienne s'est détendu aussitôt. Elle a tourné un sourire radieux vers son mari courbé dans une grimace de douleur.

— On ne s'est pas trompés, lui a-t-elle murmuré sur un ton d'amoureuse.

— T'avais qu'à me demander, a-t-il grincé en massant son abdomen meurtri par le dossier du fauteuil.

Et il l'a évacuée sur le palier, avant de refermer la porte derrière lui d'un coup de pied.

— Ils sont complètement barrés, a chuchoté Soline.

Et, dans sa bouche, c'était le plus beau des compliments.

*

Pendant qu'elle annulait ses cours de l'après-midi pour remettre Matteo en phase avec lui-même, lui redonner son identité sonore malgré les cordes en tungstène, je suis descendu place des Abbesses, histoire de faire un peu de présence à l'agence. J'ai consulté les biens qui venaient de rentrer. Un atelier d'artiste en face du Sacré-Cœur, un triplex donnant sur l'ancienne maison de Dalida – le type de produits à vente immédiate que se réservent les deux négociatrices titulaires – et un tiers d'hôtel particulier en indivision « à rafraîchir » dans le bas Montmartre : le genre de casserole à problèmes qu'elles me refilent avec la bénédiction de notre employeur. Le « petit nouveau » doit se faire les dents, c'est-à-dire se les casser pour ne pas rogner le montant des primes du personnel à demeure.

— Illan chéri, ça c'est pour toi : un véritââable rez-de-chaussée de château ! a modulé de sa voix rauque ma voisine d'open space, Ysaure, une cougar à Botox bimestriel qui a parié avec sa collègue Bettina une paire de Louboutin qu'elle me sauterait avant la fin de mon CDD – je le sais par Bettina qui, en toute logique, lui savonne la planche dans l'espoir de remporter les godasses.

Tandis qu'Ysaure transfère sur ma boîte mail la ruine en fond de cour de la rue Pigalle, je guette du coin de l'œil les réactions de Pierre-Edouard qui épluche mes bilans de visite, assis d'une fesse au bout de ma table. C'est mon ex-futur beau-frère. Par aversion pour sa sœur Anne-Claire – « l'intello », comme il l'appelle en avançant le menton –, il s'est empressé de m'engager dans son réseau d'immobilier haut de gamme quand elle m'a viré de chez elle.

— Donc, la rue Girardon, toujours *nada* ? bougonne-t-il dans son chewing-gum en se grattant le nombril entre deux boutons de sa chemise sur mesure.

Je réponds par un soupir navré. Il a son bureau dans la plus grosse de ses neuf succursales, avenue Pierre-Ier-de Serbie, et il ne monte relever les compteurs à Montmartre dans sa Ferrari jaune que le mercredi midi, ce qui me laisse toute latitude pour mes petites magouilles humanitaires et perso.

— *And why ?*

— Trop cher, mal foutu, exposé plein nord. J'ai encore appelé la propriétaire à Lausanne : elle refuse de baisser.

— Tant qu'on a l'exclu, je préfère, tranche-t-il en compulsant les faux comptes rendus de visite bourrés de critiques négatives que je fais remplir par Soline et Timothée sous des noms d'emprunt. Pas question de lâcher le haut de la Butte à moins de 13 000, c'est compris les filles ?

Ysaure et Bettina opinent d'un air entendu. Comme elles ne mettent jamais leur nez dans les produits douteux dont elles se défaussent sur moi, il me suffit d'être discret lorsque j'entre ou sors du 4 rue Girardon, sur le marché depuis six mois sans aucune offre – et pour cause. Quand un acheteur potentiel m'appelle sur mon portable au sujet de l'annonce repérée sur le site ou la vitrine de Pierre-Premier Montmartre, je l'informe que l'appartement vient d'être saisi à titre conservatoire par le fisc.

— Dis donc, coco, me relance Pierre-Edouard, le penthouse des Brouillards, i' s' passe quoi ? Le syndic m'a transmis une plainte pour tapage nocturne.

Je serre les dents au-dessus de mon clavier. Les Irakiens de Timothée. Jeudi dernier, après leur expulsion du Sacré-Cœur, j'ai dû les reloger en urgence allée des Brouillards, dans le trois cents mètres carrés à quatre millions avec boiseries Louis XV contaminées dont Ysaure m'a refilé le mandat. J'improvise :

— Travaux dans les murs.

— *Because ?*

— Diagnostic mérules et termites.

— La nuit ?

— Les experts sont débordés.

— Et t'as des nouvelles de l'intello ?

— Aucune, merci.

— OK pour Girardon, grasseye-t-il en me claquant l'épaule. Tu me le laisses en vitrine, mais tu me l'estampilles « Rare à la vente » en changeant l'argu et les photos, que ça donne pas l'impression d'un produit merdoc qui nous reste sur les bras.

Je réponds que je m'en occupe tout de suite, et je saute sur le prétexte pour clore ainsi ma journée de travail.

— T'oublies pas quèqu' chose, coco ?

Riant de ma distraction, je fais volte-face sur le trottoir pour courir prendre dans l'armoire aux clés le trousseau étiqueté « 4 Girardon 6e », dont je ne suis pas censé posséder deux doubles. Et je rentre photographier l'appartement, en évitant de laisser traîner dans le diaporama une petite culotte ou un carton de livraison Monoprix.

— Entre nous, glisse Soline que je dérange en plein Mozart, tu n'es peut-être plus obligé de garder ce boulot, si ?

Sous-entendu : maintenant qu'on a de quoi vivre… Elle oublie simplement que la subvention des Nodier couvre en tout et pour tout l'achat de son violoncelle. Sans m'appesantir sur ma précarité qui demeure intacte, je lui rappelle qu'on sera bien contents de bénéficier d'un quatre-pièces gratuit quand elle tombera enceinte, et que je ne peux pas non plus renvoyer dans la nature, du jour au lendemain, les trente-huit réfugiés que je planque à l'heure actuelle dans mes autres produits en attente.

— Notre vie n'aura plus rien à voir, Illan.

Dans son léger changement de ton, la perspective des lendemains qui chantent a résonné en moi comme un signal d'alarme.

A 20 heures précises, on a découvert de l'intérieur l'appartement que j'espionnais aux jumelles depuis la veille. Au bout d'un long couloir obscur où les piles de revues et les colonnes de livres masquaient le bas des bibliothèques, le grand salon était une rotonde défraîchie très peu meublée, orientée sud-ouest. Trois immenses canapés au velours déteint par le soleil entouraient une table basse taillée à la hache dans un bois exotique. La vue sur Paris coupait le souffle, à 180 degrés au-dessus des toits de la Butte. J'avais laissé les lampes allumées dans notre appartement, pour me rendre compte du taux d'intimité que les Nodier partageaient avec nous, et je n'étais pas déçu. La plongée que leur octroyait le dénivelé de la colline, à étage égal, rendait notre exposition maximale, tandis que, depuis chez nous, les volutes forgées de leur balustrade les protégeaient par un rideau de fer coupant Georges à la ceinture et Yoa au ras du menton. Entre deux replis des lourdes tentures dépassait une longue-vue sur pied.

— Oui, a souri Georges en suivant mon regard, c'est vrai que, depuis quelques semaines, nous allumons beaucoup moins la télé.

Quelques semaines… Je me demandais quand avait commencé l'espionnage, et ce qui l'avait déclenché. Tous les jeunes couples de leur champ visuel avaient-ils subi le même genre d'évaluation ?

— Potlatch ! a chantonné Yoa en tendant vers Soline le grand paquet posé sur ses genoux.

Dès qu'elle a reconnu l'étiquette bleue Di Arezzo, elle s'est jetée au pied du fauteuil roulant pour serrer dans ses bras la donatrice. Je suppose qu'il s'agissait de cordes en boyau.

— C'est de la folie, Yoa !

— J'espère bien. Va le changer dans la cuisine.

Le terme de puériculture m'a serré le ventre, tandis que Soline emportait aussitôt dans la direction indiquée le violoncelle et son nouveau gréement. Georges m'a pris des mains le Laurent Perrier Grand Siècle cuvée Alexandra que je m'étais fait livrer par Allô Millésimes. Cinquante euros de plus que le Dom Pérignon qu'il nous avait offert quand ils s'étaient invités à l'apéritif – on a le potlatch qu'on peut.

— Alors, Illan, comment trouvez-vous notre nid d'aigle ?

— C'est la plus belle vue de Paris, ai-je commenté avec un poids de sous-entendu qui ne s'embarrassait pas de modestie.

Le vieil explorateur des dialectes oubliés et des jeunesses proches a préféré orienter sa réponse sur le mode général, tout en bloquant le bouchon pour faire tourner la bouteille inclinée à l'horizontale.

— Quand j'ai ramené Yoa en France, je nous ai pris l'appartement le plus haut que j'aie trouvé. Je ne voulais pas qu'elle soit dépaysée…

Je me suis tourné vers l'Indienne qui affichait un sourire absent. J'ai supposé qu'elle était originaire d'une tribu des montagnes, mais il a recadré le décor après avoir débouché le champagne sans bruit au-dessus des flûtes en cristal :

— A l'époque, elle vivait à trente mètres du sol. Exilée de son village dans une cabane au sommet d'un conifère. L'Arbre du doute. Elle était sans enfant, veuve depuis un an, et elle hésitait toujours. Doublement. Elle hésitait entre deux Corbeaux, deux prétendants du clan opposé, comme le veut la loi nuptiale chez les Tlingits. Et elle hésitait entre deux Aigles de son clan, des cousins à l'article de la mort désireux de se réincarner dans son futur bébé. Il y avait donc urgence. Elle mettait en péril la cohésion du groupe en refusant de se prononcer, et le guide de sa tribu avait confié à l'Arbre du doute le soin de lui inspirer ses choix. Mais elle demeurait aussi indécise que butée.

Il parlait d'une voix égale sans quitter des yeux l'intéressée. Elle ne bougeait pas, ne réagissait à rien. C'était comme s'il commentait un tableau. Le visage tourné vers la cloison derrière laquelle Soline décordait Matteo, sa femme semblait aussi étrangère au passé qu'au présent. Avec un soupir, il s'est dirigé vers un grand buffet décoré de peintures naïves.

— Cet été-là, je vous l'ai dit, j'avais été recruté en tant qu'interprète par l'université de Virginie, qui enquêtait sur le mode de réincarnation chez les

Tlingits. Le Dr Stevenson a voulu que je recueille le témoignage de cette rebelle qui enfreignait les deux tabous majeurs de sa communauté. J'étais très alerte, à l'époque. J'ai grimpé aux branches pour lui poser les questions de l'Américain. Et quand elle est redescendue, c'était avec moi.

— Elle vous avait choisi ?

Ses doigts comparaient des cigares dans la boîte en acajou qui trônait sur le buffet. Il a nuancé d'une moue :

— Je représentais un vrai problème en tant qu'étranger, mais j'étais en même temps la solution à son dilemme : elle refusait les options qui lui étaient imposées par son clan, je ne lui déplaisais pas, j'étais célibataire, j'incarnais la mémoire vivante de son peuple et j'avais un hydravion. Elle n'a emporté que son tambour.

Il a poussé un long soupir de bonheur rétrospectif en allumant son cigare.

— En fait, on s'était rencontrés deux ans plus tôt, quand j'étais venu négocier avec sa tribu un droit de forage pour le compte des compagnies pétrolières. Sa beauté, sa sensualité m'avaient profondément ému. Le coup de foudre immédiat, sans espoir : elle était mariée, à l'époque. Avec un Corbeau très à cheval sur les traditions, un *itcha* – un chamane, si vous préférez – qui lui reprochait de ne parler que l'anglais. Eh oui, les dialectes amérindiens étaient interdits à l'école : la génération de Yoa ne maîtrisait plus du tout le tlingit. Son Corbeau m'a demandé de lui donner des cours, en échange de l'influence qu'il exercerait sur la tribu pour favoriser un accord avec les profanateurs de sous-sol. Si j'ai accepté, vous le devinez, ce n'était pas vraiment pour servir les intérêts de Total ou de British Petroleum…

Son regard s'est perdu dans les volutes de fumée, tandis qu'un sourire d'une jeunesse insolente reprenait possession de ses rides.

— Yoa gardait ses distances, au début, mais j'ai touché son cœur en lui rendant sa langue. Et puis j'ai dû regagner Paris, la mort dans l'âme, reprendre mes cours à la Sorbonne. Le reste a cheminé en mon absence comme je n'aurais jamais osé le rêver: la mort de son homme, son refus de se remarier, l'enquête de Stevenson qui me ramenait en Alaska juste à temps pour lui éviter de choisir entre deux concessions… Cinquante ans de bonheur sans nuages, Illan. Ou du moins… des nuages de beau temps.

Il ne souriait plus. Tout l'amour du monde alourdissait son regard accroché à l'infirme qui n'avait d'yeux que pour le mur de la cuisine. J'ai posé la question qui me turlupinait depuis la veille:

— Et… vous n'avez pas eu d'enfants?

Il s'est tourné vers moi, et il a répondu avec une sobriété sereine:

— Non, c'est moi qui ne peux pas. C'est pourquoi…

Dans ses points de suspension pesaient toutes ses raisons d'agir, ses rêves de continuité ultime et la lucidité qui en exaltait la dérision – cet espoir fou d'aider la femme de sa vie à se reproduire après la mort. Sans me quitter des yeux, il s'est affalé dans le canapé mou qui l'a englouti avec un chuintement. Toute sa superbe avait laissé place à une immense fatigue, une détresse sans prise qui avait jailli de l'évocation de sa jeunesse pour s'échouer au spectacle de la mienne.

— C'est une chierie de vieillir, Illan. Il n'y a aucune compensation. Aucune.

J'ai failli lui répondre qu'avoir trente ans n'était pas toujours drôle non plus. Je me suis contenté de lever mon verre pour trinquer en signe de solidarité. Il m'a regardé faire, amorphe.

— Je vais chercher mon tambour, a dit soudain Yoa.

Elle était revenue au présent, les yeux sur moi, les bras ballants. Ravi d'échapper au coup de blues de son amoureux en fin de règne, dont je préférais de loin le versant grand seigneur et tête à claques, je me suis empressé de pousser l'Indienne en suivant ses indications. On s'est retrouvés au fond de l'appartement, dans l'ancien débarras qu'ils avaient repeint en rose. Un lit à une place faisait face au tambour disposé entre deux panneaux de liège couverts de photos. Sur celui de gauche, les clichés racontant cinquante ans d'une beauté ravageuse devenue la petite chose tassée au fond d'une chaise roulante. Sur celui de droite, la carrière de Soline résumée en coupures de journaux, avec des images d'elle que je n'avais jamais vues. Gamine rachitique sur la pointe des pieds derrière son violoncelle, adolescente blême et sans formes recevant un trophée à l'Ecole de musique de Morlaix... Elle ne m'avait pas montré de photos d'avant ses dix-neuf ans, où elle était déjà la femme rayonnante et pulpeuse d'aujourd'hui. Je connaissais les traumatismes de son enfance, mais je n'en avais jamais constaté les effets, en dehors d'un refus cinglant pendant les fêtes de Noël lorsque j'avais émis l'envie, en tant qu'orphelin, de rencontrer ses parents.

Comment les Nodier s'étaient-ils procuré ces archives ? Internet, le Conservatoire, *Le Télégramme de Brest* ? Sous la photo de 2004 où Matteo posait pour *Match* avec Duport, le Stradivarius de Mstislav Rostropovitch qui présidait le concours remporté par Soline, un dernier cliché pris au téléobjectif la montrait nue en train de faire sa gym dans notre salon, la semaine précédente – je reconnaissais le bouquet de silènes que je lui avais offert lundi et qu'on avait jeté dimanche.

— Georges n'a pas pu résister, l'a excusé Yoa. Vous êtes trop beaux, tous les deux.

Entre les panneaux de liège, derrière le tambour, se dressait une statuette de style primitif, sorte de mini-totem commençant par une effigie de vieille dame pour finir, au bout de quarante centimètres de symboles sculptés dans du bois de saule, par une figure de jeune femme. La ressemblance était lointaine mais le sens évident.

— Georges n'est pas très fort en totems, a commenté Yoa d'un air attendri, mais les proportions sont justes.

— Les proportions ?

— La place des signes du temps par rapport à ceux de l'espace. La représentation du Cycle des vies.

Elle a fermé les paupières, rejeté la tête en arrière contre le montant de son fauteuil, comme pour apaiser une douleur.

— C'est votre chambre ? ai-je demandé, mine de rien.

Ses lèvres se sont décollées lentement sans que ses yeux se rouvrent.

— Pas encore. Mon peuple appelle cela une « chambre de détachement ». Une salle de transit, en quelque sorte. Votre culture occidentale dirait « un reposoir ».

La gêne m'a fait ravaler mes questions suivantes. C'est elle qui les a anticipées :

— Pourquoi du rose ? C'est la couleur de la confiance et de l'obstination, chez nous. La vibration qui fait cheminer les mémoires dans l'espace. Renaître, ce n'est pas juste une question d'ego, pour nous ; c'est un devoir de transmission de ces mémoires qui nous composent. Georges vous a parlé de la marque de naissance ?

— Un peu, oui.

Lentement, elle a coincé sous son bras gauche son long collier en lattes de cèdre, puis elle a sorti son chemisier de son pantalon et l'a remonté jusqu'au ras du soutien-gorge. Sur la peau mate à peine froissée, au-dessus du nombril, s'étendait une tache rosâtre en forme de losange.

— La cicatrice de Koadgzwudla, mon ancêtre. Pendant l'attaque du fort Baranof, en 1864, les Russes l'ont faite prisonnière. Ils l'ont torturée pour qu'elle leur donne le secret de fabrication de nos armures en bois. Mais il n'y avait pas d'autre secret que l'alliance entre le cèdre et nous. Ils lui ont brûlé le ventre jusqu'à ce que mort s'ensuive, avec un fer chauffé au rouge. L'enfant que sa nièce a mis au monde, un an après, portait cette tache à l'endroit de la plaie. Puis, lorsque ma mère a accepté de prendre la relève, ce fut mon tour de recevoir la marque mémorielle.

J'ai senti un poids remonter dans ma gorge.

— Vous l'avez dit à Soline ?

Elle a tourné le visage vers la porte qui nous isolait.

— Non. Je ne veux pas créer de malentendu. Il arrive que la mère provoque chez son fœtus la formation de la tache de naissance par piété familiale, par osmose, par projection mentale…, alors même que l'esprit concerné, pour telle ou telle raison, n'a pas réussi à se réincarner. Dans mon clan, seul le gardien du signe est au courant de la marque choisie par la personne avant de mourir. Ainsi, il n'y a pas d'ambiguïté.

Elle a posé sa main valide sur mon poignet, l'a enserré de ses doigts déformés.

— Vous serez mon gardien du signe, Illan. Si votre enfant ne naît pas avec ce losange au-dessus du nombril, vous saurez que…

Elle a laissé sa phrase en suspens. Je l'ai achevée droit dans ses yeux :

— … que ce n'est pas vous.

Elle a soupiré, levé les bras aussi haut que ses muscles malades le lui permettaient, pour exprimer l'ampleur de l'incertitude :

— C'est une grande première, vous savez. Jamais une Tlingite n'a décidé de se réincarner en dehors de son ethnie. Les raisons musicales et… féminines qui m'ont fait choisir Soline ne sont peut-être pas suffisantes, au regard de la loi du Revenir. Vous verrez bien.

J'ai cherché une réponse. Quelque chose de gentil. J'ai dit :

— Soline sera triste si ça n'est pas vous.

Elle m'a consolé d'un sourire un peu sceptique.

— Ça ne l'empêchera pas de penser à moi de temps en temps. Mais ce n'est pas elle, le problème.

Derrière la douceur de la voix vibrait une angoisse qui m'a rappelé la baignoire de la veille au soir – la façon dont Soline avait interprété la mission qu'on lui proposait. Elle avait raison. La stratégie élaborée autour de nous relevait avant tout de l'urgence humanitaire. Au-delà du concept de migration des âmes, le but de Georges était d'adoucir la fin de sa femme, et celui de Yoa d'atténuer la douleur de son veuf en lui donnant une raison de survivre : la grossesse de la voisine d'en face. Mais je voulais être bien sûr d'avoir compris entre les mots le message qu'elle essayait de me transmettre. J'ai questionné lentement :

— Donc, si jamais notre enfant naît sans avoir de tache en losange, qu'est-ce que je dis à Georges ?

Elle a fermé les yeux à nouveau. Pour chasser la vision de son cher désespéré ou pour se projeter dans le futur.

— Je vous laisse juge, Illan. Tout dépendra de son état. En cas de nécessité, un gardien du signe a toujours le droit de mentir. D'inventer, du moins. Le bébé aura fatalement un grain de beauté quelque part, une rougeur, une particularité… Vous serez libre de dire à Georges que c'est le signe distinctif dont nous étions convenus, vous et moi. En lieu et place du losange des Russes qui, ce serait d'ailleurs logique, demeure réservé au clan de mon ancêtre.

J'ai acquiescé d'un plissement de paupières. Puis je me suis efforcé d'aller plus loin dans sa vision du monde :

— Et vous, si jamais entre-temps vous êtes née *ailleurs* ? Georges m'a dit que nous étions arrivés premiers sur votre liste, mais que vous aviez sélectionné des suppléants en cas de problème.

Elle est restée silencieuse, les lèvres entrouvertes, comme si sa conscience n'était plus alimentée, comme si l'énoncé de la situation restait bloqué entre deux neurones.

— Passez-moi le tambour et allons-y, a-t-elle dit au bout d'un moment. Ils vont se demander ce qu'on fabrique.

J'ai délibérément gardé les mains dans les poches, refusant de pousser son fauteuil avant d'avoir obtenu ma réponse. J'ai précisé la question : devrais-je, le cas échéant, laisser Georges penser indûment qu'elle était revenue dans notre enfant ? Elle a haussé une épaule, saisie de mouvements nerveux qui se répercutaient dans tout son côté droit.

— Il s'est habitué à vous.

— C'est-à-dire ? Il ne faut pas qu'on l'envoie ailleurs ?

Son regard s'est durci, l'espace d'un instant, puis un large sourire a pris le relais et elle a déclaré doucement :

— Ce n'est pas votre problème. Si je suis revenue « ailleurs », comme vous dites, en admettant que ce soit le karma de Georges et que nos destins veuillent se recroiser de son vivant, alors un autre enfant de Montmartre fera savoir à ses parents qu'il a été marié naguère au sixième gauche du 26 rue Norvins, c'est tout.

J'ai préféré ne pas sourire de sa formulation, qui ne me paraissait pas du tout relever du second degré. Je lui ai mis son tambour sur les genoux, j'ai rouvert la porte de la « chambre de détachement » et je l'ai ramenée au salon.

— On se faisait vieux, a glissé Georges avec une connivence bougonne.

Soline l'avait rejoint, et il affichait à nouveau en sa présence un tonus indéfectible. Avec une précision de luthier, il reproduisait dans le vide les gestes qu'elle enchaînait pour achever de régler la tension des cordes en boyau. Malgré mon peu d'oreille musicale, la différence de tonalité m'a sauté aux tympans. C'était le Matteo de notre rencontre. Le Matteo de Laval, Beauvais, Antibes, Versailles, Scheveningen – les cinq récitals auxquels j'avais assisté. Le Matteo de notre nid d'amour en boîtes d'œufs… J'en ai eu la chair de poule et les larmes aux yeux.

Le concert fut une merveille. Soline jouait une sonate que je ne connaissais pas, le regard rivé à celui de Yoa qui, ne pouvant plus battre son tambour avec sa maladie musculaire, se contentait d'enserrer la caisse en cèdre jaune, dont elle exprimait les vibrations en les rythmant par des mouvements de tête. Soline semblait l'entendre, la suivre, l'entraîner dans des improvisations communes qui nous laissaient pantois, Georges et moi. Tantôt l'une prenait le pouvoir, tantôt l'autre devenait dominante. On ne pouvait deviner laquelle des deux, au détour d'une mesure, inspirait, captait, anticipait les sensations qu'elles partageaient à visage découvert. On ne savait plus qui était la guide ou l'élève, la formatrice ou l'initiée – la mère ou la fille.

— Merde ! s'est écrié Georges en plein milieu d'un allegro forcené.

Il a couru vers la cuisine d'où s'échappaient une fumée âcre et une odeur de brûlé. Nous sommes passés à table en catastrophe, pour déguster une semelle non identifiée qui prenait un goût de gibier quand on la noyait de sauce. Dans un élan naturel qui semblait déjà une habitude, Soline a coupé la viande de sa partenaire sous le regard embué du cuisinier.

La conversation a eu du mal à décoller ; nos oreilles étaient encore saturées par le son du violoncelle et le silence hallucinogène du tambour. Yoa avait des absences. En rupture de concentration musicale, elle piquait du nez dans son assiette pleine, refaisait surface avec un sourire attentif quand Georges, d'un petit coup de pied sous la table, la ramenait parmi nous. Soline était ailleurs, elle aussi, lançant de fréquents regards inquiets vers celle avec qui, visiblement, elle venait de vivre un moment de communion intense dont je n'avais pas toutes les clés.

— Et vous faites quoi dans la vie, vous, au fait ? s'est informé Georges en se tournant soudain vers moi, comme s'il prenait conscience à l'instant de ma dimension extraconjugale.

Pris de court, j'ai expliqué le principe de mon auto-entreprise fondée sur la perception chlorophyllienne, ces signaux électromagnétiques émis par les plantes d'appartement que je couplais à des systèmes d'alarme.

Tout en évitant un langage trop technique, je m'appuyais sur le regard de Yoa qui, du coup, paraissait à présent complètement réveillée. De par ses origines indiennes, elle me semblait la mieux à même d'apprécier une telle démarche connectant le végétal à l'humain.

— Vous êtes un dresseur de plantes ? m'a-t-elle interrompu sur un ton consterné.

Coupé court dans ma démonstration, j'ai assumé ce qualificatif avec une modestie non dénuée de fierté.

— N'importe quoi, a-t-elle soupiré. C'est aussi intelligent que d'apprendre aux dauphins à jouer au basket, alors qu'ils s'efforcent de nous enseigner leur langage. Vous me décevez, Illan Frêne.

Une œillade de Soline m'a dissuadé de répliquer. J'ai continué de mastiquer, sans que mon attitude exprime autre chose que la dureté de la viande. Comment Yoa connaissait-elle mon nom de famille que j'avais évité de prononcer – vu qu'il ne figurait ni sur la porte ni sur les boîtes aux lettres ? Soit elle avait cuisiné Soline, soit leur enquête de voisinage ne s'était pas limitée aux archives de presse, à la filature, au téléobjectif…

— Et ça marche, votre truc ? s'est informé Georges en nous distribuant le dessert, des Flanby.

— Pas trop, non.

— C'est normal, a renchéri Yoa. Ce n'est pas ce que les plantes nous demandent. Il faut les écouter, pas leur apprendre à crier au secours.

La phrase m'a encore plus remué que froissé. Connaissant ma susceptibilité sur le sujet, Soline est venue à mon secours en disant que sinon, j'étais dans l'immobilier. Un silence.

— L'agence Pierre-Premier, a-t-elle précisé pour me mettre en valeur. Leader sur Montmartre et le Marais.

— Et d'où vient-il, votre rapport aux plantes ? m'a relancé Yoa en touillant son Flanby.

Sur un ton rêche, j'ai répondu :

— De mon père. Il était nul à l'école, ils ne savaient pas où l'orienter, il avait un nom d'arbre, alors ils ont dit : « lycée agricole ». Résultat…

— Résultat, c'est la faute de l'Education nationale, on connaît le refrain ! m'a coupé Georges avec une crispation de corps enseignant.

— Résultat, il a trouvé sa vocation, la femme de sa vie et un boulot de rêve pour tous les deux à la sortie du lycée ! ai-je répliqué sèchement. Vingt ans de bonheur absolu chez la baronne de Préoz au Bourget-du-Lac, le jardin français classé numéro 3 en 1984 par le magazine *So Green.* Ils faisaient pousser des fleurs et des légumes géants sans pesticides ni arrosage, uniquement par des compliments et des pensées d'amour ; ils appliquaient la méthode du paysan mexicain José Garcia Martinez, ils se couvraient de ridicule dès qu'ils essayaient d'expliquer que les plantes nous écoutent et nous calculent, ils sont morts dans l'anonymat et j'essaie désespérément, à leur mémoire, de faire prendre au sérieux leurs découvertes en les appliquant au domaine sécuritaire, le seul qui soit porteur en France aujourd'hui. Voilà !

Un temps de gêne a suivi ma diatribe. Mes bonheurs d'enfance réveillaient par contraste les mauvais souvenirs de Soline. Quant aux Nodier, ils m'avaient écouté sur la défensive, moins sensibles apparemment au fond qu'à la forme – cette rage souterraine que je laissais déborder à l'improviste. Au-delà d'une simple indifférence, leur absence de réaction donnait l'impression qu'ils connaissaient déjà mon histoire. Les questions qu'ils me posaient n'étaient peut-être que des tests. Un moyen d'évaluer mon caractère, mon ego, mes valeurs, mes blessures – tout ce qui pouvait alimenter les qualités et les défauts d'un futur père.

— Vous ne mangez pas votre flan ? s'est enquis Georges qui avait terminé le sien.

Je lui ai tendu mon pot, qu'il a décapsulé et liquidé en trois coups de cuillère.

— Parler aux végétaux n'est jamais « ridicule », a murmuré Yoa. Tout dépend de ce qu'on leur dit. Et je crois que, de votre part, ils attendent autre chose. Vous aurez les moyens de changer de discours, à présent.

Son regard me chargeait d'une mission de confiance qui m'a calmé instantanément. Ces deux êtres avaient-ils décidé, dans leur propre intérêt, de nous remettre sur notre route afin qu'on les y emmène ? Nos rapports communs à l'amour, à la musique, au monde végétal ne pouvaient, en toute vraisemblance, relever du simple hasard. Ou c'était le fruit d'une enquête aussi fouillée sur mes origines que sur le parcours de Soline, ou bien c'était ce que Jung appelait des synchronicités – ces coïncidences chargées de sens qu'il expliquait dans l'un des cent treize livres que j'avais lus au château de Préoz, avant que les héritiers de la baronne ne m'expulsent de sa bibliothèque où, de quinze à vingt-trois ans, je m'étais forgé de A jusqu'à M une culture d'autodidacte aussi approfondie que lacunaire.

Mais le plus troublant, je le mesurais à présent, était la résonance que leur offre de service déclenchait au fond de moi. Quels que soient mes efforts de politesse quand une de mes amoureuses formulait un désir d'enfant, j'avais trop souffert en perdant mes deux parents à la puberté pour assumer de gaieté de cœur la mise en chantier d'un orphelin en puissance. Je l'avais mesuré à l'aune du soulagement éprouvé le jour où Anne-Claire, enceinte d'un accident de capote, avait décidé de se faire avorter pour ne pas gâcher une année de fac. J'étais fou d'elle, j'aurais tout donné pour atténuer sa cérébralité et son égocentrisme en béton armé – pourtant, pas un instant le désir de l'humaniser en la rendant mère ne m'avait effleuré. Me reproduire pour le compte d'autrui en favorisant un vœu de réincarnation était, certainement, la façon la plus indolore pour moi d'envisager la paternité. Soline l'avait compris tout de suite, et son empressement à épouser devant moi les croyances tlingites relevait peut-être davantage de la pression hormonale que de l'œcuménisme.

— Vous êtes apparenté à Jean Frêne ? s'est informé Nodier après avoir vidé la bouteille de champagne dans mon verre.

J'ai souri en faisant non de la tête, conforté dans mes soupçons. Il savait tout sur moi, y compris le rôle déterminant qu'avait joué dans mon destin cet homonyme qui avait fait la une des journaux, en 1961. Dans les tests d'intelligence effectués au service militaire, on l'avait accusé de tricherie : ses résultats étaient inconcevables chez un garçon de ferme ayant quitté l'école à treize ans. Mais quand de nouveaux tests, sous le contrôle d'une sentinelle, avaient prouvé qu'on était bien en présence d'un prodigieux surdoué, le commandant de son escadron lui avait obtenu une bourse pour qu'il puisse retourner à l'école. Après avoir passé sa thèse de doctorat en tribologie, la science des frottements et de l'usure, il avait enseigné à l'université de Poitiers dont il était devenu le vice-président. A la mort de mes parents, la baronne de Préoz m'avait bourré le crâne avec l'exemple de ce Frêne d'aussi basse futaie que moi, dont je pourrais égaler le destin pour peu que j'apprenne à diluer mon chagrin dans les livres.

Pourquoi Nodier évoquait-il ce soir la figure de ce génie autodidacte qui m'avait tant influencé ? Pour convaincre son épouse que, dans l'embryon destiné à recevoir sa mémoire, mes chromosomes seraient, malgré les apparences, à la hauteur des brillants gènes de la mère ?

— Déjà minuit ! s'est exclamée Soline en feignant de découvrir l'heure. On abuse.

Sonnée par les émotions de la journée, elle luttait contre le sommeil avec de moins en moins de succès. Moi-même, j'avais la tête lourde et le cœur gros.

— Ça fatigue vite, à cet âge, a constaté Georges en prenant à témoin sa femme, qui elle-même dormait à moitié.

J'ai rangé le violoncelle, refermé sa coque, passé mes bras dans les bretelles. Ils nous ont raccompagnés sur le palier.

— Il y a longtemps que je ne m'étais pas sentie aussi bien, a confié la vieille Indienne à Soline qui l'embrassait.

— C'est agréable pour moi, a souligné Georges avec sa pudeur ronchonne.

Lentement, elle a retiré son collier en lattes de bois et l'a passé autour du cou de Soline, qui n'a réagi que par un acquiescement des paupières. S'il s'agissait entre elles d'un nouveau potlatch, j'avais loupé l'étape intermédiaire.

Georges a appelé l'ascenseur, nous a donné l'accolade sur le seuil de la cabine.

— Merci, a-t-il murmuré gravement à l'oreille de Soline.

Et, comme j'avais les mains libres, il y a déposé un livre de photos consacré à l'Alaska du Sud-Est, les trois ouvrages qu'il avait publiés sur la culture amérindienne aux Presses universitaires de France, et ce qu'il appelait sans fausse modestie « le Nodier » – son dictionnaire français-tlingit de mille cinq cents pages à la reliure en toile rouge délavée par le temps.

— Commencez par la grammaire en annexe, m'a-t-il conseillé : un vrai casse-tête. Neuf mois, ce ne sera pas de trop.

Il a rentré sa femme et leur porte s'est refermée en même temps que celle de l'ascenseur. Nous nous sommes regardés en silence durant la descente. J'avais les genoux fléchis pour ne pas heurter le plafonnier avec le manche de Matteo. Dans nos yeux au même niveau passaient toutes les émotions d'une année de vie commune : les hauts, les bas, l'évidence, les doutes… Et l'inconnu dans lequel nous allions nous lancer.

*

Soline a dormi nue contre moi, comme toutes les nuits, mais la mini-armure de cèdre rouge qu'elle avait gardée en sautoir a peuplé mon sommeil d'images qui n'avaient rien d'érotique. Une douceur d'enfance nous entourait d'une bulle protectrice. L'enfance heureuse qu'elle n'avait pas eue et celle qui m'avait fait si mal quand elle s'était brisée.

Au réveil, je me suis dit que le fait d'incarner le dernier espoir de ces vieux amoureux en partance, ces deux inséparables qui avaient réinséré nos rêves dans la réalité afin de s'y reloger, allait donner à notre couple ce qui lui manquait. Un but. La nécessité de la durée – et non plus simplement la tacite reconduction de nos plaisirs, de notre union face à l'adversité. On entrait dans une nouvelle dimension du bonheur, qui ne serait plus seulement un combat sans issue justifié par ses trêves, ses jolis sursis… J'ai repensé soudain à la déclaration d'amour qui avait échappé un soir à Soline, au bout d'un mois de cohabitation :

— Peut-être que je ne te quitterai jamais.

Malgré moi, j'avais demandé pourquoi.

— Parce que tu es le premier homme qui n'a pas l'air sûr que je serai toujours avec lui.

Seul garant de notre avenir jusqu'alors, ce doute qui faisait ma force résisterait-il à la notion de famille dans laquelle je commençais à nous projeter ?

Le coup de sonnette a interrompu notre câlin du matin sous la douche. On a enfilé nos peignoirs, ouvert la porte. Georges était devant nous, livide, hirsute, les mains crispées sur le fauteuil roulant vide.

*

On a voulu le faire entrer. Il a refusé. Avait-il appelé le médecin, les pompiers ? Incapable de parler, il se bornait à secouer la tête en pleurant. C'était son autre face, celle que j'étais peut-être le seul à connaître : la face cachée de Castorama.

J'ai téléphoné au Samu, puis on l'a raccompagné chez lui. C'était poignant de le voir, dans les descentes et les montées de trottoir, manœuvrer le fauteuil avec la même lenteur précautionneuse que lorsque sa femme y était assise.

Au pied de son immeuble, il a eu une crise de tremblements, de convulsions silencieuses. Cramponné aux poignées, il vibrait comme s'il tenait un marteau-piqueur. On a dû le faire entrer de force. Mais, une fois adossé à la paroi de l'ascenseur, il est devenu subitement amorphe. Il a fallu que je le fouille pour trouver ses clés.

Dans leur chambre aux murs nus qui ne laissait aucune place au passé, Yoa gisait sur le côté droit du grand lit électrique, recroquevillée, les draps repoussés autour de sa chemise de nuit en lin beige. Sur l'oreiller, un poudrier était ouvert près de ses nattes défaites. J'imagine que Georges avait dû plaquer le miroir sur ses lèvres pour y chercher désespérément un démenti, une buée, une trace de souffle… Il a caressé lentement les mèches noires qu'il ne verrait plus blanchir, et il a murmuré :

— On avait prévu une si belle fête pour nos noces d'or…

Le médecin est arrivé dans le quart d'heure. Il a constaté le décès, fait une piqûre au survivant et enclenché la partie administrative. J'ai appelé Timothée, lui ai demandé de mettre son taxi à la disposition de Georges pour les démarches d'état civil, de banque et d'obsèques. La réponse de mon ami a été si violente que j'ai éloigné mon portable à bout de bras :

— Ah non, ne me dis pas ça, fait chier ! Ils étaient trop cool, tes vieux Bisounours, putain, c'est nul !

L'éloge funèbre égalait dans sa simplicité brutale la réaction de Soline. Elle sanglotait sans trêve, accrochée à mon bras. Je ne l'avais jamais vue comme ça, même le jour où elle avait appris l'assassinat de son ancien prof d'harmonie.

— Pourquoi elle, Illan ? Merde ! Dans ma famille de salauds, ils sont tous là encore ! J'ai jamais perdu personne en trente ans – personne à part Fouad, le premier qui a cru en moi ! Et maintenant, c'est elle... Les deux seuls qui me soient venus en aide – pourquoi ?

J'ai failli répondre que j'étais là, un peu blessé de me sentir englobé dans la catégorie des rescapés inutiles. Mais je n'allais pas augmenter sa douleur en lui faisant prendre conscience du mal involontaire qu'elle venait de me faire. J'étais là, oui ; je soutenais, mais je ne remplaçais pas.

Elle s'est arrêtée de pleurer sur elle pour tourner ses larmes vers Georges en me demandant tout bas :

— Qu'est-ce qu'on va faire de lui ?

C'était toute la question. Quand je voyais l'intensité avec laquelle il observait Soline par-dessus l'épaule du médecin qui lui reprenait la tension, j'avais une idée de la réponse.

*

Il ne voulait pas qu'on l'accompagne pour les formalités – l'intendance, comme il disait. Juste qu'on pense à l'âme de Yoa, qu'on l'aide à se détacher du corps dont lui-même allait superviser la destruction. Il marchait tel un automate, un robot cassé, un jouet en fin de piles. Les yeux secs à présent, le regard vide. Objectif : tenir le coup, faire face, expédier les corvées matérielles qui retardaient l'essentiel. Ou bien gagner du temps, simplement, sur l'effondrement, le néant, les illusions dont nous étions le support – sans Yoa, pour qui feindre encore de croire à la réincarnation ?

Timothée, qui le couvait comme on choie les ancêtres dans son Bénin natal, lui a ouvert la portière de son taxi, donné une bouteille d'eau, un sachet de caramels et un paquet de Kleenex.

— Elle me manque, c'est pas possible, m'a dit Soline tandis que nous regardions s'éloigner la Mercedes bordeaux. On s'est connues trois jours, et regarde dans quel état je suis…

Je l'ai prise dans mes bras, je lui ai dit les banalités d'usage : Yoa est partie sereine après notre belle soirée de la veille, et il ne faut pas l'alourdir avec notre chagrin, si jamais elle nous entend…

— Pourquoi « si jamais » ?

Soline s'était cabrée, m'avait repoussé d'un coup. Je me suis rattrapé comme j'ai pu, je l'ai caressée dans le sens de sa foi : bien sûr que l'au-delà existe, bien sûr que la conscience demeure active après la mort…

— Tu ne la sens pas, toi non plus, a-t-elle conclu avec une anxiété qui m'a désarçonné.

J'ai nuancé. Puis confirmé. Hormis la douleur de Georges et les remous de notre chagrin, je ne percevais rien de neuf. Aucune présence, en tout cas.

— On fait comme si ! a-t-elle décidé en me serrant les poignets. Quoi qu'on ressente ou pas, Illan, on donne à Georges ce qu'il attend, promis ?

Dans son regard déterminé, je voyais passer tant de choses. Elle vengeait Fouad, elle éradiquait sa famille de tortionnaires aux mains propres, elle honorait sa dette envers le vieux couple qui lui avait rendu son violoncelle. Elle a répété :

— On fait comme si.

Quatre mots qui allaient bouleverser notre destin.

*

Le soir, une quinzaine de personnes occupaient le palier du sixième, débordant sur les marches. Georges recevait leurs condoléances en file indienne sur le paillasson, refusant de les laisser entrer. A la veillée funèbre, il ne voulait que Soline et moi. Comme une continuité de la nuit précédente où sa femme s'était sentie si bien. Comme une assurance d'éternité – la seule, pour l'instant, en dehors de la permanente dont l'avait gratifiée le coiffeur des pompes funèbres.

Yoa reposait à présent sur le petit lit de la chambre de détachement. Compris dans le pack « sérénité » au même titre que la mise en plis, les croque-morts lui avaient composé un sourire de Joconde et une pose digestive, mains croisées sur le nombril. Le contraste était frappant avec la tunique chamarrée pleine de symboles de fertilité indiens qu'avait choisie Georges pour la mise en bière. On aurait pu s'attendre à l'effet inverse, mais c'est le teint de cire et l'immobilité placide qui paraissaient totalement incongrus, face aux bites géantes fleuries de nichons solaires qui imprimaient le tissu.

Je n'avais rien dit à Soline des deux panneaux de liège qui retraçaient en quelques images son parcours jumelé à celui de Yoa. Pas mentionné non plus le mini-totem unissant leurs deux effigies par un entrelacement de signes rituels. J'avais cru que j'aurais le temps, avant qu'on revienne ici. En les découvrant, Soline n'a pas paru surprise, ni gênée. Elle a simplement détourné les yeux des photos de journal qui la montraient gamine.

Georges a tenu à ce qu'on mange nos restes de la veille, sur une table roulante avec quatre couverts placée devant le lit mortuaire. Le premier repas de transition est très important chez les Tlingits, soulignait-il : les défunts y apprennent à se sustenter par le parfum des mets et le plaisir gustatif des convives.

— Là, elle va faire régime, a glissé Soline entre ses dents.

J'étais si heureux de voir son humour naturel reprendre le pas sur le drame que, malgré moi, j'ai attaqué la ragougnasse avec un appétit confiant. Il fallait d'ailleurs reconnaître que, réchauffé, le gibier inconnu avait moins le goût de brûlé.

— C'est toujours meilleur le lendemain, a commenté Georges avant de fondre en sanglots.

On a mâchonné en silence. Je ne quittais pas Soline des yeux et, dans notre regard, la situation continuait à se détendre. Je voyais qu'on pensait à la même chose. Ma chanson préférée de Brassens, *La Fessée.* L'histoire d'un brave homme qui va présenter ses condoléances à la veuve d'un chieur austère, et qui s'attarde auprès du corps parce qu'il ne sait pas où finir la soirée. Comme la belle endeuillée a un petit creux, ils conviennent qu'il serait vain de « pousser la piété jusqu'à l'inanition », et partagent autour du défunt un petit souper aux chandelles. De fil en aiguille, de paroles consolatrices en gestes de réconfort, ils amorcent un rapprochement que le condoléant, dans un souci de bienséance, tente de réfréner par une fessée de rappel aux bonnes mœurs – avec pour seul effet que la veillée funèbre s'achève en galipettes ludiques.

— J'avais beau être préparé…, renifle Georges. Le vide, le silence… Le grincement des roues… Et puis ses mots d'amour, ses mots de tous les jours… « Assieds-toi, mange, tu as oublié tes pilules, monte le son, ferme la fenêtre, emmène-moi faire un tour… » Et puis tous ses petits gestes qui luttent contre la paralysie, qui essaient de garder la force… et la grâce…

Sa litanie monocorde marque une pause. Il reprend sur le même ton :

— Il ne faut pas se fier aux apparences, vous savez. Presque jusqu'au bout, nous avons fait l'amour. Et même ensuite, nous avons gardé les préliminaires… Le plus efficace d'entre eux, en tout cas. Le Scrabble.

Il puise dans notre expression de surprise la force de continuer. Le timbre voilé et le sourire vacillant, il précise :

— Pour l'entretenir dans sa langue, j'avais dû acheter quinze boîtes. Sinon, il n'y aurait jamais eu assez de w, de k et de z pour jouer en tlingit. Et vous savez ce qu'elle faisait ? Elle m'inventait des mots. A moi ! Ce culot… Et quand je les lui refusais, elle poussait le bouchon jusqu'à les chercher dans *mon* dictionnaire.

Il secoue la tête d'un air de reproche attendri en contemplant son amoureuse à permanente qui ne ressemble plus désormais qu'à une vieille dame trop digne.

— Elle était comme ça, Yoa… Incorrigible. Il faut dire qu'elle avait instauré sa règle à elle : le perdant devait se soumettre à tous les fantasmes du vainqueur. De quoi encourager la tricherie – dans un sens comme dans l'autre. Suivant notre humeur, il arrivait que je fasse exprès de perdre, ou qu'elle me laisse gagner…

Son soupir de nostalgie s'achève dans une quinte de toux sèche. J'essaie de ne pas regarder Soline qui couine derrière ses dents serrées. On vient de s'abstraire non sans mal de l'image de la veuve en émoi dans la chapelle ardente, et voilà qu'on imagine à présent un cadavre qui se lève pour placer un mot compte triple. Le fou rire nerveux pétille dans ses yeux. Mes tentatives de diversion par la compassion empesée (« Vous avez raison, Georges, il faut se souvenir des belles choses ») attisent son hilarité qui explose soudain comme un haut-le-cœur dans ses mains en écran.

— Excusez-moi, gémit-elle en fonçant hors de la chambre mortuaire.

Georges la suit des yeux, menton en avant, mâchoires crispées. D'un air réprobateur qui se contient, il laisse tomber :

— Je sais bien que c'est aussi dégueulasse qu'indigeste, mais il faudra qu'elle s'habitue à manger tlingit.

Il n'y a plus aucune émotion dans sa voix. Juste un rappel à l'ordre. Un ton contractuel. Il se lève, sort un stylo feutre, le débouche, me le tend en montrant la dépouille.

— Signez-la.

— Pardon ?

— Faites un trait, un rond, un dessin, un code, n'importe quoi, où vous voulez. Nous serons les seuls à le connaître.

La froideur bleue de ses yeux accentue la dureté de sa voix. Qu'est-ce qui lui prend ?

— Ici, par exemple, enchaîne-t-il en retroussant la tunique bariolée pour découvrir le genou droit. Allez-y. Merci.

Stylo en suspens, je suis totalement désemparé par cette demande de dédicace.

— Je ne peux pas faire ça, Georges, voyons. C'est… c'est ridicule.

Il se cabre.

— Ridicule ? Mais qui êtes-vous pour juger une tradition millénaire, qu'on retrouve dans les civilisations les plus subtiles ? C'est ce qu'on a fait au frère du dalaï-lama, je vous l'ai dit ! Le jour de sa mort, sa famille l'a marqué au beurre, et ça a marché ! Un gamin est né avec sa mémoire, et il portait au même endroit une marque identique sous forme d'angiome. Ce n'est pas de la foutaise, jeune homme, c'est un fait historique ! Une double preuve indubitable !

Je soutiens son regard. Impossible de *marquer* Yoa. Je n'ai pas le droit d'entrer dans son jeu : ce serait tromper la confiance de la morte, supprimer la marge de sécurité qu'elle a voulue pour protéger son veuf. Je suis le gardien du signe, je ne vais pas en devenir le faussaire. Ni risquer de briser les illusions de Georges, s'il ne retrouve pas ma signature sur le genou de l'enfant. Je rebouche le feutre, le lui rends.

— Ce n'est pas à moi de le faire, Georges.

— Si. C'est vous le père.

Je ne m'arrête pas sur le naturel avec lequel cet anachronisme a jailli de ses lèvres. Je riposte que justement, je ne peux être à la fois juge et partie. Il me dévisage avec une colère soudaine.

— Laissez-nous, alors. Laissez-nous ! Je note votre refus d'implication, nous en reparlerons. Mais ce n'est pas un jeu, Illan ! Dites-le-vous une bonne fois, que je n'aie pas à y revenir. C'est clair ? Ou vous faites ce à quoi vous vous êtes engagés, ou vous disparaissez tout de suite, Soline et vous, et je vous renvoie à la case départ ! Violer la loi du potlatch, c'est une indignité, c'est un crime !

Il a parlé d'une voix sourde, martelée, cinglante. Je me dis qu'il perd la tête, que c'est juste un moment d'égarement. La douleur qui le fait disjoncter. La solitude qui le fanatise. Je me dis aussi le contraire : qu'il a simulé jusqu'à présent la gentillesse, la générosité, le scepticisme, et que son vrai visage, son véritable enjeu viennent de se révéler. Nous sommes là pour lui rendre sa femme. Au sens propre. Sinon, il nous brise.

Dans le doute, je murmure :

— Je ne peux pas faire doublon, Georges. Yoa m'a demandé la première de convenir d'une marque, hier soir, et c'est notre secret. Je suis le gardien du signe.

Il me regarde, incrédule. Meurtri. Je dirais presque : vexé. Je viens malgré moi de lui enlever sa dernière prérogative. Son ultime moyen de reprendre le pouvoir sur son deuil. Lentement, il rebouche son stylo et l'empoche.

Soline revient. Toute sérieuse, toute sage. Elle sent qu'il se passe quelque chose. J'ouvre la bouche pour la rassurer, mais c'est Georges qui s'en charge sur un ton radicalement différent, la tête basse, le dos rond :

— Pardon si je vous parais perdu, mais… elle m'a tellement seriné avec sa réincarnation. « Aide-moi à réussir le voyage, ça t'aidera à renaître toi aussi, et je saurai bien t'attirer dans ma nouvelle vie, tu verras… » Tout ce qu'elle me rabâchait pour que je tienne le coup…

Il se laisse tomber sur le petit lit. Le cadavre glisse de côté, le genou droit cogne sa hanche. Il ne réagit pas.

— Et maintenant, qu'est-ce qui me reste ? Elle est partie, je suis seul, et si je n'essaie pas de croire à tout cela, je fais quoi ? Je me jette par la fenêtre ?

On déglutit dans le silence. Quelle réponse donner qui ne soit une phrase toute faite ?

— On est là, dit Soline en l'embrassant sur la tempe.

Il hoche la tête dans un hoquet. Reconnaissance ou dérision.

— Je sais, mes enfants. Mais retournez chez vous, maintenant, j'ai besoin d'être seul avec elle. Il ne me reste que deux jours.

D'une même voix, on a répété les derniers mots.

— C'est le calendrier qu'elle m'a laissé. Trois jours – et ils m'ont volé le premier en paperasses. Trois jours pour la promener dans nos souvenirs, partager ce qu'on a aimé, lui dire au revoir dans notre décor… Et puis la laisser partir en attendant qu'elle revienne.

*

On a traversé la rue sans rien dire. Des Japonais bourrés descendaient en zigzag de la place du Tertre, clignotant sous leurs casquettes *I love Montmartre*. On n'a pas répondu à leurs saluts. Le cœur ballotté entre les remous de sa crise de rire et la chape de plomb que Georges avait fait retomber sur lui, Soline ne savait plus du tout où elle en était. Et moi, je craignais de comprendre le piège dans lequel on s'était laissé entraîner.

Quelle serait notre priorité, maintenant ? Défendre nos avantages acquis, mériter la confiance dont nous avait honorés la défunte, prendre en charge son veuf ou protéger notre couple contre son ingérence ? La demi-bouteille de vodka que nous avons vidée sur le balcon n'a fait qu'amplifier le malaise.

Pour la première fois de notre vie commune, nous avons pris deux somnifères. Soline espérait un signe de Yoa dans son sommeil ; j'aspirais simplement à me sortir Georges de la tête. Ce fut un double échec.

Les deux jours suivants, on l'a vu errer dans le quartier, les yeux hagards, indifférent à tout, mutique et sourd, poussant sur les pavés le fauteuil désaffecté, s'y raccrochant comme à un déambulateur. Incapable de rester immobile. Laissant tomber cendres et mégots sur le skaï de l'assise. Les voisins, les commerçants l'entouraient de leur sympathie, de leur soutien, de leurs offres de service. En pure perte. Il ne s'intéressait qu'à Soline. Matin et soir, il venait aux nouvelles :

— Alors ?

— Elle va bien.

Il lâchait le fauteuil pour lui étreindre le bras d'un air quémandeur.

— C'est vrai ? Elle est encore revenue ?

Soline acquiesçait. Elle décrivait les bonnes vibrations de Yoa, la sérénité de la présence qu'elle percevait autour d'elle, intermittente, comme en mission de reconnaissance. Elle mentait. Le mensonge thérapeutique, le seul qui pouvait franchir ses lèvres. Il souriait dans ses larmes :

— Tant mieux. Parce que moi, je ne la ressens plus du tout. C'est normal, alors…

Il semblait rassuré. Donnait-il le change, lui aussi ? Depuis son brusque accès d'autorité à mon encontre dans la chambre de détachement, il était à nouveau paumé, touchant, digne et doux. Je n'avais pas soufflé mot à Soline de cet autre visage qui avait surgi de sa détresse. Le démon possessif était redevenu un ange en peine. Il ajoutait, la voix caverneuse :

— Elle me punit, Soline. Elle me fait la gueule, en tout cas, parce que je ne me suis pas réveillé. Tu lui dis que je l'aime, d'accord ? Et que je lui demande pardon.

Le tutoiement lui était venu avec la culpabilité. De l'avis médical, Yoa était morte d'étouffement pendant qu'il dormait à ses côtés. Désormais, il ne fermait plus l'œil. Il restait cramponné aux poignées du fauteuil roulant, de l'ascenseur à la rue, du square au Vieux Chalet, de la cuisine au salon, du tambour au totem. Il se laissait mourir debout.

J'ai tenté de me changer les idées, quatre heures durant, en faisant visiter ma ruine historique de la rue Pigalle à des investisseurs vétilleux. A chacune de leurs critiques, j'augmentais le prix pour qu'ils dégagent, tant leurs préoccupations échouaient à remplacer les miennes. Je suis rentré en passant par le marché de la rue Lepic, où j'ai acheté pour trois.

Soline revenait d'un rendez-vous chez son nouvel agent, les yeux brillants de projets faramineux pour Matteo et elle. J'ai sorti de ma poche l'annonce nécrologique du *Monde* sur laquelle j'étais tombé à l'agence immobilière. Je l'ai relue par-dessus son épaule, sentant ses frémissements sous ma main :

Georges Nodier, professeur émérite à la Sorbonne, a la douleur d'avoir perdu son épouse adorée Yoatlaandgwliss (nom de tribu), alias Joanna Curly (état civil des USA).

Née sur l'île tlingite de Sheet'ka, musicienne instrumentiste et accordeuse de grand talent, elle fit partie de la célèbre formation de jazz amérindien The Squezzed (1965-1969), avant de se consacrer à la Fondation pour la défense des peuples autochtones qu'elle avait créée avec son époux.

Lequel époux, dans un style plus proche de la dissuasion que du faire-part, ajoutait que l'incinération se déroulerait en dehors de Paris, dans la plus stricte intimité. Quant aux fleurs et couronnes, on était sommé de les remplacer par un don au Comité de lutte contre l'extraction du gaz de schiste en Alaska. Les références bancaires destinées au paiement en ligne occupaient l'espace habituellement dévolu aux membres de la famille sur un avis de décès.

*

Nous avons insisté en vain pour l'accompagner en taxi au funérarium.

— Votre place n'est pas là, a-t-il répliqué sur le ton qu'on emploie pour protéger les enfants d'un spectacle réservé aux adultes.

Et de nous tendre le prospectus, telle une preuve à l'appui. Soline était aussi déconcertée que moi. Toutes les traditions tlingites que l'éminent linguiste s'était employé à maintenir autour de sa femme, durant un demi-siècle, nous avaient laissé entrevoir une cérémonie ethnique à tam-tam et danses rituelles – rien à voir avec l'option retenue : une crémation à huis clos dans un incinérateur à développement durable, dont les fumées recyclées par les circuits du chauffage urbain permettraient d'obtenir des cendres bio certifiées Afnor.

Sur le ton de l'éloge funèbre, Georges nous a lu le testament réécrit par Yoa la veille de sa mort. Elle ne souhaitait personne à ses obsèques. Surtout pas son mari.

— « Je refuse de nous infliger cette épreuve inutile, Georges, stipulaient ses dernières volontés par la bouche de l'intéressé. Distrayez mon esprit pendant qu'ils brûlent mon corps, c'est tout ce que je vous demande. »

Le pluriel nous englobait, et le codicille était on ne peut plus précis. Durant la crémation, Yoa nous enjoignait de nous concentrer joyeusement sur elle en écoutant Soline jouer *Don Quichotte* de Strauss, *Orphée aux Enfers* d'Offenbach et *Klaadgtlingziun*. Cette unique composition de la défunte, aussi difficile à déchiffrer qu'à prononcer, était une partition de trois heures pour tambour et orchestre que Soline avait mis deux jours à transposer. Résultat : les accords dissonants où les raclements d'archet s'entrecoupaient de pizzicatos nerveux constituaient, à l'humble niveau de compétence musicale où m'avaient hissé l'amour et la promiscuité, une synthèse entre Bartók, Boulez, la tronçonneuse électrique et l'orage de grêle sur un toit de tôle. Je trouvais ça inaudible, mais j'étais visiblement le seul de cet avis.

Le visage de Soline, ondulations convulsives et sourire extatique, indiquait de façon claire qu'elle était totalement transportée par la cacophonie stressante qui bouleversait Georges. Il avait tenu à l'accompagner au tambour. Formé par osmose au tam-tam rituel durant cinquante ans, il s'était révélé en répétition un batteur au tonus étonnant, mais totalement dénué de sens rythmique. Il ne battait pas, il cognait. L'absence de public à ces funérailles buissonnières dans leur nid d'aigle de Montmartre retirait, cela dit, toute importance à la nullité de sa prestation. Le cœur y était, et je tournais les pages de partition à l'abri de mes boules Quies.

Par-dessus l'archet aux va-et-vient frénétiques, Soline ne se lassait pas de contempler les variations d'humeur et de chagrin sur le visage de son percussionniste. Tantôt serrant les dents de rage, tantôt souriant sous la montée d'un beau souvenir, Georges martelait le daim du tambour tlingit sans la moindre allégeance au tempo de la partition en cours. Il n'accompagnait pas le violoncelle, il bruitait ses états d'âme. Assis en tailleur sur le tapis, le dos cambré, le regard ardent, vêtu de sa veste d'intérieur grenat cintrée sur une chemise noire à foulard gris clair, il affectait l'élégance arrogante des milliardaires psychopathes dans les anciens *James Bond.* Seules ses larmes qui pleuvaient en cadence sur le tambour ramenaient la situation à sa juste mesure.

Yoa manquait, bien sûr, mais le récital de silence qu'elle nous avait donné ici même quatre jours plus tôt était si présent qu'il n'y avait plus de place dans nos pensées pour l'image des flammes qui, pendant ce temps, la réduisaient en poudre. Ses dernières volontés avaient tenu leurs promesses.

*

Il était 18 heures 30 lorsque le coursier des pompes funèbres a interrompu notre concert d'adieu. Sur le paillasson, il a remonté l'écran de son casque en signe de condoléances. Il apportait l'urne scellée dans un caisson antichoc, nantie du certificat ISO 14001 de non-participation à l'effet de serre. Georges a glissé une clope entre ses lèvres pour retenir ses sanglots, puis il a signé le bon de réception en proposant au livreur de finir le champagne. En guise de réponse, le croque-mort à deux-roues l'a informé, le plus sérieusement du monde, qu'il était interdit d'allumer une cigarette à proximité des cendres.

— Ah bon ? Fumer nuit à la santé des morts ?

— Malgré les 900 degrés et le système de filtration, a expliqué le jeune homme, les normes en vigueur ne peuvent garantir à 100 % l'élimination des dioxines et des rejets de mercure en provenance des plombages.

— Ma femme avait de très bonnes dents, l'a rassuré Georges en avalant poliment la fumée.

Après que le coursier du crématorium fut reparti avec un air offusqué malgré le pourboire de cent euros, on a terminé l'exécution en première mondiale du concerto de Yoa. En présence des cendres de la compositrice, la charge émotionnelle atténuait grandement la dissonance.

Dès la note finale, Georges nous a remerciés pour ce beau moment d'intimité musicale et, l'air soudain très amorti, nous a mis à la porte en ajoutant :

— Passez une belle nuit, mes enfants. A partir de maintenant, les choses sérieuses commencent.

Quand l'ascenseur est arrivé, il a retenu Soline par le coude.

— Pardon d'être pragmatique, mais… au niveau des contraceptifs, tu as pris tes dispositions ?

— Chose promise, chose due ! lui a-t-elle rappelé avec un brin de raideur.

De cette fermeté rassurante ou du soulagement immédiat de notre bienfaiteur, je ne sais pas ce qui, l'espace d'un instant, m'a le plus inquiété.

Au lever du soleil, quand il nous a réveillés par trois coups de sonnette, ce n'était plus le même homme. Intimidé, l'air fuyant dans le blouson en daim moucheté de taches de pluie qu'il portait le jour où Yoa et lui s'étaient invités à l'apéritif, il avait le souffle court et des tremblements dans le sourire. Il tenait un pot de confiture Bonne Maman, qu'il a tendu à Soline en lui recommandant avec une douceur émue :

— Ne prélève qu'une cuillère à café par jour, en prononçant les paroles que voici.

Elle a pris la feuille et le pot qui renfermait une poudre grise, l'a embrassé sur les joues en tartinant ses larmes, lui a proposé de partager notre petit déjeuner. Il a décliné l'invitation, nous a pressé l'épaule dans un mouvement qui nous a collés l'un à l'autre, et il est redescendu à pied. Je suppose que l'ascenseur lui rappelait Yoa. Il ne voulait pas la retenir par le chagrin, les souvenirs trop récents, les associations d'idées. Elle était à nous, maintenant.

J'ai observé Soline qui, au milieu du vestibule, inclinait le pot en le tournant comme si elle cherchait une date de péremption. Georges avait fixé la périodicité, mais n'avait pas précisé l'endroit où elle devait disperser la part de cendres qu'il venait de lui confier. Cherchant le sens de ce rituel, je me suis demandé à voix haute si c'était dans une plante verte, par-dessus le balcon ou sous la couette. La bouche en cœur, elle a levé le regard vers moi et m'a déclaré sur un ton de spécialiste :

— Les Tlingits, mon amour, ça se réincarne par voie orale.

Cette façon d'interpréter avec un sérieux parfait les consignes de Georges m'a aussitôt dénoué le plexus. On s'est défiés du regard pour voir qui tiendrait le plus longtemps, et j'ai écrasé mon fou rire nerveux contre son ventre. Une émotion vibrante nous unissait entre les spasmes. On se cognait les tempes, on se râpait les côtes ; c'était si bon de se retrouver sur notre terrain, de reprendre le pouvoir sur les engagements contractuels, les religions, l'emprise affective…

Elle m'a écarté, elle a débouché le pot Bonne Maman et, le visage rayonnant d'une lumière crue, elle a fait la chose la plus érotique qu'on puisse imaginer en termes d'hommage funèbre. Mouillant son doigt, elle l'a plongé dans les cendres, les a goûtées du bout de la langue sans me quitter des yeux, avec la même provocation espiègle et suave que lorsqu'elle m'entamait un strip-tease entre deux portes au sein d'un lieu public.

— Tu nous veux, Illan ? a-t-elle murmuré avant de glisser sa langue au fond de ma bouche.

La quinte de toux m'a plié en deux. C'est malin. J'ai beau être un chaud partisan de la laïcité, je ne suis pas certain que la meilleure façon de favoriser le salut d'un défunt soit de l'avaler de travers. Elle m'a redressé, tapé dans le dos, tendu un verre d'eau. Quand j'ai eu repris mon souffle, elle m'a mis sous le nez l'un des ouvrages que nous avait donnés Georges le soir du souper-concert : *Aléoutes, Haïdas et Tlingits*, ouvert à la page « Rites funéraires ». On y voyait une quarantaine d'Indiens assis en tailleur autour d'un feu, en train de manger une sorte de bouillie qu'un des leurs, debout, saupoudrait de condiment prélevé dans une calebasse.

— Je me documente, mon cœur, pendant que tu ronfles. Ça, c'est le Festin des cendres : ils partagent la mémoire de la personne décédée, afin de l'alléger en vue de sa prochaine incarnation. On purge le karma, quoi. Celui qui fait le service, ça doit être le veuf. « Vous reprendrez bien un peu de ma femme ? »

J'ai replongé malgré moi dans le fou rire tussif. Elle m'a pressé contre elle pour arrêter ma quinte à la pointe de ses seins par des reptations douces. Elle a dit :

— C'est la vie qui doit gagner, mon amour. Fini la tristesse de rigueur, la lourdeur convenue, ce n'était pas ça, l'énergie de Yoa ! C'était l'indépendance, c'était le talent, c'était le culot, c'était le cul ! On ne va pas s'éteindre dans le deuil judéo-chrétien, c'est le contraire qu'elle nous demande ! J'ai eu la chance de vivre avec elle trois moments d'intimité exceptionnels, alors maintenant on continue. Viens !

Et elle m'a poussé vers la chambre en me déshabillant.

— Loi du Revenir, article 1 : une réincarnation en bonne et due forme est avant tout une fête charnelle. D'accord ?

Que faire, sinon me mettre au diapason ? Offrir son ventre à la mémoire d'une autre, c'était pour elle bien plus qu'un fantasme sexuel – mais ça l'était aussi.

— Prends-nous, Illan.

J'ai pris sur moi, surtout. J'ai évacué l'image insistante de la vieille dame serrant son tambour muet et, pour une fois, j'ai fait l'amour à Soline avec mon plaisir immédiat pour seul objectif, pour unique réponse au sentiment de sacrilège que moi, l'incroyant, je semblais le seul à éprouver. Raté : elle a joui en même temps que moi avec une intensité supérieure à la normale. Et j'ai eu droit au commentaire qui tue :

— Dis donc, elle t'inspire.

Après la douche, on a pris le petit déjeuner dans la cuisine. L'étiquette Bonne Maman me narguait sur le plan de travail. Il m'arrivait une chose bizarre. Comme aux premiers temps de ma cohabitation avec Matteo, quand elle le faisait gémir contre sa peau nue en me demandant de m'exciter devant eux, je me sentais un peu jaloux de cette connivence sensuelle qui ne me devait rien, de cette relation dans laquelle je venais m'inscrire comme élément subsidiaire. Un violoncelle m'avait initié à la libido de Soline, un pot de confiture m'y reléguait au rang d'exécuteur testamentaire.

Cela étant, nous faisions mémoire à part. D'emblée, elle avait découvert en Yoa l'amie idéale : une partenaire musicale qui, loin de se poser en rivale, lui apportait à la fois le soutien d'une féminité complice, le regard bienveillant d'une mère et la douceur décalée d'une grand-mère – tout ce qui lui avait toujours fait défaut. Moi, à l'opposé, je n'arrivais pas à effacer le jugement cinglant que j'avais inspiré à la vieille Indienne, pour qui je n'étais qu'un « dresseur de plantes ». Dépouillé en un instant de mes circonstances atténuantes et de mes justifications, je m'étais senti complètement nu sous son regard – pour ne pas dire désincarné. Et je n'éprouvais aucune consolation à me dire qu'à présent, elle avait besoin de ma semence pour refaire souche.

On est allés prendre l'air sur le balcon. Au débouché de la rue Norvins, le taxi Mercedes stationnait en double file avec ses warnings. Timothée emplissait le coffre de housses à manteaux, de sacs-poubelle débordant de vêtements. Georges est sorti lentement de son immeuble en tenant comme une relique le fauteuil roulant plié, avec lequel il a tassé la garde-robe de son épouse. Quand ils ont réussi à fermer le coffre, il a levé la tête vers notre balcon et nous a fait un signe inattendu, poing serré, pouce tendu. Pour signifier qu'il allait reprendre du poil de la bête, qu'il se réjouissait du volume du coffre ou que mon ami était parfait.

On a regardé le taxi descendre l'avenue Junot, en direction de Saint-Ouen où l'assoce de Timothée avait ouvert un lieu de collecte en faveur des réfugiés. Pour reprendre le mot de Soline, Georges achevait de purger la mémoire de Yoa. Il la détachait des supports matériels, la délivrait du poids de leurs souvenirs communs pour nous laisser le champ libre. Et son effort de légèreté était proportionnel à la lourdeur qui s'installait en moi.

— Qu'est-ce qu'il est touchant, a murmuré Soline, accoudée à la rambarde, les joues dans les mains. J'espère qu'on sera à la hauteur.

J'ai ponctué d'un grognement. Mon ressenti était mesquin, peut-être injuste, mais de moins en moins flou. Qu'étais-je aux yeux de Georges, sinon son intermédiaire obligé, son fournisseur de matière première ?

— Tu as l'air triste, a-t-elle enchaîné en passant son bras par-dessus la ceinture de mon peignoir.

— Non.

— Sois sûr d'une chose, Illan : pour moi, ce sera toujours ton enfant avant tout.

Une onde de confiance m'a aussitôt remis les idées en place. Mais pas très longtemps. Je pressentais que sa réponse à mon problème risquait d'en devenir un jour la véritable cause.

Depuis qu'elle avait arrêté la pilule, j'avais dû modifier mon alimentation. Pour être sûr de mettre au monde une fille, avait-elle lu quelque part, il fallait que le géniteur mange sucré. Tout en évitant de son côté la viande, les frites, le sel, les oranges et le thé, elle me bourrait de gâteaux et de mousses au chocolat, resucrait mon café dans mon dos et me regardait m'empâter, toute fière, avec une telle expression d'amour que j'en venais à me tartiner du Nutella au petit déjeuner, tandis qu'elle-même versait avec constance sa cuillerée de cendres quotidienne dans son yaourt à 0 %. Après l'avoir touillé, elle énonçait entre chaque bouchée une longue litanie qui débutait par :

— *Gunalchéesh Yoatlaandgwliss dwog wadlatch...*

Le nez dans le Nodier, je rectifiais sa prononciation, au vu des codes phonétiques précédant la définition des mots. Elle disait en gros à la défunte qu'elle acceptait de l'accueillir et de la perpétuer en tant que chair de sa chair, si la loi du Revenir l'y autorisait. Les matins où elle y mettait un peu trop de ferveur, me voyant déstabilisé par sa gravité rigide, elle ne manquait pas de me rassurer après coup en me labourant les cheveux :

— Ce n'est qu'un jeu, mon amour. « On dirait que notre enfant serait une Tlingite. » C'est tout. Rien ne dit qu'on va gagner. Mais c'est sérieux, un jeu. Faut suivre la règle.

Un jeu... J'avais surtout le sentiment que c'était un contrat, pour elle, un contrat de confiance. Si règle il y avait, c'était celle du potlatch. Et ce serait sans fin, vu l'incroyable rapidité avec laquelle le cadeau initial des Nodier avait relancé sa carrière. Suite à l'annonce sur Radio Classique de son achat d'un des instruments les plus chers au monde grâce à une simple grille de loto – version officielle imposée par son nouvel agent pour attirer la sympathie du grand public –, les demandes de récitals pleuvaient. La proposition qui la touchait le plus était celle du virtuose Gautier Capuçon, lui-même détenteur d'un Goffriller de la même époque. Il l'invitait à un duo de violoncelles au château du Clos-Vougeot, dans le cadre du festival Musique et Vin où les plus fameux solistes de la planète acceptent d'être rétribués en premiers crus de bourgogne, afin de laisser aux jeunes talents avec qui ils partagent l'affiche l'intégralité des fonds alloués par les sponsors. Cette manifestation internationale marquait l'entrée de Soline dans la cour des grands : les organisateurs lui avaient proposé d'emblée un cachet de neuf caisses de romanée-conti.

Sitôt le petit déjeuner avalé, elle filait répéter rue du Faubourg-Poissonnière, soucieuse d'éviter qu'une plainte des voisins pour nuisances sonores n'amène l'agence immobilière à découvrir ma façon de squatter les produits de son catalogue. Un après-midi sur deux, aux alentours de 17 heures, j'étais invité à venir au poulailler remplir mon devoir de missionnaire, la sagesse des grands-mères assurant sur Internet qu'on avait moins de chances d'avoir un garçon en fécondant sa partenaire sur le dos, l'après-midi et les jours pairs. Je me conformais, stoïque. Une telle soumission aux superstitions du Web ne laissant pas de m'étonner chez une fille aussi intelligente et libre, j'en concluais que les lubies de femme enceinte peuvent débuter avant même la conception.

Le commanditaire, lui, avait disparu. Les volets d'en face restaient fermés, depuis le jour où les vêtements et le fauteuil roulant de Yoa étaient partis dans le coffre du taxi. Pas de réponse à nos appels téléphoniques ni à nos coups de sonnette. Nous nous étions inquiétés les deux premiers jours, et puis Timothée m'avait rassuré : « le professeur », comme il l'appelait, était parti se changer les idées en nous préparant une surprise. Il n'avait pas le droit d'en dire plus. Nous ne savions à quoi nous attendre, mais nous n'avions pas trop le temps d'y penser. Tandis que Soline répétait dix heures par jour, je faisais visiter à tour de bras des appartements invendables que j'essayais de négocier au mieux, lassé d'enjoliver ma nullité sous le prétexte que je valais mieux que ce job. Mais mon regain d'énergie n'était guère plus productif que mon dilettantisme habituel.

Quant à mes alarmes végétales, la sévérité avec laquelle Yoa avait jugé mon activité venait de trouver un écho funeste : le philodendron du Palais-Royal, finalement équipé d'un détecteur d'intrusion grâce aux relances de Timothée, avait commencé à perdre ses feuilles après avoir déclenché la sirène à l'arrivée de la femme de ménage. Le stress. Le poids des responsabilités. C'était du moins le diagnostic de la collectionneuse de pendules, qui avait résilié son contrat. Timothée n'avait pas digéré ce nouvel échec. Cette fois, il m'avait parlé avec une franchise à la hauteur de sa déception. Je ne méritais plus qu'il fasse semblant de s'enthousiasmer pour mes plantes de garde : tout ce que je pourrais espérer de sa part, dorénavant, ce seraient des fausses factures permettant à mon auto-entreprise d'atteindre le plancher de recettes ouvrant droit à la Sécu, dans le cas probable où je me ferais virer de l'agence immobilière.

Cette rupture à l'amiable ne m'avait pas trop affecté. Seuls comptaient le bonheur de Soline, qui travaillait d'arrache-bras Chostakovitch pour le duo de violoncelles au Clos-Vougeot, et l'excitation avec laquelle, aux heures de pause, elle orchestrait la partition de notre futur bébé, combinant lectures, rituels, régimes et positions adéquates. N'ayant plus d'autre enjeu personnel, je me laissais diriger, mener à la baguette par son envie de nous donner un enfant qui, même s'il ne procédait pas uniquement de nous-mêmes, contribuerait à rendre notre couple indestructible. On a les illusions qu'on peut.

Et puis Georges est revenu, un samedi matin. Métamorphosé, rajeuni, tout gaillard au volant d'une vieille décapotable américaine qui bouchait le haut de l'avenue Junot.

— Vous la reconnaissez ? C'est la Cadillac Deville 1964 que conduisait Bourvil dans *Le Corniaud.* Venez, je vous emmène en week-end.

Comment cet homme brisé avait-il pu se réparer aussi vite ? S'il nous jouait la comédie, ce changement de rôle au pied levé n'avait rien d'un contre-emploi : Soline et moi le trouvions aussi crédible en veuf joyeux qu'en épave à la dérive. Simulée ou non, cette résurrection faisait chaud au cœur. Voir le vieux linguiste en veston pied-de-poule et casquette de base-ball manœuvrer cette immense caisse à ailerons dans les petites rues de Montmartre était un spectacle qui réconciliait avec l'âge, le deuil et les gaz d'échappement. C'était la surprise dont m'avait parlé Timothée. Deux semaines durant, dans un garage de Courbevoie, Georges avait remis en état avec des amis mécanos la grosse américaine qu'il avait empruntée en 1965 pour emmener Yoa jusqu'aux falaises d'Etretat, dans la propriété familiale où ils s'étaient mariés.

— Le film de Gérard Oury venait de sortir, vous n'imaginez pas l'enthousiasme et l'hilarité qu'on déclenchait sur notre passage ! Les gens nous lançaient les répliques de De Funès et Bourvil. Ils nous klaxonnaient en criant : « Youkounkoun ! » – vous vous rappelez ? Le diamant géant caché dans le moyeu du volant... Des gamins allaient jusqu'à gratter les pare-chocs aux feux rouges, pour voir si la pellicule de chrome dissimulait de l'or, comme sur « la vraie »... Aujourd'hui, évidemment, si on me raye la carrosserie, c'est juste parce que je consomme vingt litres aux cent et que j'explose le bilan carbone. Mais bon, restons festifs.

Cinquante ans après son voyage de noces, il nous emmenait en voyage de deuil. Même voiture, même itinéraire – c'était le choix de Yoa. En fait, nous a-t-il révélé porte de Saint-Ouen, il suivait le carnet de route qu'elle lui avait laissé. La semaine précédant sa mort, de son écriture hachée par la maladie de Charcot, elle lui avait rempli trente-cinq jours. Trente-cinq enveloppes numérotées à ouvrir chaque matin, lui proposant un emploi du temps, lui soufflant des projets, lui lançant des défis… Dans le prolongement de ses dernières volontés, la collection d'enveloppes s'intitulait « Nouveaux désirs ».

— J'ai du retard sur le planning, s'est-il excusé. La révision de la Cadillac a été plus longue que prévu : joint de culasse, rotule de direction, circuit de freinage…

Et, vu l'épaisse fumée blanche qui s'échappait du capot sur le périphérique, il restait encore des points de détail.

— C'est juste une durit, nous a-t-il rassurés en se déroutant vers Courbevoie.

*

L'atelier Cinémobiles était un garage-musée où s'alignait dans le désordre la mémoire roulante du grand et du petit écran. Isotta Fraschini d'Erich von Stroheim dans *Sunset Boulevard*, Batmobile 1963 de la série *Batman*, Matra 530 de Jean Gabin dans *Le Pacha*, Aston Martin DB5 de James Bond, Bentley Speed Six de John Steed dans *Chapeau melon et bottes de cuir*, Plymouth rouge sang de *Christine*, Alfa Romeo

Spider de Brigitte Bardot dans *Le Mépris,* Ford Gran Torino de *Starsky et Hutch*, ambulance Ecto 1 de *Ghostbusters*...

Une dizaine de rouquins entre quinze et soixante ans se sont précipités vers notre nuage de fumée blanche. C'était la famille de Stuart O'Neal, l'officier commandant l'escadrille de Georges dans la Royal Air Force. Après guerre, les deux hommes étaient restés les meilleurs amis du monde pendant plus de trente ans. Tandis que le Français brillait dans l'ombre de ses travaux universitaires, l'Irlandais s'était illustré comme cascadeur automobile, aux Etats-Unis comme en Europe, avant d'avoir l'idée lumineuse de racheter, restaurer et proposer à la location certains véhicules mythiques des tournages auxquels il avait participé. A sa mort, l'atelier de Courbevoie était devenu le deuxième foyer de Georges, sa vie secrète – le pendant idéal de son couple sans enfants. Soutien de famille clandestin, il s'était délivré avec bonheur de la nostalgie d'une descendance. Vénéré comme le souvenir vivant de leur patriarche par les quatorze O'Neal assurant l'entretien et la gestion du parc automobile, l'ancien professeur de Sorbonne semblait tout aussi à sa place parmi les piles de pneus et les cartons de pièces détachées qu'au milieu de ses livres.

— Je vous avais dit qu'il fallait un collier de 16, a-t-il soupiré en supervisant la fixation de la nouvelle durit de radiateur.

En le voyant se démener du moteur à l'établi, de la fosse au pont élévateur, je pensais à la scène du *Corniaud* où Louis de Funès, dans un garage italien, répare de nuit la Cadillac à la manière de Chaplin dans *Les Temps modernes*.

— Je comprends Yoa, m'a glissé Soline qui l'observait, entre deux gorgées de Coca, depuis le bureau vitré de l'atelier. Comment ne pas craquer pour un mec pareil ?

Les deux cents kilomètres de route l'ont confortée dans son constat. Assise à ses côtés sur le cuir bleu nuit, elle l'écoutait raconter sa guerre. La Résistance en famille à quinze ans dans le maquis normand, sa mère trouvée en possession d'une bombe et déportée le jour même, son père et lui échappant de justesse à la Gestapo grâce à un chalutier détourné vers l'Angleterre. Là-bas, dans la pagaille improvisée de la France libre, Georges reçoit une formation de commando. Parachuté sur ses falaises natales lors de l'opération Biting, le 27 février 1942, pour démanteler la station radar allemande du cap d'Antifer, il sauve le major O'Neal de la mitraille nazie. Après la réussite du raid et l'exfiltration en bateau, il reçoit la Military Cross des mains de lord Mountbatten. Deux ans plus tard, les anciens d'Antifer prennent part au débarquement allié à Omaha Beach. C'est là qu'il combat aux côtés d'un colosse devenu la légende de l'US Navy : le lieutenant Riss, un Indien Tlingit dont les capacités de vision à distance et de télépathie fournissent à l'état-major des renseignements précieux sur la riposte allemande.

— J'étais totalement sceptique, jusqu'au jour où Riss m'a décrit la mort de mon père au cours d'un assaut à Cherbourg, telle que je l'apprendrais six jours plus tard. Lui-même avait prévu qu'il serait tué lors du bombardement de Caen. Il n'était pas inquiet pour son avenir, me disait-il : une de ses cousines, en Alaska, attendait le moment venu pour le remettre au monde. Quand j'ai repris mes études à la fin de la guerre, c'est à cause de lui que je me suis orienté vers l'histoire amérindienne et la culture tlingite.

Les champs de lin en fleur bleuissaient les plaines du pays de Caux. Soline était captivée et moi, dans les courants d'air de la banquette arrière, échevelé, transi, enroué, je trouvais ma vie déserte, inutile et morne. Je me disais : Qu'ai-je fait de personnel, d'intéressant, de risqué, à part tenter en vain de me faire obéir de la nature sans posséder le talent ni la grâce de mon père ? Mon bilan était aussi nul que mes objectifs. Aucune guerre à gagner, aucune langue à défendre, aucune quête personnelle qui s'incarne dans la femme que j'aime. Rien que des sentiments tout juste bons à se raccorder aux passions des autres. Et la paternité, le cas échéant, s'inscrirait dans le même cadre. Quoi qu'en dise Soline, je ne serais qu'un trait d'union mis devant le fait accompli. Une courroie de transmission entre une Indienne incinérée et un bébé de Montmartre.

Inlassablement, Georges racontait comment il avait libéré avec les forces alliées la plupart des villages qu'on traversait. Je n'écoutais plus. Les champs couleur Schtroumpf qui s'étendaient à perte de vue me rappelaient, dans une autre teinte, le rêve sans mode d'emploi que mon père m'avait offert pour mes treize ans. Le lin était l'or bleu du pays de Caux ; moi, j'étais l'heureux détenteur des pouvoirs du caoutchouc jaune. Ces milliards de pissenlits capables, un jour, de faire rouler des voitures.

Profitant d'une pause dans la bataille de Normandie, je me suis penché en avant pour leur raconter mon secret de famille. Mon trésor de guerre à moi : ce latex naturel découvert en 39-45 dans les racines de *Taraxacum kok-saghyz*, le pissenlit du Kazakhstan. Les Japonais bloquant l'accès aux plantations d'arbres à caoutchouc en Asie du Sud, c'était la seule perspective à moyen terme pour fabriquer des pneus. Mais la fin du conflit avait permis d'exploiter à nouveau l'hévéa, et plus personne ne s'était intéressé au rendement tellement inférieur du pissenlit – jusqu'à ces dernières années, un champignon incontrôlable risquant d'entraîner la disparition de l'arbre à caoutchouc. Panique totale dans l'industrie pneumatique : pour rester souple à basse température, la gomme doit contenir au minimum 30 % de latex naturel. Sans parler des gants chirurgicaux et des préservatifs, où le caoutchouc synthétique provoque de plus en plus d'allergies.

J'avais suivi sur Internet l'avancée des recherches. Le grand problème, c'est que le jus de racine du pissenlit coagule trop vite, ce qui empêche une récolte à grande échelle de son caoutchouc. Mon père avait une solution, mais il était mort avec. De toute manière, personne n'aurait pris au sérieux ses traitements anticoagulants à base de fréquences vibratoires. Il s'était contenté de faire pousser les plus belles roses de Savoie en laissant croire qu'il avait juste « la main verte ». Et je n'avais rien fait de son héritage, ces mauvaises herbes qui auraient dû assurer ma fortune.

Georges s'était interrompu pour m'écouter attentivement, dans le rétro. Le pouvoir des fleurs avait fait taire les armes. A la fin d'une phrase, j'ai vu briller des larmes dans ses yeux. Il s'est tourné à demi pour me lancer :

— Tu vois comme sont les choses : Yoa avait senti un rêve peser en toi aussi... Elle ne t'aurait jamais attaqué sur ton rapport aux plantes, sinon.

C'était la première fois que j'avais droit au tutoiement réservé à Soline. Devenais-je intéressant, *moi aussi* ? L'évocation de nos soirées avec sa femme a rendu sa tenue de route de plus en plus flottante. Déjà que la Cadillac occupait les deux tiers de la chaussée, les voitures obligées de mordre le bas-côté en nous croisant nous criblaient d'appels de phares et de klaxons. Mieux valait changer de sujet pour éviter l'accident. A l'approche d'une auberge qui nous offrirait une pause bienvenue, j'ai dit sur un ton détaché, pour ne pas incriminer sa conduite :

— Je crois qu'il pleut.

— Il y a des K-Way sous mon siège, a répondu Georges. Remplacer le moteur de la capote, c'était encore un délai supplémentaire : on serait tombés en lune descendante.

Soline s'est retournée vers moi. Dans notre regard qui sous-titrait la dernière phrase flottait la gêne d'en retirer des émotions contraires. Là où je ressentais le poids de la manipulation affective, elle ne voyait que des efforts de mise en scène aussi touchants que dérisoires. Favoriser la fécondation par les phases lunaires, c'était sans doute le conseil que lui avait donné la vieille

Indienne dans ses feuilles de route posthumes. Le fait qu'il soit venu nous chercher à un moment précis du calendrier intime de Soline impliquait soit des dons de clairvoyance chez Yoa, soit des confidences qu'elle lui avait soutirées durant leur tête-à-tête au Moulin de la Galette. Quoi qu'il en soit, le but de ce week-end que Georges nous avait présenté avec pudeur comme un pèlerinage était, à présent, d'une clarté flagrante : nous mettre en situation d'« attraper » l'esprit de Yoa sur les lieux de leur nuit de noces…

Je leur ai passé les K-Way. Elle a aidé Georges à enfiler le sien. Il se refusait à ralentir, encore moins à s'arrêter pour attendre la fin de l'averse, au motif que le pare-brise panoramique protégeait de la pluie au-dessus de 130 km/h. C'était moins vrai à l'arrière.

— Pour vous mettre dans le bain ! a-t-il repris en sortant de la boîte à gants une coupure de journal jaunie sous protection plastifiée.

Soline a placé l'article à hauteur de son épaule, afin que je puisse le lire en même temps qu'elle. C'était un écho paru dans *Paris Normandie*, le 30 juin 1965. « La Poterie-Antifer : *Le héros du Débarquement revient se marier dans sa maison natale en voiture… américaine !* » Sur la photo en plongée de la Cadillac à ciel ouvert, Yoa et Georges s'enlaçaient par-dessus l'accoudoir central, radieux dans leurs tenues de noces country. On aurait dit Joe Dassin épousant Joan Baez à notre âge. Au milieu de la banquette arrière, un beau jeune homme aux lunettes rondes engoncé dans un costume trois-pièces fixait le photographe avec une tête d'enterrement.

— Qui est-ce ?

— Derrière nous ? m'a jeté Georges sous sa capuche de K-Way. Le témoin.

J'ai reçu le mot comme une gifle. J'étais son témoin, moi aussi. Au triple sens du terme : le spectateur en retrait, la caution officielle et le relais qui change de main pour faire gagner l'équipe. Comment réagir ? Glacé par la pluie venteuse, je me suis contenté d'éternuer.

— A tes souhaits, a-t-il répondu avec une ironie qui n'a échappé à personne. On est presque arrivés.

Ça sentait le mazout, brusquement. Au détour d'un vallonnement, une échappée sur les falaises en contrebas nous a fait découvrir un paysage de cauchemar. En lieu et place du décor touristique auquel je m'attendais, style l'Aiguille creuse, une demi-douzaine de cuves géantes trônaient au milieu d'une carrière de sable débouchant sur une digue interminable dépourvue de bateaux. Une espèce de terminal pétrolier à l'abandon.

— Le génie français dans toute sa splendeur, a commenté Georges avec sobriété. Entre 1967 et 1975, la fermeture du canal de Suez avait incité les compagnies à construire des super-tankers, pour rentabiliser le détour obligé par le cap de Bonne-Espérance. Mais ils étaient si gros qu'ils ne rentraient plus dans les ports traditionnels comme celui du Havre. Du coup, le gouvernement a fait raser la falaise pour édifier cet avant-port destiné à vidanger, le long de ses trois kilomètres de digue, les plus gros pétroliers du monde : cinq cents mètres de long, trente-cinq mètres de tirant d'eau ! Seul Antifer pouvait les accueillir. Sauf que, dès la réouverture du canal de Suez, on a renoncé à les mettre en chantier, et Antifer n'a jamais servi à rien. Si ce n'est à défigurer le site, accentuer l'érosion et favoriser l'éboulement des falaises.

Il nous a laissés méditer deux minutes devant le désastre, puis il a fait demi-tour sur la petite route en contribuant à l'érosion des bas-côtés avec son super-tanker roulant de six mètres et demi.

La pluie s'est arrêtée, un arc-en-ciel a humanisé le paysage. En revenant vers Etretat, on s'est retrouvés dans des ambiances de carte postale. Une grande haie de thuyas et d'aubépine livrés à eux-mêmes nous a soudain caché la mer, et la Cadillac s'est arrêtée devant un portail rouillé fermé par des cadenas surmontés de menaces défraîchies :

Danger de mort !
Zone d'effondrement.
Arrêté de péril, décret du 11 12 1968.
Interdiction absolue d'entrer.

— Bienvenue chez moi, nous a dit Georges en descendant de voiture.

Il a enfilé des gants, dépassé le portail, s'est faufilé dans un trou de haie masqué par des ronces qu'il a écartées devant nous.

— La maison n'avait pas bougé d'un millimètre pendant deux siècles. Quinze jours après l'inauguration d'Antifer, la salle de bains de ma mère s'est fendue en deux pendant qu'elle se brossait les dents. Elle avait connu trop de bombardements pour être affectée par un glissement de terrain – en revanche, elle ne s'est jamais remise du choc nerveux, quand on l'a expulsée de chez elle manu militari, comme au temps des nazis. Le principe de précaution remplaçait le délit de résistance. Elle avait survécu au camp de Mauthausen ; elle a fini ses jours en asile psychiatrique.

Le ton âcre, il s'est arrêté en bordure du jardin retourné à l'état sauvage, avec un regard de haine en direction du petit manoir sans tuiles ni portes ni fenêtres.

— L'Etat nous a volé notre maison : je l'ai offerte aux quatre vents. Les juges ont pu nous contraindre à l'abandonner du jour au lendemain, pas à en murer les ouvertures. Si un voleur se blesse à l'intérieur, je suis responsable, et alors ? Qu'on m'arrête ! Le décret de péril ne vaut pas expropriation. Mon ami le comédien Fernand Ledoux était dans le même cas de figure, à Villerville : on a fait cause commune et on a gagné en appel contre l'ordonnance de destruction. Lui a eu le courage de s'installer à cent mètres de la zone interdite, dans une nouvelle maison avec vue sur l'ancienne – moi non.

Il nous a tendu une clé plate de serrure Fichet.

— C'est la seule porte qui reste, vous ne pouvez pas la manquer. Je n'ai protégé que l'essentiel, et c'est le dernier rituel que je vous demanderai. Mettez-vous à l'écoute, imaginez, ressentez, projetez... Laissez faire la mémoire des murs. Si vous décidez de passer la nuit, n'abusez pas de l'application lampe de vos portables : la gendarmerie et les douanes font des rondes. Contrebande de cigarettes, paraît-il. Mais, si vous préférez le confort en terrain neutre, vous n'aurez qu'à rejoindre Etretat par la falaise d'Amont, je vous ai réservé une chambre au Dormy House.

Il a tourné les talons, disparu dans la haie. On a attendu que le moteur s'éloigne, et on est entrés dans la ruine sur la pointe des pieds, comme pour ne pas déranger, à l'affût du moindre bruit d'animal ou de squatteur. L'intérieur, totalement pillé, parquets arrachés, carreaux descellés, était jonché de canettes, seringues, papiers gras, emballages de chips et de capotes. Condamnée par les médecins des murs, livrée aux soins palliatifs des sans-abri et des amants de passage, la maison en fin de vie diffusait une sérénité étrange malgré le sifflement des vents coulis. Au sommet d'un escalier de chêne dont il ne restait que l'ossature, la porte en acier gris dressait la masse incongrue de son blindage. Provocation dérisoire qui avait fini par lasser les convoitises, à en juger par les rayures autour de la serrure et les coups de masse dans le chambranle qui n'avaient ébranlé que l'enduit du mur porteur.

La clé plate a tourné sans trop de résistance, déclenchant l'écho de mécanismes aux roulements rauques, et la porte s'est ouverte dans un grincement d'outre-tombe sur une pièce ronde meublée en style Empire. Les années de poussière et de toiles d'araignée, l'intense odeur de renfermé nous ont arrêtés sur le seuil. Tout était figé dans un espace-temps de musée combinant la chambre d'adolescent d'avant-guerre – bureau à sous-main de cuir, encrier de verre sculpté, mappemonde, étagères de reliures rouge et or maintenues par des trophées sportifs – et l'atmosphère nuit de noces amérindienne – amulettes multicolores, couronnes de plumes, totem phallique hérissé de mamelles au bois poli… A quel « rituel » Georges songeait-il ?

Soline a refermé derrière nous la porte blindée. A la lueur de son iPhone, elle a imprimé ses pas dans la poussière épaisse comme une couche de neige fraîche jusqu'à la fenêtre de la tour, dont elle a ouvert les volets en fer rouillé. Une bourrasque de vent marin a fait gonfler tel un foc la longue toile d'araignée qui jouait les baldaquins au-dessus du lit.

— Je ne le sens pas trop, Illan.

Moi si, brusquement. Un serrement de gorge, une dilatation dans la cage thoracique, un bouillonnement de rage au ventre. Le double passé immortalisé dans une même gangue de poussière, au cœur de cette ruine en voie d'effondrement, m'inspirait un mélange d'adhésion et de révolte, comme si j'avais accès au même instant à tous les sentiments que cette pièce avait inspirés à Georges, sur place ou à distance. Ce lieu était le pôle magnétique de sa vie. Une attraction irrépressible que je subissais à mon tour, bien plus forte que toutes les nostalgies qui me reliaient à mon propre décor d'enfance. Un fantasme aussi puissant qu'étranger à ma nature : *avoir été* cet élève studieux nourri de rêves écrits avant de plonger dans une adolescence guerrière, passant sans transition des victoires napoléoniennes aux combats de la France libre. *Avoir été* ce fou furieux qui enlève une Indienne en Alaska pour la ramener au domicile de sa mère dans une décapotable de cinéma, afin de consommer leur union entre les draps de son lit d'enfant. Je voulais être

Georges. Je voulais faire mienne cette chambre forte au-dessus du vide.

J'ai attrapé Soline par les hanches, je me suis laissé tomber dans le siège rond du bureau d'acajou en la prenant sur moi, et je lui ai fait l'amour n'importe comment, en deux temps trois mouvements, comme un brouillon de puceau issu d'une lecture érotique. Au milieu des éternuements qui nous brûlaient la poitrine sous la tempête de poussière, on ne s'est pas sentis jouir – moi, en tout cas. Elle est restée aux marges du plaisir en me contemplant avec une attention perplexe.

— Je ne t'ai jamais vu comme ça, Illan. Ça va ?

En reboutonnant mon pantalon, je me suis dit que moi aussi je m'étais laissé hanter par un des époux Nodier. C'était ça, le « rituel » dont le vieux avait parlé quand il nous avait tendu la clé. Un processus d'équilibrage. Si Soline avait accepté en elle la présence spirituelle de Yoa, encore fallait-il que je prenne sur moi les énergies de Georges pour valider leur projet. Faire de nous « les meilleurs parents du monde ». C'est-à-dire, de son point de vue à lui, les géniteurs d'un clone mémoriel.

Soline fixait les talismans qui avaient présidé à leur mariage tlingit. Moi, je regardais les manuels scolaires d'un petit Français d'avant-guerre. Le temps d'une étreinte bâclée, on venait de faire chambre à part.

On a refermé les volets et la fenêtre, remis le siège Empire à sa place, tiré la porte blindée sur ces souvenirs de jeunesse qui venaient sans doute de délivrer leurs derniers messages. Cette escale dans le passé de Georges faisait-elle partie de la « feuille de route » posthume que Yoa lui avait concoctée, d'enveloppe en enveloppe, cailloux de Petite Poucette jetés en avant de son chemin, ingrédients journaliers d'une réincarnation à la tlingite ?

En quittant le mausolée de leur mariage, sans nous le formuler et sans faire semblant de le nier, on avait la quasi-certitude que l'objet de notre contrat moral venait d'être conçu.

*

On a longé la falaise gorgée de boue en direction d'Etretat. Le soleil déclinant réapparaissait sous la barre de nuages noirs qui bouchait l'horizon. On se tenait par la main, sans parvenir à combler la distance qui s'était creusée entre nous depuis la chambre forte. Une distance qui ne venait pas de nous.

J'ai senti les premières atteintes de la fièvre dans la descente vers la plage municipale. A l'autre extrémité du bourg, sous les jardins de l'hôtel Dormy House, une vieille silhouette gracile en maillot bleu turquoise vacillait sur les galets, se retenant de la main gauche au mur du remblai.

— Ne me dis pas que c'est Georges ! Elle est à combien, l'eau, ici ? 17, 18 ?

Je l'ai rassurée : ce n'était pas pour lui, le bain de mer. Dans sa main droite, il tenait l'urne Art déco que lui avait livrée le scooter des pompes funèbres. Flageolant sur ses jambes, il a dévissé le couvercle et dispersé d'un geste de semeur la petite part de Yoa qu'il avait gardée pour lui, ces 10 % d'apporteur d'affaire n'entrant pas dans les compléments alimentaires de Soline. Puis il a posé le récipient sur les galets et, histoire de me faire mentir, il s'est jeté à l'eau. Il a barboté quelques secondes en buvant la tasse dans les cendres de sa femme, puis, le temps que j'envisage d'ôter mon blouson pour aller le secourir, il a foncé vers le large dans un dos crawlé impeccable, engueulé par les pêcheurs dont il menaçait les lignes.

Je me suis laissé tomber sur un banc, épuisé par la marche et la fièvre. Dans le regard de Soline qui allait de lui à moi, j'ai vu passer une lueur d'inquiétude tempérée par l'humour noir : si d'aventure la nouvelle Yoa naissait orpheline de père, elle pourrait toujours compter sur son ex-veuf.

*

Le soir, j'avais 39,8°. Je les ai laissés dîner au restaurant gastronomique, tandis que j'alimentais le brasier de ma gorge avec le potage du room-service, grelottant sous la couette devant *Qui veut gagner des millions ?*

A 6 heures du matin, l'aube violette a dilué la lueur pharmaceutique du spot vert éclairant le grand pin devant la fenêtre. Par crainte de la contagion, Soline avait dormi sur le canapé de la chambre. Après le petit déjeuner et la visite du médecin, ils m'ont déposé à la gare pour m'épargner le retour dans les vents coulis de la Cadillac.

Ma nouvelle vie commençait.

Je suis resté cloué au lit trois semaines. Grippe, angine, bronchite et pneumonie. C'est Georges qui a accompagné Soline au festival Musique et Vin de Clos-Vougeot. Il a filmé le concert dans le Grand Cellier des moines avec son smartphone, me l'a envoyé par MMS. Ses zooms sur Soline étaient entrecoupés de selfies où il me disait en gros plan combien c'était beau.

L'agence prenait souvent de mes nouvelles. Mon congé maladie ne mettait pas vraiment le marché immobilier en péril, mais Ysaure, la fan de chaussures Louboutin, insistait pour venir me rendre visite, dans l'espoir de gagner son pari en profitant de mon alitement. J'avais beau inventer que j'habitais une banlieue sans RER et que j'étais contagieux, elle m'opposait qu'elle avait une voiture et une santé de fer. A sa collègue Bettina qui, dans son dos, me faisait les mêmes propositions pour la prendre de vitesse, je laissais entendre que je ne voulais pas qu'on me voie dans cet état, mais que je serais vite sur pied et qu'on se rattraperait. Elles me répondaient par des smileys coquins. Je me compliquais l'avenir, mais je sauvais le présent. Quant aux visites d'ordre professionnel concernant mes produits, les deux parieuses me transféraient les demandes reçues à l'agence et, du fond de mon lit, je dissuadais les clients en prétendant que la vente était sur le point d'être conclue.

La situation sous contrôle, je profitais de mon temps libre pour travailler sur les pissenlits à pneus. Leur évocation durant le trajet vers Etretat avait réactivé de manière obsessionnelle l'héritage virtuel de mon père. Apparemment, j'avais encore une longueur d'avance : Continental et Bridgestone avaient investi des millions de dollars pour ralentir génétiquement la coagulation de ce caoutchouc de l'avenir, mais, revanche de la nature, leur latex transgénique perdait en souplesse et les pneus éclataient. Quoi qu'il en soit, la leçon de Yoa avait porté : je ne m'obstinais plus, désormais, à dresser des plantes de garde, je cherchais le moyen d'aider une fleur des champs à développer son potentiel routier sans passer par les OGM. Je n'entrevoyais pour l'instant que des solutions chimériques, mais l'échec des protocoles raisonnables mis en œuvre par les multinationales me redonnait du cœur au ventre.

Soline et Matteo couraient de répétition en enregistrement. Georges, lui, s'était lancé dans des travaux d'intérieur. Avait-il décidé de refaire son appartement à neuf par principe de précaution, pour enlever à l'esprit de sa femme la tentation d'un retour en arrière dans le décor de leur vie commune ?

*

C'était ma première sortie depuis Etretat. Deux cents mètres aller-retour pour acheter le pain, d'une démarche de vieillard à pas comptés, souffle en veilleuse. Je redescendais en longeant la grille du square Frédéric-Dard lorsque j'ai aperçu en contrebas la silhouette de Georges. Au pied de son immeuble, il répartissait des cartouches de cigarettes entre la vieille clocharde du carrefour Junot, un balayeur de la Ville de Paris, le régisseur du Théâtre 13 et une caricaturiste en chemin vers la place du Tertre. Dès qu'il m'a vu, il s'est précipité à ma rencontre, les mains vides.

— Vous arrêtez de fumer ?

— C'est la moindre des choses, m'a-t-il souri avec une fierté joyeuse.

Je l'ai félicité, dans le doute. Il m'a répondu par une bourrade.

— Non, c'est à moi de te dire bravo. Et merci.

J'ai froncé les sourcils. Et puis son air épanoui m'a fait entrevoir la seule explication logique à une telle attitude : s'il arrêtait de fumer, c'est que Soline était enceinte. Il a confirmé d'un plissement de paupières.

Une livraison de lave-linge bloquait l'ascenseur. Oubliant ma convalescence et mon essoufflement, j'ai grimpé d'une traite les six étages. Elle se préparait pour un enregistrement avec l'orchestre de Radio France.

— C'est agréable d'être le premier informé.

Elle a retiré le crayon de sa paupière. Mon ton de reproche narquois, assez mal modulé par les battements de cœur, a paru la surprendre.

— Qu'est-ce qui se passe ? a-t-elle demandé d'un air inquiet.

— Je viens de voir Georges. Tu lui as téléphoné ?

— On s'est envoyé des textos.

— Super. Je comprends que sa solitude te touche, mais tu aurais quand même pu me réserver l'exclu, non ?

Sans ciller, elle a terminé son œil gauche.

— Il prend ses désirs pour des réalités, mon amour.

L'émotion s'est éboulée dans ma gorge. Elle a rebouché le rimmel, déposé un baiser sur mes lèvres avant de prendre son bâton de rouge.

— C'était le sens de son texto. Il a rêvé de Yoa, cette nuit, pour la première fois depuis sa mort : elle sortait de son urne comme la bimbo qui jaillit du gâteau d'anniversaire dans *Lucky Luke*. Il appelle ça un songe prémonitoire, que veux-tu que je réponde ?

— Fais le test.

La gravité de mon ton m'a étonné autant qu'elle.

— Ecoute, Illan… J'ai juste un orchestre qui m'attend à la Maison de la radio, là, on voit ça à mon retour, OK ?

— Non. Fais le test.

Elle l'a fait, pour avoir la paix.

Elle est revenue de la salle de bains livide et radieuse.

*

J'ai passé la journée à faire les courses et préparer le plus beau repas de fête dont j'étais capable. Menu hautement symbolique : salade de pissenlits au foie gras, pommes de terre en robe de caviar à la Rostropovitch, crabes géants d'Alaska et crêpes Nutella saupoudrées de cendres Bonne Maman.

Magie des influences psychosomatiques, j'avais cessé de moucher, tousser, cracher mes poumons dès l'apparition du trait bleu sur son test. Plus la moindre courbature, le moindre essoufflement. Juste une légère lourdeur dans le ventre, que je mettais sur le compte du mimétisme. A chaque pause d'orchestre, Soline m'envoyait un texto pour me dire qu'elle était la plus heureuse du monde et vérifier si je tenais le coup. Je tenais.

J'étais tellement soulagé de vivre si bien mon statut de futur père que j'en oubliais le contexte. Je ne voulais plus y penser. Et du reste, la situation n'avait rien de si particulier, dans le fond. Nous étions loin des prouesses technologiques en vigueur autour de nous : fécondation *in vitro*, mères porteuses... Il ne s'agissait que d'un bébé conventionnel, même s'il était subventionné : nous venions de mettre en production un enfant sur commande avec une éventuelle mémoire antérieure en option, c'est tout.

J'ai repensé à Georges au moment de disposer les assiettes. Fallait-il l'inviter ? Il devait se morfondre, sans appel de notre part depuis le matin, en déduire que son rêve prémonitoire était prématuré. Etait-ce si grave ? Pour une fois, nous avions une longueur d'avance sur lui. Une marge de liberté.

En rentrant pour le dîner, fourbue mais lumineuse, Soline m'a remercié vingt fois de n'avoir mis que deux couverts. Nous allions célébrer, comme des millions d'autres couples, l'annonce d'un heureux événement, point barre. Georges pouvait bien attendre quelques heures pour se réjouir, en différé, de la confirmation d'une nouvelle dont sa femme lui avait réservé la primeur – notre égoïsme, en fait, rétablissait le sens des priorités. Soline était plus belle que jamais, et mon menu surprise lui avait arraché des cris de joie.

A l'instant de passer à table, les scrupules l'ont rattrapée. Elle lui a envoyé un texto de quatorze mots pour lui annoncer qu'il allait être parrain et qu'on fêterait ça avec lui le lendemain midi. En réponse, on a reçu deux points suivis d'une parenthèse fermée.

*

— Illan, tu viens m'aider ? Je ne sais pas quoi mettre.

Je me lève d'un bond, cligne des yeux dans le jour gris, et je la rejoins dans le dressing. Elle est penchée en avant, nue au milieu des jupes et des robes qu'elle a accrochées parmi les housses à fourrures et les complets « parisiens » des propriétaires suisses. Je me glisse en elle avec une douceur précautionneuse, en signalant ma présence à notre petite graine par un joyeux « Bonjour vous deux ! ».

— Comment on va l'appeler ? s'émeut-elle.

Du bout de la voix, je propose :

— Georgette ?

Le tintement des cintres ponctue notre début de fou rire, qui rapidement dégénère en chevauchée de la Walkyrie. Un bruit de clé dans la serrure nous fige net.

— Vous allez voir, la déco est âââdmirable ! Disposition idéale, plan en étoile, luminosité parfaite, véritable modularité…

Arc-boutée contre le montant des étagères à pulls, Soline s'est refermée sur mon sexe et je comprime la douleur en avalant mes lèvres. Dans le claquement de la porte d'entrée, elle tourne vers moi un regard de détresse, crisse entre ses dents :

— Mais tu es le seul à faire visiter, non ?

— Oui, mais je suis malade.

— Quatre-vingt-seize mètres carrés loi Carrez, classe d'énergie E, chauffage au gaz indépendant, énumère Ysaure. Gardiennage commun aux trois immeubles, d'où charges réduites, et ravalement voté par la dernière AG, donc aux frais des vendeurs. C'est une affaire en ôôôr !

— Ça sent le café, s'inquiète une voix de femme revêche. Il y a des locataires ?

— Non, non, je vous le confirme : il est libre à la vente.

Les craquements de parquet indiquent qu'ils viennent d'entrer dans le séjour.

— Les propriétaires ont laissé un peu de désordre, improvise Ysaure, mais au moins, vous avez une impression de vécu... Vous pouvez vous projeter. Et regardez la largeur du balcon.

— Il y a quelqu'un ? lance un homme.

— Madame, monsieur ? vérifie ma collègue de son timbre de cocktail. Agence Pierre-Premier Montmartre, bonjour – non, non, voyez, c'est vide.

Soline se dévisse le cou pour mimer dans ma direction une grimace de fatalité ludique : elle venait juste de se lever pour enclencher la cafetière, elle n'a rien eu le temps de ranger. On retient notre souffle jusqu'à ce que l'acheteur potentiel enchaîne :

— Et où est la chambre ?

En suivant robe, soutien-gorge et culotte, il ne risque pas de la manquer.

— La voici, donnant elle aussi sur le balcon... Admirez la luminosité, même par le vilain temps d'aujourd'hui...

— Comme vous dites, ça fait « vécu », pérore la visiteuse d'un ton coincé. Et au point de vue rangements ?

— Vous allez être surprise.

J'enfonce mes ongles dans les fesses de Soline pour la dissuader de couiner. J'aurais dû l'envoyer au front avec un peignoir en tant que petite-fille des vendeurs, tout en me cachant derrière les manteaux. Elle n'a pas l'air de mesurer les conséquences, si je me fais prendre en flag. Pourvu que ma collègue commence par les placards du couloir de la salle de bains : on aura le temps de filer se planquer sous le lit en passant par la pièce de musique. Si elle attaque par le dressing, on est cuits.

— Non, ça c'est le chauffe-eau, pardon. Les placards sont là. Excusez-moi, le négociateur en charge de ce produit est souffrant : c'est la première fois que j'y viens. Je suis épatée comme vous. Tout le chic du scandinave tendance, marié au charme de l'ancien.

— C'est vieillot, ces tomettes, il faudra mettre un dallage en grès.

— Tout à fait, madame. L'agence a un département surveillance des travaux, si vous le souhaitez.

— Il y avait un grand dressing sur le diaporama, non ?

— Absolument. Si j'ai bien le plan en tête, il ouvre sur l'autre couloir.

Soline baisse le menton et je serre les dents, stoïque. Le cliquetis des talons se rapproche. Même si je me penche en extension pour pousser la porte coulissante, ils l'ouvriront. J'abaisse en catastrophe la fermeture éclair d'une housse, et je tends le pan d'un long manteau de fourrure à Soline qui le tire jusqu'à ses cheveux pour faire écran. Nos pieds dépassent, mais la pudeur est sauve. Ainsi que l'anonymat.

— Une zibeline ? s'offusque la dame. C'est d'un goût…

— Les vendeurs sont d'une autre génération, plaide Ysaure.

— Nous aussi, mademoiselle. Ça n'empêche pas de respecter le vivant !

Ma collègue escamote prestement le rideau de fourrure, et sa mâchoire se décroche. Pétrifiés l'un dans l'autre dans notre pose de mannequins en vitrine, Soline et moi sourions d'un air fonctionnel, comme si nous étions là pour mettre en valeur l'espace et les commodités du dressing.

— Messieurs-dames, balbutie le monsieur.

— Jérôme ! s'indigne sa femme.

Troisième âge rigide, moumoute grise et chignon haut, sanglés dans des impers Burberry's à la coupe identique.

— Ma grand-mère ne m'a pas prévenue de la visite, les informe Soline en prenant son délicieux accent vaudois.

— Mille excuses, s'empresse Ysaure qui darde sur moi un rictus assassin, j'aurais dû sonner, je suis navrée. C'est ce qu'on appelle une entrée inopinée.

Et elle glousse à l'intention de ses clients pour détendre l'atmosphère, comme si elle venait de faire une contrepèterie. C'est vraiment une grande pro. Avec une dignité meurtrie, la Burberry's détourne son conjoint vers la cuisine pour continuer la visite. Le sourire botoxé de ma collègue s'efface aussitôt. Dans son regard polaire que je m'efforce de soutenir passent tour à tour le dépit, la rage, mes fesses, le canon que je m'envoie, mon crime de lèse-immobilier, la com qu'elle va récupérer sur mon dos et la paire de Louboutin qu'elle vient de perdre – difficile pour elle, désormais, de m'accrocher à son tableau de chasse avant que je quitte l'agence.

Pivotant sur ses talons aiguilles, elle rejoint le couple dans la cuisine parfaitement aménagée en pièce à vivre, n'est-ce pas, le vrai cœur de la maison, et elle leur propose de repasser par son bureau s'ils désirent faire une offre.

— Il y a beaucoup de monde sur le coup, ne peut-elle s'empêcher d'ajouter sur un ton vinaigré.

Dès qu'ils ont achevé la visite, j'appelle Timothée pour qu'il évacue d'urgence ses troupes. Selon toute vraisemblance, je vais être viré dans l'heure et l'agence ne manquera pas de contrôler mes autres appartements : un négociateur capable de détourner l'un de ses produits à usage d'habitation est fatalement susceptible d'encaisser des loyers au noir sur le restant de son catalogue.

— Bravo, a soupiré mon fournisseur de migrants. T'es vraiment une tache.

Ce que confirme mon patron, dix minutes plus tard. Jamais personne n'a trompé la confiance de

Pierre-Edouard Souabe en vingt ans de réussite partie de zéro, martèle-t-il au téléphone : vingt ans à miser sur les talents cachés, à tendre la main aux bras cassés pour leur donner des ailes – je suis le premier à le trahir.

— Tu m'aurais demandé, je t'aurais logé, pauv' nase ! Au lieu de ça, tu fais ton p'tit coup en douce en t' racontant quoi ? Qu't'as les couilles de me prendre pour un con ? Un pervers hystérique, c'est tout ce que t'es ! Elle avait raison, ma sœur !

Première fois qu'il ne l'appelle pas « l'intello ». Pour lui éviter d'entacher d'impropriété sa juste colère, je précise qu'on dit un pervers *narcissique*.

— Continue à te foutre de moi, vas-y ! T'as une demi-heure pour libérer l'appart et me rendre la clé avec ta dém, sinon je porte plainte ! C'est clair ?

Il a tout juste raccroché que Soline me tend l'oreillette de son portable.

— Georges.

Elle ponctue l'énoncé du prénom d'un bref sourire appuyé, pour que je me prépare au contexte.

— Merveilleuse nouvelle, j'en étais sûr, je te l'avais dit ! exulte le vieux dans l'écouteur. Je vous ai laissés en amoureux hier soir, mais là je ne tiens plus ! J'arrive !

*

Il nous a aidés à faire les cartons. Avec un enthousiasme à la limite de la décence, il emballait robes et chemises en sifflotant un chant guerrier tlingit. A ses yeux, manifestement, le trait bleu sur le test reléguait notre expulsion au rang de l'anecdote.

— Ça y est, nous sommes enceinte ! a-t-il claironné dans son portable à la famille O'Neal, qui l'a ovationné sur haut-parleur.

Avec des allures d'expert, il nous briefait en étiquetant les cartons : si l'on situait la conception dans sa chambre d'enfant d'Antifer, l'avatar de sa femme était en train d'évoluer du stade de la groseille à celui de la virgule. Il s'était renseigné sur Internet. Dans une semaine, poursuivait-il avec une allégresse mâtinée d'anxiété, le visage commencerait à se former et l'ébauche des organes entraînerait un moment d'intense fragilité. Notre avenir immédiat avait l'air de beaucoup moins l'inquiéter, mais je l'ai rassuré tout de même : comme Soline n'avait pas résilié son bail, on retournait s'installer au poulailler.

— Où ça ?

— 12 rue du Faubourg-Poissonnière, lui a-t-elle répondu tout en appelant Ulrika, une musicienne allemande à qui elle prêtait parfois les lieux. Mon studio de jeune fille.

— Vous n'y pensez pas ? C'est à moi d'y aller : je vous laisse la rue Norvins.

Le court silence qui a suivi était à la hauteur du naturel avec lequel il avait formulé son offre.

— Mais Georges, a dit Soline, il n'y a que vingt-trois mètres carrés.

— Ça me suffit amplement. J'ai mes souvenirs dans la tête ; le reste, je m'en fous. C'est vous qui aurez besoin de volume.

Elle a croisé mon regard, s'est dérobée. Me retournant vers notre bienfaiteur endémique, j'ai protesté un peu mollement que son appartement, son nid d'aigle, c'était toute sa vie.

— Non.

Et, dans ses yeux qui fixaient le ventre de Soline, il n'y avait pas la moindre ambiguïté. La vie qui l'intéressait, la seule, elle était là.

— Au moins comme ça, lui a-t-il confié sur le ton de l'argument subsidiaire, tu ne te fatigueras plus à traverser Paris pour aller répéter dans une cage à poule. Murs, sols et plafonds, j'ai tout fait insonoriser.

Je me suis abstenu de réagir. Tout cela sentait quand même un peu la préméditation.

— On n'accepte votre offre que si vous restez, a décidé soudain Soline.

— Alors d'accord, a-t-il cédé d'un air fair play, comme si elle le prenait à la gorge.

— Génial !

J'aurais bien aimé être consulté. Mais on sentait que, dans sa logique intérieure, il faisait don de sa présence avec la même abnégation qu'il nous offrait son toit, et il eût été délicat de l'exiler rue du Faubourg-Poissonnière. D'autant qu'un vrai soulagement se lisait dans le regard de Soline. L'appel de la stabilité, de la quiétude, du confort sans magouille ? Tout ce que je n'avais pas les moyens de lui offrir. Le violoncelle, l'appartement de ses rêves, la grossesse idéale – quelle serait la prochaine étape ?

— Je me ferai tout petit, a-t-il promis avec une jubilation qui augurait le pire.

*

Les premières semaines allaient me donner tort. Il commença par inviter à notre « pendaison de crémaillère », comme il disait, un de ses anciens élèves, professeur de physiologie végétale, directeur honoraire des collections à l'Herbier national du Muséum d'histoire naturelle.

— J'ai bien repensé à ton histoire de pissenlits pneumatiques, Illan. S'il y a une personne qui peut te mettre le pied à l'étrier pour ce genre de recherche, c'est bien Robineau. Cela dit, mes enfants, j'aime mieux être franc. Préparez-vous à passer la pire soirée de votre vie : il est ennuyeux comme un bulbe. Quant à sa femme, c'est le summum de la déformation professionnelle, vous verrez. Ancienne conservatrice du musée Grévin.

Nous étions préparés. Mais pas au coup de massue que nous avons reçu en les découvrant autour de la table d'apéritif. C'étaient les Burberry's qui, six jours plus tôt, nous avaient pris en flagrant délit de levrette figée dans le dressing. Et leur regard témoignait d'une stupeur analogue à la nôtre.

Visage avenant, champagne en main, Georges se délectait de la situation en remplissant nos coupes.

— Eh oui, mes amis, j'ai fait d'une pierre trois coups. Les Robineau souhaitaient quitter la faune de la place Blanche pour les frondaisons du haut Montmartre, vous n'alliez pas vivre votre grossesse en usurpation de domicile, et Jérôme peine à former un successeur aussi enthousiaste que lui à l'Herbier national. Vous étiez donc faits pour vous rencontrer. Tchin-tchin !

Contre toute attente, la glace s'est rompue très vite. Et sur son dos. Habitué aux roublardises de celui qu'il s'obstinait à appeler « mon vieux maître », alors qu'il était bien plus décati que lui, Jérôme Robineau m'a adopté sur-le-champ – moins par affinités végétales que par solidarité de victime. Visiblement, depuis le lycée Henri-IV, son ancien prof l'avait toujours utilisé comme bouc émissaire, dindon de la farce et tête de Turc. « Place aux jeunes », exultait le regard du botaniste en me croyant distribué dans son rôle, tandis que Georges nous détaillait avec gourmandise les rouages de son coup monté. Après avoir alléché les Robineau avec cet appartement « à saisir de toute urgence », il les avait traînés à l'agence où il avait persuadé ma collègue de le leur montrer séance tenante, à une heure où fatalement ils nous trouveraient sur place. Moyennant quoi, il nous délivrait de cette épée de Damoclès en nous relogeant tous frais payés, situation que nous n'aurions jamais acceptée s'il n'avait provoqué notre expulsion, soulignait-il, et qui lui permettait du même coup d'installer ses vieux amis dans le quartier de leurs rêves.

— Vous êtes vraiment ignoble, a souri Soline.

— Ignoble, ont confirmé les Robineau.

— Et tout le monde est content, a conclu Georges. A ma santé !

Faisant contre bonne fortune grand cœur, on a trinqué avec lui. Les élans contraires de l'indignation et de la gratitude ont brisé trois coupes sur cinq.

— Ça porte bonheur, nous a-t-il rappelé en vidant la sienne, avant de courir chercher de l'antiseptique et des pansements.

Avec un long soupir, le botaniste m'a tendu sa carte maculée de sang.

— Georges a toujours été comme ça : il détruit tout ce qu'il touche. Je vous plains. Et je vous prie de nous excuser, pour l'autre jour.

— Non, non, c'est nous.

— En tout cas, le quartier est très agréable, a déclaré, de son petit ton comme il faut, la conservatrice du musée de cire. Nous signons avant l'été, et nous aménageons en septembre.

— Ça serait bien de garder les tomettes, a dit Soline.

Je l'ai dévisagée. Elle avait l'air aussi surprise que moi par les mots qu'elle venait de prononcer.

— Yoa les aimait beaucoup, c'est vrai, a confirmé Georges en revenant de la salle de bains. Pour elle, le cœur tellurique du lieu était dans ce petit couloir. La seule partie encore d'époque. Elle disait que les travaux cassent la mémoire des murs – à bon entendeur…

La conservatrice a crispé sa bouche en cul-de-poule, et le botaniste a embrayé sur les rapports chamaniques de Yoa avec les plantes. Il s'émerveillait de ses connaissances, de son instinct : même les spécimens séchés depuis des siècles entre les planches de l'Herbier national lui *parlaient*. Georges confirmait, les yeux au sol. Mme Robineau se bourrait de noix de cajou. Attentive et grave, Soline serrait mes doigts sur son ventre. Tout au long de l'apéritif dînatoire, il n'a plus été question que des forêts primaires d'Alaska menacées par le réchauffement climatique, les paquebots et le gaz de schiste. Jérôme Robineau devenait intarissable dès qu'il puisait dans son élément : toutes ses rides s'animaient d'une passion expressive jurant avec la fixité morne de sa perruque. Le bulbe, comme l'avait surnommé son vieux maître, germait à vue d'œil.

— Passez me voir un matin au Muséum, m'a-t-il glissé en prenant congé. Je vous présenterai une variété de pissenlits que très peu de gens ont eu le privilège de rencontrer.

Sitôt la porte refermée, la main de Georges a percuté mon omoplate et il m'a déclaré sur le mode de l'autosatisfaction :

— Ton avenir est assuré. On ne manœuvre ce genre de type que par la culpabilité. Et là, elle est double.

En finissant les macarons apportés par ses invités, il est passé aux aveux sans changer de ton :

— Si je comptais le nombre de fois où j'ai eu envie de le tuer… C'est mon amour-propre qui l'a sauvé : on ne peut quand même pas être jaloux toute sa vie d'un fossile. Vous n'avez pas pu le reconnaître, les amers résignés vieillissent mal, mais c'était le témoin, à notre mariage. Le témoin de Yoa.

J'ai revu le cliché qu'il nous avait montré dans la Cadillac. Le beau jeune homme solennel assis derrière eux sur la banquette. Georges a enchaîné, avec l'air de se justifier :

— Pour ne pas trop la dépayser, je lui avais trouvé un spécialiste de la flore d'Alaska. Je suis comme ça, parfois. On peut me croire aveugle. Ou penser aussi que j'aime jouer avec le feu. En fait, j'ai l'air de tout gérer, mais je ne prévois jamais rien. Je provoque, et je laisse venir. Je fais confiance.

Dans son phrasé ralenti, l'émotion avait pris le pas sur le cynisme.

— Ils ont été amants, trois ou quatre fois, tandis que moi-même j'avais cédé à un petit coup de cœur pour l'une des filles O'Neal – Molly, la chef d'atelier que vous avez vue à Courbevoie. Eh oui, mes enfants, les couples heureux sont comme les autres. Ils n'ont rien de parfait, mais ils se réparent.

Il a retiré la bouteille de champagne des mains de Soline. J'ai cru qu'il voulait la rappeler à ses devoirs de future mère, mais c'était juste par galanterie, pour la servir lui-même.

— L'adultère est soluble dans le temps, vous verrez. En revanche, reprocher à son conjoint les tentations auxquelles on s'est dérobé par égard pour lui, je ne connais rien de mieux pour transformer une vie de couple en simple ménage.

Il y avait sans doute un message subliminal dans ses yeux plissés qui nous jaugeaient, mais il a eu l'élégance de changer de cible :

— Regardez Germaine Robineau. C'était la plus belle fille d'Henri-IV. La seule qui m'ait fait perdre la tête, avant Yoa. Malheureusement, à l'époque, je ne couchais pas avec mes élèves. Ce fut la chance de Jérôme. Enfin, la chance… Il lui reste son herbier. Ne laissez jamais votre cœur vieillir, mes chéris.

Il s'est arraché du canapé et il a titubé relativement droit jusqu'à ses appartements, comme il disait : l'ancien débarras où, de gaieté de cœur, avec autant de rouerie que de sincérité, il s'était exilé pour ne pas mourir seul.

*

Depuis que nous vivions sous son toit, Georges affichait la discrétion ostentatoire d'un metteur en scène qui laisse ses comédiens évoluer, en liberté apparente, dans la situation qu'il leur a imposée. Tantôt accaparé par une vedette de l'écran en restauration au garage O'Neal, tantôt reclus au milieu des livres dans l'ancienne chapelle ardente de Yoa où il avait compacté son univers, il ne prenait ses repas avec nous que lorsqu'on l'y invitait. Sinon, il se partageait entre le Vieux Chalet, le Moulin de la Galette, le Pizza Pino de Courbevoie et le McDo de la piscine des Halles où il entretenait son dos crawlé deux fois par semaine.

J'avais attendu trois jours pour rendre visite à Jérôme Robineau, par décence. Dans la grande salle gothique du Muséum d'histoire naturelle, ce n'était plus le même homme. Régnant sur six millions de planches d'herbier, je découvrais un gamin transporté, un enthousiaste à haut débit qui refaisait le monde à partir des espèces végétales en voie de disparition. Il me rappelait Georges fourgonnant dans ses vieux moteurs. Comment deux amis de jeunesse pouvaient-ils se tromper autant l'un sur l'autre ?

— Très cher, vous me parlez de la *Taraxacum kok-saghiz* du Kazakhstan, mais sachez que Dahlstedt avait déjà décrit, dès 1906, une variété aux propriétés similaires présente en Afghanistan, la *T-bicorne*. Il nous en avait envoyé des graines. L'un de mes prédécesseurs les a plantées dans notre petit jardin d'expériences, elles se sont bien développées, elles ont fleuri et grainé. J'ai l'honneur de vous présenter le plus rare des pissenlits.

J'ai admiré et j'ai demandé, le cœur battant, à quelle vitesse son caoutchouc coagulait.

— La même.

— J'ai une idée pour la réduire. Elle paraît bizarre, mais je peux m'appuyer sur des publications scientifiques. Vous connaissez les travaux du physicien Joël Sternheimer sur la façon de modifier les plantes par ondes vibratoires ?

— Non. Je suis dans le réel, moi, a-t-il précisé en désignant ses planches de feuilles séchées.

— Un de vos collègues pourrait m'aider à coder l'enzyme responsable de la coagulation ?

Avec un sourire définitif, il m'a conseillé de redescendre sur terre : jamais l'industrie pneumatique ne roulerait au jus de pissenlit – question d'image auprès de la clientèle. En revanche, si je voulais l'aider à classer les herbiers annexes qui dormaient dans ses réserves, ce serait mille quatre cents euros par mois.

J'ai réfléchi trois secondes, et je l'ai remercié pour la chance qu'il m'offrait.

— La chance de repartir sur de meilleures bases, s'est-il rengorgé.

— Non, celle de renouer avec un vieux rêve.

J'ai signé ma période d'essai. Au moins, j'étais dans la place.

— A demain, donc, cher collaborateur.

Il faisait un temps magnifique. Le cœur léger, la sacoche en bandoulière, je suis allé m'asseoir dans l'« alpin », ce délicieux enclos méconnu du Jardin des Plantes, protégé par une entrée souterraine des plus dissuasives. Là, au milieu des rocailles odorantes et des racines aériennes d'arbrisseaux montagnards, j'ai sorti mon ordinateur pour chercher, parmi les jeunes entreprises innovantes, des partenaires plus adaptés à mon projet qu'un vieux conservateur de feuilles mortes. Mon choix s'est arrêté sur SolarPlant, une boîte belge fabriquant notamment du plastique bio avec des algues. Mon mail est parti comme une bouteille à la mer. C'était la première fois que j'osais coucher par écrit mes rêves sous la forme d'une demande de financement.

*

De retour à Montmartre, dans la montée en danseuse de la rue Lepic, une voix a crié mon prénom. J'ai arrêté mon vélo pour fouiller des yeux le trottoir. C'était Bettina, mon ancienne collègue. Elle m'a salué d'un grand geste assorti d'un clin d'œil, a posé une fesse sur l'aile d'une voiture en stationnement, et a croisé les jambes en agitant avec une lenteur sensuelle le bout des escarpins neufs à semelles rouges qu'elle avait gagnés grâce à moi.

Décidément, mon renvoi de l'agence faisait des heureuses. Le matin même, j'avais reçu un texto d'Anne-Claire : *Mon frère vient de m'apprendre ce qu'il t'a fait. Il a toujours été d'une jalousie œdipienne : c'est moi qui suis visée à travers toi. Il ne t'a tendu la main que pour mieux te briser : toujours il a voulu détruire les hommes que j'aime. C'est sa manière de gérer ses pulsions d'inceste. Mais il ne peut rien contre les sentiments complexes qui m'unissent à toi, Illan.*

Je comprends tellement la perte d'estime de soi contre laquelle tu luttes. Voyons-nous, si je peux faire quoi que ce soit.

Avant de me remettre en selle pour le dernier tronçon de la montée Lepic, j'ai pris trois secondes pour lui répondre en écriture abrégée : *Désolé, je vais très bien.*

Je ne savais pas qu'un tel degré de bonheur pouvait exister. Jusqu'alors, je situais son niveau maximal, sa cote d'alerte, à nos six mois de poulailler – cote d'alerte au sens où rien n'existait plus à mes yeux que nos heures communes et les minutes passées à s'attendre. Si cet amour fou, me disais-je à l'époque, s'interrompait, s'usait ou se résorbait dans les désirs nouveaux qui avaient rythmé jusqu'ici la vie sentimentale de Soline, alors je n'aurais plus rien à quoi me raccrocher. Tout ce qui me faisait tenir debout – l'art du surplace et de la fuite en arrière pour protéger mes bonheurs d'avant quinze ans – avait perdu sa raison d'être, depuis qu'elle m'avait fait découvrir un bonheur qui se conjuguait au présent du singulier. Bonheur brisé net par la saisie du violoncelle. Définitivement accro à cette magie de nos premiers mois, je n'avais plus rêvé que d'une chose, en exil précaire dans un quatre-pièces : retrouver un jour ces instants de grâce étirés jusqu'à l'infini sur vingt-trois mètres carrés.

Et voilà qu'un autre bonheur prenait corps entre nous. Un bonheur neuf, brouillant tous nos repères, tourné vers l'avenir et nourri de mutations constantes. Un bonheur qui ne se fondait plus seulement sur la passion en vase clos, mais sur l'adaptation à mille détails concrets – bilans sanguins, nausées, vertiges, montées de lune, garde-robe à renouveler, désirs incongrus, lubies sans suite, crises d'euphorie, dépressions subites. Soumises à des variantes hormonales, les humeurs de Soline déteignaient sur moi et j'adorais partager ses changements imprévisibles. D'autant qu'ils n'étaient pas seulement biologiques. Dans une osmose dont la force m'épatait, nous vivions à la fois la réalité balisée d'une grossesse « ordinaire » et la fiction hors norme d'une réincarnation.

Elle ne quittait jamais le collier rituel que lui avait donné Yoa, ces lamelles de cèdre rouge issues d'une armure de guerre tlingite, cumulant les fonctions d'aide-mémoire, de porte-bonheur et de doudou. L'influence de l'Indienne se faisait chaque jour plus intense et plus douce. Souvent, quand je rentrais à l'appartement, j'entendais le tam-tam. Assise en tailleur au salon face aux portes-fenêtres ouvrant sur les toits de Paris, Soline alternait des frappes lentes et saccadées sur le vieux tambour en daim qu'elle tenait contre son ventre. Comme si elle parlait en morse à notre enfant.

*

Au fil des semaines, je regardais sa silhouette s'arrondir, ses seins déborder d'enthousiasme et son esprit s'évader en Alaska du Sud-Est. Je la rejoignais dans les millénaires d'histoire et de légendes relatés par Georges, dans les photos de ses livres de chevet ou les vidéos d'Internet. Notre bébé à venir se nourrissait de cette culture exotique et des percussions de Yoa que Soline passait en boucle sur la platine, depuis que sa gynéco, en vertu de l'inévitable principe de précaution, lui avait interdit le tambour et le violoncelle. Officiellement exilé dans sa coque dès le troisième mois, afin d'éviter les vibrations dangereuses et les fréquences basses pouvant causer au fœtus des lésions auditives, Matteo ne ressortait que pour des séances de pizzicato sans archet ni contact ventral. Une à deux heures par jour, ils restaient debout à quelques centimètres de distance, pour qu'il « tienne la corde » et qu'elle préserve son doigté.

Moi aussi, j'avais droit à mes exercices. Soline voulait garder la main, la bouche et le reste, même si la gamme de nos plaisirs devait désormais faire l'impasse sur certaines impros. Ayant toujours détourné les yeux des femmes enceintes, je n'en revenais pas du plaisir que je prenais à la contempler à son insu, depuis qu'elle avait retiré de la chambre le miroir en pied qui ne l'excitait plus du tout. Bonheur supplémentaire : après l'échographie confirmant que notre enfant était une fille, j'avais pu arrêter le régime sucré auquel Soline et Georges continuaient à m'astreindre par superstition, et retrouver ma ligne.

Au niveau du prénom, le futur parrain nous laissait le choix entre Kaagwann – l'aigle femelle – et Georgia, qu'il trouvait plus flatteur que le Georgette que j'avais eu le malheur de mentionner en sa présence, sur un ton pince-sans-rire qu'il avait pris comme le plus bouleversant des hommages. Décision serait prise à la fin de la quatrième lunaison. Au moment où, selon la tradition tlingite, l'esprit volatil du défunt se fixe définitivement dans la matière du fœtus que, jusqu'alors, il a eu tout loisir de visiter par intermittence pour s'assurer d'avoir fait le bon choix. Nous nous réservions, Soline et moi, de proposer alors le pendant féminin du prénom de mon père, désuet mais tellement adapté aux circonstances : Renée. D'autres fois, nous penchions plutôt pour Yoanna.

Côté boulot, mes huit heures quotidiennes parmi les sommités de la botanique m'avaient rendu incollable sur les pissenlits à caoutchouc. J'étais ainsi parvenu à isoler non seulement l'enzyme responsable de la coagulation du latex, mais aussi les protéines susceptibles de neutraliser son action si on les rendait plus actives. Appliquant la méthode Sternheimer, j'avais converti les signaux émis par leurs acides aminés en véritable mélodie, que Soline avait transposée. Devant un parterre de pissenlits rempotés sur notre terrasse, je lui faisais jouer chaque jour, pizzicato, une sonate pour violoncelle et protéines qui, d'après mes tests, développait grandement leur pouvoir anticoagulant. Mes premières récoltes de caoutchouc musical furent quatre fois supérieures aux résultats obtenus avec des OGM.

Et puis, la première fausse note est survenue un soir où nous lisions côte à côte. Soline était plongée dans les traditions chamaniques que les missionnaires russes avaient tenté d'éradiquer au XIXe siècle, tandis que je révisais à mi-voix mes conjugaisons tlingites

– fabriquer *in utero* une petite fille bilingue m'avait paru la plus rationnelle des méthodes de réincarnation.

— Quelle marque vous m'avez choisie ?

Le *gwzdlak* du conditionnel présent s'est coincé dans ma glotte. En évitant de laisser paraître la moindre gêne, j'ai répondu sur le ton du secret médical :

— Je ne peux pas te le dire.

— Je sais. Tu es le gardien du signe, c'est ça ?

Elle m'a montré une page qui racontait la mission dont les élus comme moi étaient investis.

— Georges m'a raconté hier sa dispute avec toi, dans la chambre de détachement. Il n'a toujours pas digéré que Yoa t'ait choisi plutôt que lui. Tu te rends compte de la confiance qu'elle a mise en toi ?

Elle a refermé son livre, éteint sa lampe de chevet. Quand je suis venu la prendre en cuillère, elle s'est retournée, m'a maintenu à distance comme si j'étais Matteo. Je lui ai rappelé que sa gynéco, pourtant obsédée par tous les dangers encourus par notre fœtus, n'avait jamais spécifié que ma queue risquait de le rendre sourd.

— Ce n'est pas le problème, Illan. D'après ce que je viens de lire, ils ont un autre devoir de réserve, les gardiens du signe. On ne te l'a pas dit ?

— Non, lequel ?

— La chasteté. Surtout quand ils cumulent les charges de gardien et de père. Faudrait pas que, dans la fusion de l'orgasme, tu m'envoies sans le faire exprès l'image mentale du signe, mon amour.

Et, après un bisou sur le nez, elle m'a tourné le dos pour s'endormir. J'ai cru que c'était une boutade, une façon bien à elle d'enrober de malice une fatigue passagère, et j'ai passé une bonne nuit. Mais, le matin, pendant qu'elle était dans la salle de bains, j'ai ouvert son livre à l'endroit du marque-page. J'ai aussitôt déchanté. C'était écrit noir sur blanc : tout manquement du gardien au devoir de réserve sexuel, dès la quatrième lunaison, risquait de compromettre le processus de réincarnation.

— C'est un mal pour un bien, mon ange, m'a-t-elle rassuré en revenant de sa douche. De mon côté, j'aime trop faire l'amour avec toi pour me forcer. Et je ne suis plus du tout dans le mood, là, avec les nausées qui reviennent et ces espèces de crampes…

— Des crampes ?

— C'est rien, ça passera.

Elle m'a caressé les joues, a pris le coin de mes lèvres entre deux doigts pour me dessiner un sourire.

— Mais c'est juste par rapport à la future mère, tu sais, le devoir de chasteté. Rien n'empêche le gardien d'aller se détendre ailleurs, de prendre un corps de plaisance.

Malgré le poids sur le cœur, je n'ai pu m'empêcher de trouver l'expression jolie. Sans relâcher mon sourire, elle a développé l'image :

— Trouve-toi une jolie embarcation d'appoint, Illan. Va tirer des bords, fais des escales… et raconte-moi.

J'étais complètement désorienté par cette proposition. Sa liberté sexuelle m'avait toujours ravi, dès lors que je m'en sentais l'unique bénéficiaire, et je n'avais jamais eu envie d'abuser de son absence de jalousie. Mais là, je percevais à quel point sa demande était sincère – pour ne pas dire pressante. Ma frustration serait-elle si pénible à vivre pour elle ? Si la crainte que je lui reproche mon abstinence lui était plus désagréable que de m'imaginer prendre du plaisir avec une autre, la fidélité dont je tirais gloire ne s'apparentait plus qu'à de l'égoïsme.

— J'ai envie de brioche, a-t-elle enchaîné sur un ton qui n'avait rien d'un coq-à-l'âne.

*

Les premiers temps de notre rencontre, quand on testait mutuellement nos sentiments, nos goûts et nos fantasmes, elle m'avait demandé si j'aimerais un jour la partager avec une autre. En toute bonne foi, je n'avais trouvé personne à lui proposer. Mais, depuis que nous habitions Montmartre, il m'était arrivé quelquefois de l'unir en pensée à la jolie boulangère de la rue Norvins – juste parce qu'elle était son exact contraire. Plate et introvertie, à la limite de l'anorexie, l'air infiniment sage et triste, c'était une résignée précoce, trop tôt mariée ou mal tombée. Une icône de sucre glace avec laquelle je m'étais parfois excité à distance, au temps où Soline donnait ses cours au Conservatoire. Je repensais alors à l'une des chansons les moins connues de Brassens, que mon père fredonnait toujours quand on taillait les roses ensemble : « *Et gloire à don Juan qui fit reluire un soir / Ce cul déshérité ne sachant que s'asseoir.* »

— Et pour monsieur, ça sera ?

— Trois grandes brioches tranchées, merci.

Tandis qu'elle se déplaçait du présentoir jusqu'aux lames électriques, je détaillais à loisir sa fine silhouette en blouse bleue transparente, offrant une vue imprenable sur un pantalon baggy et un cardigan de grand-mère.

— Et deux euros qui font vingt. Le bonjour à vot' dame.

— De la part ?

Mon sourire nostalgique a eu bien du mal à devenir ambigu. Comme elle peinait à trouver le sens de ma question, je lui ai indiqué de façon plus directe que j'ignorais son prénom.

— Victoire, a-t-elle rougi, avant de se pencher vivement vers la file d'attente pour demander à qui le tour – moyen de me dérober son regard tout en me tendant les sachets de brioches.

Je lui ai épargné le contact de mes doigts. Ce n'était rien, cinq mois de grossesse. Il faudrait juste que je trouve de quoi tenir la distance. De quoi alimenter les fantasmes de Soline en la rassurant sur le tempérament de feu insoupçonné de notre petite boulangère. M'inventer une relation bien hard pour déculpabiliser mon amoureuse était, en fin de compte, beaucoup plus excitant que de créer des complications dans la vie d'une inconnue de secours. Et ce serait aussi la manière la moins dangereuse de vérifier, au vu des réactions de Soline, si ses encouragements à la tromper relevaient de l'abnégation pure et simple ou de la mise à l'épreuve de mes sentiments.

J'ai offert à Victoire mon plus beau sourire de plaisance, et je suis rentré au port.

— Retour sur investissement ? s'est enquise Soline, en appréciant d'un haussement de sourcils le kilo de brioches.

— Prometteur.

— Je t'aime.

— Tu peux.

*

Dans une situation dont le contrôle ne cesserait de m'échapper jusqu'à l'accouchement, notre complicité m'était plus précieuse que jamais. Georges ne pouvait rien contre cette union qui demeurait sacrée bien qu'elle ne soit plus physique – même lorsque je le prenais en flagrant délit de sadisme abrité sous la compassion solidaire :

— Ce n'est pas trop dur à vivre ?

— Quoi donc ?

— La chasteté.

Point besoin d'avoir fait, comme mon ex, quatre ans de psycho pour deviner que c'est lui qui avait attiré l'attention de Soline sur les devoirs incombant à un gardien du signe. A ses yeux, au-delà des us et coutumes tlingits, j'étais devenu sexuellement incompatible. Depuis l'échographie dont il avait encadré le cliché sur sa table de chevet, il ne voyait plus dans le ventre de ma compagne que le réceptacle de sa femme. Une tombe vivante. Une tombe qui allait donner la vie.

J'étais trop confiant dans mes liens avec Soline pour m'inquiéter de cette obsession latente, cette mainmise qui gagnait du terrain de semaine en semaine. Mais tout de même. Profitant de mes journées de classement herbeux au Muséum, Georges délaissait le garage de Courbevoie pour se consacrer à Soline. Il se proclamait « curateur au ventre », expression médiévale qu'il disait issue des *Rois maudits* de son camarade de guerre Maurice Druon et qui, réactualisée par ses soins, impliquait la préparation de tisanes bio antalgiques et le téléchargement sauvage de séries US pour divertir Soline qui, ses douleurs s'accompagnant de vertiges, sortait de moins en moins. Mais elle le vivait bien. Elle se plaisait entre nous. Elle aimait autant l'alternance que la surenchère à laquelle on se livrait, Georges et moi, quand on était ensemble à son chevet. Sans compter les irruptions fréquentes de Timothée, lorsque les piratages auxquels il avait initié Georges débouchaient sur des bugs. L'agité du Bénin la couvrait de fruits vaudous aux senteurs de vomi, censés protéger les futures mamans contre le danger des vergetures. Ça la mettait en joie. Elle disait « mes hommes », avec une jubilation d'ancienne gamine à qui ses parents n'avaient jamais offert que froideur et maltraitance. Je la sentais heureuse, confiante, en paix avec ses douleurs qui n'étaient que la contrepartie ponctuelle des merveilles qui s'élaboraient en elle.

Et puis, un livre a tout gâché. Du moins, il a donné des réponses aux questions qu'elle commençait à se poser. *Réincarnation et biologie*, du Dr Ian Stevenson.

Depuis que nous ne faisions plus l'amour, des cauchemars la réveillaient en sursaut. Elle m'accusait de choses que je ne comprenais pas, de comportements qui n'étaient pas les miens. Dès que je l'interrogeais, le souvenir de ses rêves se délitait ; elle ne se rappelait même plus les griefs dont elle venait de me cribler. Je m'interdisais d'en parler à Georges, mais il était clair pour moi qu'elle avait « pris sur elle » des sentiments de Yoa. En accueillant sa mémoire, elle avait dû hériter de vieilles rancunes, de souffrances masquées, de non-dits qui se retournaient contre moi. Dans ses cauchemars, Yoa devenait une victime de Georges, furieuse d'avoir été consentante. Il s'était servi d'elle autant qu'il l'avait façonnée, telle une femme totem conjuguant ses fantasmes d'homme avec ses obsessions d'universitaire. Elle avait été sa bonne sauvage, l'emblème de son combat linguistique, le fer de lance de sa passion militante pour une civilisation déjà quasiment disparue. Il l'avait arrachée à son peuple pour en faire son Indienne témoin, son spécimen exclusif, sa « dernière des Tlingites ».

Voilà ce que, bout à bout, me racontaient les bribes de reproches que j'essuyais au sortir des rêves de Soline. Derrière la douceur amoureuse de ces deux vieillards qui nous avait tant émus, il semblait y avoir des abîmes de ressentiments dans lesquels ma compagne nous faisait brièvement sombrer au petit jour. Imprégnation spirite, influence morbide de ce foutu collier de guerre qu'elle ne quittait jamais, ou simple empathie féminine, le résultat était le même : elle paraissait hantée par les rancœurs informulées de Yoa.

Mais cela m'inquiétait bien moins que la brûlure soudaine au ventre qui la pliait en deux, plusieurs fois par jour. Sa gynéco ne comprenait pas. L'échographie de contrôle était normale, les analyses parfaites. Et, au début du quatrième mois, il était impossible qu'elle sente déjà son fœtus lui donner des coups de pied.

— C'est psychosomatique, avait conclu la doctoresse.

Elle ne croyait pas si bien dire. Malgré tous mes efforts pour me raisonner, je ne pouvais chasser de ma tête le signe d'identification que Yoa m'avait montré, la veille de sa mort. Celui dont elle avait hérité à sa naissance et qu'elle avait choisi pour son « retour » : la tache en forme de losange au-dessus de son nombril, reproduisant la brûlure au fer rouge que les soldats russes avaient infligée à une guerrière de sa famille. Si la mémoire de Yoa diffusait des messages dans les cauchemars de Soline, la douleur d'une torture ancestrale pouvait-elle s'exprimer par le même biais ?

A plusieurs reprises, elle avait émis le souhait de lire l'enquête que l'université de Virginie avait consacrée aux cas supposés de réincarnation. Face aux atermoiements de Georges, qui prétendait ne pas la retrouver, elle s'était résolue à commander sur Amazon la version grand public que le Dr Stevenson avait tirée de ses cinq volumes d'étude. Un séisme.

Dès la première nuit de lecture, toutes ses perspectives ont basculé. Jusqu'alors, elle n'avait conçu la réincarnation que sous la forme d'une mémoire embarquée, un renfort d'expérience dont le récipiendaire pouvait tirer profit – jamais comme un fardeau, une malédiction, une tare. Et voilà que des centaines de cas détaillés, principalement chez les Tlingits, mettaient l'accent sur le calvaire que vivaient les enfants affligés d'une conscience antérieure. En mangeant le matin son yaourt aux cendres, ce n'était plus la mémoire de Yoa qu'elle recueillait en elle, c'était l'avenir de son enfant qu'elle mettait en péril.

La voix lézardée par l'angoisse, elle me lisait des témoignages qui faisaient froid dans le dos. Décalage entre le monde de l'enfance et les réminiscences de l'adulte, troubles de l'identité, surimpressions traumatisantes, dilemmes affectifs des gamins tiraillés entre leur famille « actuelle » et la « précédente ». Sans parler des douleurs et malformations de naissance issues des maladies ou cicatrices de leur existence d'avant. Beaucoup de névralgies semblaient ainsi causées par des conséquences karmiques d'accidents ou de meurtres... Mais il y avait pire.

La petite Birmane Ma Khin, par exemple, née en 1967 avec un moignon en dessous du genou droit, avait raconté dès son plus jeune âge ses souvenirs du temps où elle « était » Kalamagyi, la meilleure amie de sa mère, tuée un an plus tôt par un train qui lui avait sectionné la jambe droite. Le Tlingit Henry Demmert, lui, qui était venu au monde avec une tache sur le thorax en forme de blessure au couteau, avait consacré une partie de son enfance à revivre et décrire son agonie de « quand il était grand », confirmée par les archives de la police. Quant à son compatriote Jim Bailey, si on l'avait surnommé « l'homme-ours de Sitka », c'est qu'il avait passé toute sa vie accroupi, jambes fléchies, dans la position où l'on avait retrouvé le noyé dont il avait hérité, non seulement la mémoire, mais aussi la rigidité cadavérique.

Et ainsi de suite, durant deux cent soixante-dix pages, avec planches en couleurs comparant les cicatrices et difformités des défunts avec les marques de naissance de leurs continuateurs. Résultat, au vu de ces dossiers accablants exposés avec une rigueur sans faille, Soline était complètement retournée. Ce n'était plus un jeu, un concept, un prolongement symbolique : maintenant qu'elle croyait pour de bon à la transmigration des âmes, elle en refusait le principe, au nom du libre arbitre, du droit moral et du respect de l'intégrité physique.

Pour ma part, la seule nouvelle rassurante que j'avais trouvée dans le bouquin, c'est que certains handicaps distinctifs ne devaient rien à la réincarnation, mais à la peur obsessionnelle qu'ils inspiraient à la future mère – peur qui avait influé sur le développement de son fœtus.

— Et tu trouves ça rassurant ? m'a jeté Soline.

En tout cas, je me félicitais de lui avoir tu la marque de naissance que lui destinait Yoa. Au moins, si à présent elle décidait de refouler la migrante, elle ne serait pas susceptible d'affubler l'épiderme de notre bébé d'un losange, sous le simple effet de l'angoisse déclenchant ce phénomène que Stevenson appelait l'« impression maternelle ». Pour la réconforter, je lui ai confié que, de l'aveu même de Yoa, la chance qu'une greffe de mémoire tlingite réussisse en dehors de son clan était infime.

— C'est vrai ?

— On fait semblant pour Georges, c'est *ça* qu'elle nous a demandé, ne l'oublie pas. C'est lui qui doit y croire, pas nous.

— Mais tous ces gens qui reproduisent les blessures de leurs vies antérieures…

— Ecoute, Soline, je vais te dire le fond de ma pensée. Si tu as envie de réincarner quelqu'un, c'est toi qui transfères inconsciemment à ton enfant sa mémoire, ses goûts, sa ressemblance… Si tu ne le veux plus, l'enfant n'aura que nos gènes et notre amour pour se construire. Ce sont les mères qui projettent, Soline, pas les morts qui s'infiltrent.

Elle m'a remercié d'un long baiser, en plaquant mes mains sur la proéminence où, malgré toute ma bonne volonté, je ne sentais rien d'autre que sa chair. A peu près rassurée par mes arguments, elle s'est endormie à minuit vingt. Je n'étais pas trop mécontent de moi. Encore que… Restait le problème de sa douleur au ventre. Si elle était liée à l'histoire familiale de Yoa, à la torture de son ancêtre, c'était peut-être moi qui la déclenchais par les vibrations du secret dont j'étais le détenteur. Je n'en revenais pas de me formuler ce genre de choses. Mais quand on commence à ouvrir les portes du psychosomatique, il ne faut pas s'étonner de ce qu'on laisse entrer.

*

Cette nuit-là, nul cauchemar n'est venu perturber notre sommeil. Mais, quand je me suis levé, j'ai trouvé une lettre glissée sous la porte de la chambre.

— Ça m'a fait du bien, ce qu'on s'est dit, a bâillé Soline en s'étirant sous la couette. Je n'ai plus du tout mal, ce matin. Ne me cafte pas, mais je te trouve beaucoup plus efficace que les tisanes de Georges. On a du courrier ?

Je lui ai lu le post-it qu'avait collé son tisanier par-dessus le rabat. Dans le lot d'enveloppes que lui avait laissé Yoa pour accompagner son deuil au jour le jour, il avait trouvé celle-ci, adressée à Soline et marquée : *A ne pas ouvrir avant le quatrième mois.*

Elle s'est assise pour lire la lettre. En trois secondes, j'ai vu son visage se tendre, ses doigts trembler, son corps se recroqueviller.

— Un souci ?

La main crispée sur le papier, les lèvres blanchies entre ses dents, elle regardait dans le vide. Brusquement, elle a déchiré la feuille, l'a froissée en boule. Elle s'est levée d'un bond, elle a arraché de son cou le collier en lattes de cèdre, l'a projeté à l'autre bout de la chambre. Puis elle a pris sur la cheminée le pot Bonne Maman à moitié vide, et elle est sortie sans un mot, sans un regard, avec la lettre et les cendres. J'ai entendu la chasse d'eau. Elle est revenue les bras ballants, le pot dans une main, le couvercle dans l'autre. La lettre n'était plus là, mais le niveau des cendres me semblait le même.

— J'peux pas ! m'a-t-elle crié avec une rage froide, en m'écartant pour aller s'abattre sur la couette.

Elle a éclaté en sanglots, le nez dans l'oreiller. Désemparé, j'ai refermé la porte, ramassé le pot qu'elle avait laissé tomber sur le lit, revissé le couvercle. Elle pleurait toutes les larmes de son corps. Sans trêve, sans à-coups, en silence. Un lâcher-prise. Un trait tiré. Une page qui se tourne.

— Tout va bien ? s'est informé Georges derrière le battant.

Je lui ai répondu oui sur un ton dissuasif.

— Je vais faire les courses. Vous avez envie d'une chose en particulier ?

J'ai répondu ce qui me passait par la tête : des fruits et légumes exotiques, des produits introuvables, histoire de le tenir éloigné le plus longtemps possible.

— Ça marche, a-t-il soupiré. A tout à l'heure.

Soline s'est relevée en reniflant, a rattaché ses cheveux avec son chouchou. Puis elle est allée coller son front à la porte-fenêtre. Je suis venu derrière elle, doucement. J'ai caressé sa nuque, ses cheveux, je me suis collé à elle. Son corps n'a pas réagi. Un bloc de tension nerveuse. Je lui ai murmuré des mots d'amour, je lui ai dit que j'étais là, qu'elle était tout pour moi, qu'elle pouvait tout me dire. Je n'ai eu droit qu'à un hochement de tête, une pression sur mon poignet.

Quand la silhouette de Georges est apparue sous l'avancée de la terrasse, traînant son chariot à roulettes vers la descente de la rue Lepic, elle s'est détachée de la vitre pour aller ouvrir l'armoire. Le cœur dans la gorge, je l'ai regardée remplir une valise. J'ai demandé, le plus neutre possible :

— Je peux savoir ce qu'elle t'a écrit ?

— Non.

— Pourquoi ?

— Ça ne te regarde pas. Ce n'est plus ton problème.

Une telle froideur, une telle sécheresse. Je ne la reconnaissais pas. Elle a déplié un pull pour le replier, tout en martelant d'une voix sourde :

— La seule chose qui compte, c'est de protéger mon bébé.

Tout ce que j'ai trouvé à répondre, c'est :

— *Notre* bébé.

— Il y a trop de monde pour moi dans ce pluriel, tu vois. Je me casse.

J'ai voulu la prendre dans mes bras, lui arracher les phrases de Yoa qui l'avaient mise dans cet état. Elle m'a repoussé avec une violence que je ne lui avais jamais vue. Puis elle a stoppé toute riposte, toute discussion, en plaçant ses paumes à la verticale entre nous.

— Ce n'est pas contre toi, Illan, d'accord ? J'ai besoin d'être seule quelques jours, c'est tout. Vraiment seule.

Je me suis entendu répliquer, pitoyable :

— Et qu'est-ce que je dis à Georges ?

— Que tout va bien. N'essaie pas de me joindre, je coupe mon portable. C'est moi qui t'appellerai.

Je suis resté silencieux jusqu'à la fermeture de sa valise. Le ventre serré, je l'ai regardée passer les bras dans les bretelles du violoncelle.

— Tu vas au poulailler ?

— Uniquement si tu me promets de ne pas venir.

J'ai promis. Au dernier moment, elle a pris le pot de confiture que j'avais posé sur la cheminée, l'a fourré d'un geste nerveux dans la poche de sa veste. Sans autre commentaire, j'ai demandé :

— Je peux faire quelque chose ?

— Fais-moi confiance, oui. Laisse-moi le temps.

J'ai dégluti, j'ai hoché la tête, j'ai dit :

— Je comprends.
— Vaut mieux pas.

*

Ces trois mots ont résonné pendant les deux premiers jours de son silence. Trois syllabes accrochées à ma dernière vision d'elle : sa montée dans le taxi de Timothée que j'avais regardé disparaître au coin de la rue Girardon.

Savoir où elle était n'atténuait en rien l'angoisse dans laquelle m'avaient plongé sa colère, sa violence. D'autant que Georges, qu'elle m'avait laissé le soin de rassurer sur son départ, s'efforçait de me paniquer par tous les moyens pour me tirer les vers du nez : elle ne pouvait pas rester seule avec ses vertiges, ressassait-il, elle risquait de faire une fausse couche ; c'était de la non-assistance à personne en danger et il fallait qu'on aille la rechercher sur-le-champ, où qu'elle se trouve. Me retranchant derrière ma promesse de silence, je ne lui concédais qu'une fausse piste inexploitable : elle était « en province ». Pour avoir la paix, après deux jours de cauchemar où il me cuisinait sans cesse, j'ai fini par avouer qu'elle était partie faire une retraite dans une abbaye de bénédictines – élément véridique, simplement décalé dans le temps : c'était avant notre rencontre, lorsqu'elle s'était séparée d'un rugbyman qui la harcelait jour et nuit pour la persuader qu'elle avait toujours envie de lui.

— Quelle abbaye ?
— Elle ne m'a pas dit. De toute façon, une retraite, c'est une retraite ; il n'y a pas de visites.

— Et combien de temps elle va jouer les retraitées ?

— Le temps qu'elle se ressource.

— Et qu'elle se ressource avec *quoi* ? Enfin, c'est complètement irresponsable d'aller s'enfermer chez des bonnes sœurs quand on est enceinte d'une Indienne animiste !

— Elle est enceinte de moi, OK ?

— Ce n'est pas le problème ! Jamais Yoa ne pourra se maintenir en elle dans une ambiance pareille !

— Parce que vous y croyez, maintenant, à la réincarnation !

— J'ai le choix ?

Encore plus que son revirement, l'agressivité de cet aveu de faiblesse m'a laissé sur le carreau. Il a enchaîné de plus belle, comme pour faire oublier ce bref instant d'abandon :

— Tout ce qu'ils voient dans la réincarnation, les chrétiens, depuis le concile de Constantinople, c'est un phénomène de possession qui relève de l'exorcisme ! C'est ça que tu veux ? Que sa grossesse se passe encore plus mal qu'ici, à cause des conflits de conscience qu'on se trimbale dans sa famille de cathos ?

— Ses parents ne croient en rien.

— Raison de plus ! Elle se précipite dans l'excès contraire parce qu'elle panique ! Voilà ! Je me demande ce que tu as pu lui faire pour qu'elle...

— Mais je ne lui ai rien fait, merde ! C'est votre femme qui l'a complètement cassée ! Je ne sais pas les horreurs qu'elle lui a écrites, mais c'est ça, le déclencheur...

— N'importe quoi ! Yoa lui laissait le choix, c'est tout !

Je l'ai regardé avec des yeux ronds. Il a détourné le regard.

— Le choix de quoi ? Vous l'avez lue, sa lettre ?

— Evidemment. Je ne voulais pas risquer de la perturber…

— C'est réussi. Elle lui laissait le choix de *quoi* ?

— Rien, a-t-il esquivé avec un mouvement nerveux des épaules. Elle lui rappelait qu'au début du quatrième mois, c'est là qu'il faut confirmer ou non le permis de séjour. Accepter pour de bon la réincarnation ou déclarer forfait. Ensuite, c'est trop tard.

Je lui ai saisi les poignets.

— On le savait déjà, ça. J'ai vu sa réaction, Georges : il y avait autre chose dans cette lettre !

Il a dégagé ses bras, les a croisés, puis il a admis sur un ton boudeur :

— Oui, bon… C'est peut-être le coup de la maladie dégénérative.

— La *quoi* ?

— Charcot. Le syndrome de Charcot, sa pathologie musculaire. La maladie, c'est un langage, Illan. Une réponse du corps aux problèmes que l'esprit n'a pas su gérer… Il faut éviter de la programmer, c'est tout. Yoa lui donnait quelques conseils pour protéger le bébé.

Je l'ai dévisagé, atterré.

— Vous voulez dire que… la maladie qu'elle avait, c'est comme un truc héréditaire ?

— Non, diathanatique. Eventuellement.

— Dia-quoi ?

— C'est le terme de psychiatrie employé par Stevenson, pour parler des éléments de la personnalité qui passent d'une incarnation à l'autre.

La tête en feu, je l'ai soulevé par les revers de sa veste d'intérieur.

— Ta femme lui a écrit *quoi*, putain ? Qu'elle allait mettre au monde une enfant handicapée ?

— Mais non, au contraire ! Elle lui donnait des conseils pour éviter que ça se produise… Des mesures de précaution.

— *Quelles* précautions ?

— Des rituels… Tu me fais mal.

Je l'ai balancé dans son canapé en hurlant :

— Tu sais ce que c'est, la mesure de précaution à laquelle pense une mère dans ce cas-là ? C'est l'avortement !

— Dans une abbaye bénédictine ?

J'ai traversé le salon en quatre enjambées, et j'ai foncé jusqu'au métro.

Vingt minutes plus tard, je sortais de la station Bonne-Nouvelle, remontais en courant la rue du Faubourg-Poissonnière, grimpais les quatre étages. J'avais appelé sa gynéco dans le métro. Tout ce que j'avais pu tirer d'elle, à cause du secret professionnel, c'est que la maladie de Charcot n'était détectable ni à l'échographie ni à l'amniocentèse.

Hors d'haleine, je me suis arrêté devant la porte. Un sac-poubelle bâillait sur le paillasson, avec des emballages de fast-food et des frites encore tièdes. Aussitôt rassuré, j'ai levé le doigt vers la sonnette. Au diable ma promesse, c'était trop grave : je ne pouvais pas laisser Soline toute seule avec ces horreurs en tête.

Un cri a suspendu mon geste. Abasourdi, je suis resté figé à tendre l'oreille aux gémissements, aux râles, aux soupirs de plaisir qui se jouaient de l'isolation phonique. L'intense soulagement éprouvé un instant plus tôt devant la poubelle toute fraîche l'emportait, malgré moi, sur la souffrance qui lui avait succédé – l'indignation, la stupeur, l'écœurement... Ce n'était que de la jalousie. Ça n'avait rien d'irréparable. J'étais prêt à pardonner. A trouver des raisons. A justifier, peut-être, même.

Les premiers mots qui me sont venus à l'esprit étaient une expression de Soline : *un corps de plaisance.* Là, c'était tout le contraire. Elle faisait l'amour avec un autre pour purifier son bébé, le libérer de l'emprise de l'Indienne à qui j'avais servi de complice. Purger le karma. Créer des souvenirs neufs pour nettoyer le terrain. Extrader la vieille invalide qui risquait de la faire accoucher d'une myopathe. Elle s'administrait un traitement de choc pour dépolluer son ventre, noyer les souvenirs de Yoa. Je n'admettais pas, mais je comprenais. Et le fait d'avoir reconnu entre deux cris, le temps d'une apostrophe obscène, la voix de Timothée n'a donné que plus de cohérence au choix de Soline. Ce n'était pas un recours au hasard, un coup dans le vide. Le nettoyeur agissait en connaissance de cause.

J'allais redescendre m'anesthésier au whisky dans le premier bar venu quand un strident *Ja... ja... jetzt !* a réduit à néant, en une seconde, l'échafaudage d'interprétations que je venais de construire. C'était Ulrika, la transfuge de l'Orchestre symphonique de Bavière. La meilleure élève de Soline, à qui elle prêtait parfois le poulailler pour y tester ses rencontres Meetic.

J'ai poliment attendu qu'ils jouissent, puis j'ai frappé à la porte en donnant mon prénom. Pas de réaction.

— C'est Illan ! ai-je répété trois tons plus haut pour franchir le barrage des boîtes d'œufs.

Grincement de serrure. La géante blonde aux épaules de catcheuse a ouvert à demi, pathétique dans la nuisette en soie grège Chantal Thomass que j'avais offerte à Soline pour notre premier mois d'arrêt de pilule, un des jours pairs où j'avais eu le droit de venir interrompre Matteo. Geste de bienvenue en me reconnaissant, grand sourire nature et poignée de main.

— *Wie geht's ?*

— *Sehr gut*, ai-je répondu pour abréger.

Comme mon vocabulaire allemand n'allait guère plus loin, j'ai appelé Timothée qui était polyglotte. Il est sorti du placard, le regard au sol, un soutien-gorge de Soline en guise de cache-sexe. En découvrant le violoncelle posé contre le mur dans sa coque de transport, j'ai renoué avec l'angoisse initiale dont les bruits de baise avaient détourné l'objet.

— Salut, Illan, désolé pour…

— Où elle est ?

— Soline ?

— Evidemment, Soline !

J'avais presque hurlé. Il me regardait avec réprobation, gêné pour moi que je me donne en spectacle, oubliant que c'était lui qui se trouvait à poil derrière un soutif.

— Où tu l'as conduite ?

— Ben… ici, y a deux jours.

— Et après ?

— Nulle part. Elle avait rendez-vous devant l'immeuble avec Ulri, elle me l'a présentée, j'ai monté la valise et je suis reparti, c'est tout. Y a un problème ?

— Et depuis, tu as eu des nouvelles ?

— Non. Sauf par Ulri.

— Quelles nouvelles ?

— Qu'on pouvait utiliser le studio.

J'ai passé les doigts sur mes yeux pour éviter de lui rentrer dans le lard.

— Et qu'est-ce qu'elle t'a dit, y a deux jours, quand tu l'as emmenée ici ?

— A moi, rien. Tout le temps de la course, elle a téléphoné à Ulri.

— Pour dire quoi ?

— C'était en allemand.

— Et alors ? Tu comprends couramment !

— Quand on parle une autre langue dans mon dos pour pas que j'entende, j'écoute pas : je mets RFI ! a-t-il répliqué en enfilant son caleçon. Et j'pose pas de questions.

— Eh ben demande-lui !

Une minute trente en VO, d'où il est ressorti que la seule info dont disposait la Bavaroise était que Soline avait eu besoin de « prendre du mou » – germanisme, a précisé l'interprète pour couper court à mes demandes d'explications.

— Durant tout le trajet entre Montmartre et ici, elle aurait juste prononcé une phrase, alors que ta copine vient de te répondre pendant une minute et demie – tu te fous de ma gueule, là, ou quoi ?

— Elle a remonté le moral d'Ulri par rapport à sa grand-tante qui l'héberge à Paris et qui vient de se choper un cancer de la mâchoire, a soupiré le polyglotte. Je veux bien te donner le détail, mais c'est pas vraiment le sujet.

J'ai laissé passer trois secondes, par décence, avant de relancer d'un ton radouci :

— Et depuis, elles ne se sont plus parlé ?

Il a transmis la demande. Elle a dit *nein* en me fixant. Inquiète de ma réaction de colère qui lui faisait craindre un contresens de la part de son amant, elle m'a brandi sous le nez le texto en allemand que Soline lui avait envoyé la veille à 6 h 02.

— « Je pars, a traduit Timothée. Tu peux utiliser le studio. »

— Et ensuite ?

— Y a des précisions.

— Genre ?

— « Le Taxi Bleu sur qui tu as flashé s'appelle Timothée. » Elle lui file mon 06, avec des p'tits commentaires sur mon physique... Des trucs de gonzesse, quoi. Assez flatteurs, j'dois dire, mais c'est pas facile de trouver l'équivalent en français...

— Ça ira, merci.

— Bon, cela dit, je vais pas te bananer : c'est pas non plus le coup du siècle, sa copine, a-t-il confié tandis que l'intéressée allait prendre sa douche. Ce qui l'a le plus excitée, je vais te dire, c'est pas moi, c'est de jouer des trucs sur la contrebasse de Soline.

— Le violoncelle.

— *Wunderbar, wunderschön*... Y en avait que pour lui. Et puis l'allemand, c'est bien pour les films de guerre, mais au pieu, ça défrise. Enfin, tu remercieras quand même Soline.

— Elle m'a quitté.

Son petit sourire de coq béninois a basculé aussitôt dans l'effroi.

— Me dis pas ça ! Pas vous, pas toi ! J'y crois pas, Illan, arrête, c'est juste n'importe quoi ! Un pet de travers de femme en cloque, c'est tout, j'ai connu ça douze mille fois avec mes sœurs ! Allez, sois cool, elle va revenir, prends-toi une bière... Il s'est passé quoi, entre vous ?

Il m'a fait asseoir près de lui sur le lit.

— Tire pas cette tronche, je suis ton ami. Vas-y, soulage-toi. Elle est tombée sur un sexto, c'est ça ? Tu la trompes ? Attends, elle est enceinte, c'est humain...

Le vibreur a suspendu ma réponse. J'ai bondi sur mon portable.

— Tu es arrivé à l'abbaye ? a grincé Georges. Je suppose que c'est le nouveau nom du poulailler. Elle accepte de me parler ?

Sa clairvoyance m'a dissuadé de lui mentir davantage.

— Elle n'est plus là. Elle est repartie avec sa valise, en laissant le violoncelle.

Il a rugi :

— Mais quel con ! Si tu m'avais dit la vérité tout de suite, on aurait pu la stopper ! Bon, tant pis. J'ai contacté mon avocat, par rapport à ce que tu crains. Il dit que la solution la plus rapide et la plus fréquente, au quatrième mois, c'est l'Autriche : une simple demande de la mère. L'Espagne, c'est vingt-deux semaines, mais il faut prouver une malformation. Tu veux qu'on... ?

— Je vous rappelle.

Timothée m'a interrogé du regard. La voix blanche, je lui ai dit qu'en France l'avortement est illégal après la douzième semaine.

— Attends, mais t'es dingue, Illan ! Pourquoi elle voudrait avorter ?

— Je te raconterai. Tu peux accéder à ses comptes ?

— Pas de souci, elle m'a réglé la course en Carte Bleue. Et je peux retrouver son nom sur les listings passagers en me faisant passer pour une cellule anti-terroriste, j'ai le logiciel qu'il faut sur ma bécane. *Ulri, komm schnell !*

Il a enfilé son costume noir, roulé sa cravate dans sa poche tandis que la Bavaroise jaillissait de la salle de bains en boutonnant son jean.

— *Auf Wiedersehen*, m'a-t-elle dit en me faisant la bise.

*

Il m'a fallu un long moment pour reprendre pied. J'ai aéré. Changé le drap et la housse de couette. Lavé la nuisette. Vaporisé le restant d'*Un jardin sur le Nil* pour redonner une présence à Soline. Lui rendre son territoire. Puis je me suis assis à sa table, et je lui ai rappelé par texto que je m'abstenais de l'appeler, comme promis, mais que j'étais joignable à tout moment : il fallait vraiment qu'on se parle, j'étais fou d'inquiétude pour elle et notre enfant.

L'écran de mon smartphone à portée de vue, j'ai tué le temps, le remords, l'angoisse en lui écrivant une longue lettre. Une lettre à l'ancienne, avec son crayon à partitions. Une lettre de retour. Une lettre pour qu'elle revienne. Une lettre pour la comprendre, surtout. On s'était toujours tout dit, pourquoi me cacher ce que Yoa lui avait confié ? Je ne trouvais qu'une explication : elle lui avait révélé le signe de reconnaissance que nous avions choisi pour l'enfant.

La marque de l'ancêtre torturée. Avec ce que Soline avait découvert dans le livre de Stevenson, c'était normal qu'elle m'en veuille. Mais pas au point de prendre sans moi la décision d'annuler notre bébé – et au nom de quoi ? D'une maladie qui risquait peut-être de se déclencher un jour, comme ça peut arriver dans la vie de n'importe qui ?

Dix pages plus tard, un message est apparu sur l'écran. J'ai bondi, le cœur battant. Ce n'était que Timothée. *Rien au départ d'Orly ni de Charles-de-Gaulle. Pas d'achat de billets avion ou train, ni de location de voiture. Dernière opération sur son compte hier matin 7 h 18 : retrait de son plafond Carte Premier au DAB HSBC Poissonnière. Et elle a éteint son Samsung, impossible de la tracer. Mais t'inquiète pas : à tous les coups, elle est juste allée faire un break chez des potes. Je sens pas du mauvais. Si toutes les meufs qu'on trompe avortaient, y aurait plus qu'à fermer les crèches.*

Je l'ai remercié de sa sollicitude, et j'ai poursuivi ma lettre. Le crayon s'est arrêté au bout de trois phrases. Impossible de faire comme si. J'ai téléphoné à Georges pour l'informer des découvertes de Timothée.

— Oui, je suis avec lui, je te rappelle.

Il a raccroché. J'ai reposé le portable, interloqué, me demandant lequel des deux avait contacté l'autre. J'ai tourné en rond dix minutes, puis j'ai sorti les caisses de papiers que Soline avait laissées sous notre ancien lit. Si elle n'avait pas quitté la France, je savais où elle était. Auprès de qui elle était allée prendre conseil. Du moins, j'avais douze hypothèses. Douze prénoms. Mais pas un seul numéro.

Pendant plus d'une heure, j'ai fouillé dans ses vieux courriers, cherchant des adresses au dos des enveloppes. Rien. Rien que des lettres de fans inconnus mêlées à des factures et des mises en demeure. L'essentiel de sa vie avant moi, elle était partie avec. Tout était dans son ordinateur, son téléphone.

Je me suis relevé, j'ai ouvert la fenêtre pour dissiper la poussière des paperasses. Seul Timothée pouvait me fournir des réponses en craquant sa boîte mail. Soudain, je me suis dit que Georges avait eu la même idée – avant moi.

J'ai appelé le cybercriminel des Taxis Bleus. Messagerie saturée. Je lui ai envoyé un texto pour vérifier mon intuition. Pas de réponse. N'y tenant plus, je me suis rabattu sur Georges. *Bonjour, nous sommes indisponibles, parlez après le bip.* Il n'avait pu se résoudre à changer l'annonce, à effacer la voix de sa femme. Au signal sonore, j'ai laissé un appel au secours, bien plus efficace auprès de lui que n'importe quelle sommation. Et je me suis rassis devant ma lettre à Soline. J'ai eu le temps de la relire trois fois avant que mon téléphone vibre.

— Tu es toujours au poulailler, je suppose. Tu as l'intention de rester les bras croisés ?

— Pourquoi, Georges, vous avez une piste ?

— Plusieurs, oui. Pour ne pas dire trop.

Intuition confirmée. J'imaginais sa nouvelle image de Soline, désormais. Lui qui l'avait toujours connue seule avec moi, il avait dû tomber à la renverse en découvrant dans ses mails l'intensité et le nombre de ses relations masculines. Il savait vers qui se tourner, mais pas dans quel ordre. J'ai dit :

— Vous pouvez emprunter une voiture ?

— Je suis en bas. Je t'ai pris quelques affaires, on achètera le reste en route.

Sans voix, je regardais le portable où résonnaient des klaxons.

— Dépêche-toi, je suis mal garé.

— Vous avez la Cadillac ?

— Non, j'ai fait plus discret.

J'ai refermé la fenêtre, fourré les quinze pages de lettre dans mon blouson et dévalé l'escalier. Il stationnait en face de l'immeuble sur un emplacement livraisons. Le « plus discret », c'était l'Aston Martin DB5 de James Bond.

— C'est juste l'exemplaire numéro 2, celui qui roule dans les plans larges de *Goldfinger*, m'a-t-il rassuré d'emblée en décodant mon regard de cinéphile. Pas la version cascades avec mitrailleuses, trappe à clous, cisaille à pneus télescopique dans les papillons de roues…

— … et siège éjectable côté passager, ai-je complété en m'asseyant dans la voiture de collection.

— Cela dit, les commandes sont là.

Il m'a montré la trappe secrète de l'accoudoir central, où s'alignaient une dizaine d'interrupteurs. Il avait l'air aussi ravagé que moi, et on meublait comme on pouvait l'émotion qui nous séchait la gorge. J'ai demandé en tâtonnant autour du montant de portière :

— Il n'y a pas de ceinture de sécurité ?

— Non, ça évite les contredanses.

Le bruit rageur du moteur a envahi l'habitacle.

— Mettons les choses au point, Illan. Je m'en veux terriblement d'avoir glissé la lettre sous votre porte. Mais je ne pouvais pas faire autrement : j'avais entendu votre discussion sur le livre de Stevenson. Tu sais combien votre enfant compte pour moi, mais pas au point de vous mettre en danger, de sacrifier votre couple. J'ai voulu que Soline se protège, comme le voulait Yoa. Mais je ne m'attendais pas à cette réaction contre nous… Je vais arranger les choses, fais-moi confiance, prendre tous les torts de mon côté. Je ne supporterais pas qu'on la perde.

J'ai détourné mon regard, j'ai désigné le baquet symbolique qui servait de banquette arrière pour moins de douze ans, occupé par mon sac de voyage et une glacière de pique-nique.

— Et comment on fait, si on la retrouve ?

— Je rentrerai en train.

Deux coups de klaxon stridents pour faire dégager un landau, et le bolide gris acier a déboîté sous le nez d'un camion à poubelles.

— J'en ai appris de belles, a grommelé Georges en rejoignant les Grands Boulevards.

— Vous n'étiez pas obligé de lire ses mails.

— J'ai besoin de comprendre. Tu les connais, tous ces types ?

— Un petit peu, oui. Elle cloisonne, mais elle partage.

— Et tu le vis bien ?

— Je n'ai pas dit : elle *se* partage. C'est moi qu'elle a partagé.

Il a pris une longue inspiration, froncé les sourcils, ouvert sa vitre en me fixant d'un regard en biais. L'air frais a dissipé le parfum de Soline qui imprégnait mes vêtements.

— Bref, tu es de mon avis.

En tout cas, nous étions arrivés à la même conclusion : elle n'était pas du genre à commettre l'irréparable sans en parler aux personnes de son cœur. J'avais trahi sa confiance ; il lui restait les soliniens. C'est ainsi qu'ils s'étaient présentés à moi, le jour où elle les avait rassemblés dans une brasserie des Ternes pour me faire passer l'épreuve du feu. Les douze hommes de sa vie. Ses amants d'antan, ses amis de toujours – sa garde rapprochée, même s'ils ne se voyaient que de loin en loin. Ils s'écrivaient tout le temps. Eux seuls avaient le pouvoir de valider ou d'infirmer le choix d'un nouveau mec : lorsqu'elle se croyait amoureuse, elle les réunissait en conclave. Au moment de prendre une décision aussi grave que de garder ou non son enfant, il était normal qu'elle ait besoin de se confier à des oreilles sûres. De se réfugier dans des bras fiables et sans parti pris.

Georges m'écoutait avec une impatience croissante. Il a écrasé l'accélérateur le long de la voie sur berge.

— Il y a quand même un problème dans votre couple.

Il a sorti de sa poche une liste qu'il m'a tendue. Je l'ai prise sans commentaires. Il avait carrément imprimé les contacts que Soline classait dans l'onglet « Préférences » de son carnet d'adresses. Et il avait numéroté les noms au crayon, en fonction de critères qui m'ont paru essentiellement géographiques.

— On commence par qui ?

Sa question était purement formelle : il roulait vers l'A4 en direction d'Enzo. Le club hippique de Champs-sur-Marne. J'aurais fait le même choix.

— Mais je n'ai prévenu personne, je te rassure, a-t-il précisé en sentant mes réticences. L'effet de surprise, c'est tout ce qui nous reste. Et la force de persuasion. Pourvu qu'on arrive à temps…

L'aiguille dépassait le 160. J'ai dit qu'un accident ne résoudrait rien. Il m'a répliqué :

— Toi, évidemment, tu as toute la vie pour refaire un enfant.

Son sursaut d'amertume n'appelait pas de réponse. Juste un mélange de compassion et de ressentiment. C'est à cause de lui qu'on en était là : sa générosité manipulatrice, son égoïsme à fleur de peau... Il ne voulait pas reproduire sa femme, en fait, il voulait assurer son avenir. Se faire adopter par le couple dont il subventionnait l'enfant. Géniteur par procuration, parrain obligatoire. Il s'était acheté une famille, et c'est lui qui me faisait la morale.

— Qu'est-ce qu'elle cherche, en gardant tous ces types dans sa vie ? Elle est incapable de conclure une histoire, ou ils lui servent de roues de secours ?

— Ça la regarde.

— Et ça ne te gêne pas, toi, d'être « partagé », comme tu dis ? D'être constamment soumis à leur jugement, évalué, comparé...

Il m'a exaspéré, tout à coup, ce vieux donneur de leçons qui voulait régenter la vie de tout le monde, agrippé à son grand volant de bois au milieu de ses gadgets factices.

— C'est quoi pour vous, l'amour ? Un clou chasse l'autre ? Bonjour Yoa, adieu Germaine. On désaime ceux qu'on a aimés pour aimer à vide ; on les dézingue pour mettre en valeur la nouveauté... Elle ne fonctionne pas comme ça, Soline ! Elle reste fidèle à tous ceux pour qui elle compte. C'est elle qui a raison !

— Et tu aurais fait comme elle, toi ?

— Oui ! Si j'avais compté pour d'autres femmes.

La brutalité de mon aveu a radouci son regard. Il a retiré la main de son levier de vitesse pour la poser sur mon genou, dans une réaction de mâle solidaire.

— Ne la jugez pas, Georges. Ce n'est pas une fille qui se donne à droite et à gauche. Ce qu'elle donne, c'est tout l'amour qu'elle n'a pas reçu dans son enfance. Le sexe, avec elle, c'est une fusion totale… C'est sauvage et c'est tendre, c'est violent et doux, c'est de la passion à l'état brut et de l'amitié sans limite. C'est tout ce qu'il y a de pur en elle, d'intact.

— Je sais. Enfin, je sens… Je connais. J'ai reconnu.

Il rétrograde, change de file, met son clignotant, stoppe sur la bande d'arrêt d'urgence. Warnings enclenchés, il coupe le moteur, avale une goulée d'air, éternue.

— Vous devriez fermer votre vitre.

— Non. Tu as mis son parfum.

Je n'ai pas compris le reproche dans sa voix. J'ai dit :

— Oui, et alors ?

— Je la sens entre nous. Comme si elle était là. J'essaie de faire semblant, mais… C'est très dur pour moi. Très dur.

Il a posé le front contre le volant, fermé les yeux, réprimé un frisson. Sa main crispée sur la poignée de frein était animée de mouvements compulsifs.

— Ça ne va pas, Georges ?

— Non. Tu ne peux pas savoir le bonheur que vous m'avez donné… La raison d'être. J'avais toujours cru que ma vie s'arrêterait avec Yoa, et vous m'avez fait repartir. Comment veux-tu que je retourne en arrière ?

C'est là que j'ai compris que j'avais fait fausse route. Ce qui le hantait, depuis la mort de sa femme, c'était moins son absence que la présence de Soline. Il était tombé amoureux d'elle, peut-être dès notre première rencontre au square. Amoureux d'une Yoa d'autrefois – ou plutôt d'une réincarnation préventive de son Indienne. Soline, au départ, c'était l'antidote à son deuil imminent. La renaissance de ses élans de jeune homme. L'interruption volontaire de vieillesse. Un retour de flamme avant de s'éteindre ; une dernière passion avant la nuit. Et cette passion, il l'avait matérialisée, par mon intermédiaire, de la seule façon possible : un enfant. L'enfant qu'il aurait voulu faire, des décennies plus tôt, à la femme de sa vie. Le reste, tout ce qu'il nous avait raconté, inventé, embelli pour adapter la situation à nos besoins, c'était sans doute sincère aussi, mais c'était secondaire. On était deux à aimer Soline, à en crever, à en perdre jusqu'au respect de nous-mêmes.

— Qu'est-ce qui nous ferait le plus mal, Illan ? Qu'elle avorte et qu'elle nous revienne, ou qu'elle nous quitte pour élever l'enfant avec un autre ?

Je détestais cette formulation, mais il avait raison. A quoi bon se mentir ? Aussi indécents qu'on puisse paraître, ce n'était pas l'enfant qui nous importait le plus, c'était elle. La Soline d'avant. Celle qu'on ne retrouverait jamais.

— Tu ne peux pas vivre sans elle, a-t-il repris, et moi non plus. A la limite…

— Oui ?

Il a tâtonné dans le vide-poches sous le tableau de bord, allumé sa première cigarette depuis le trait bleu sur le test de grossesse.

— A la limite, si cet enfant devait vous séparer… Je veux dire…

— Ne dites plus rien, Georges. Merci.

— Pardon.

J'ai détourné les yeux du vieux qui pleurait, le front sur son volant. Je ne savais plus si je le comprenais à demi-mot, si je me racontais des histoires, si je lui prêtais mes sentiments pour lui en vouloir ou être moins seul. Deux gendarmes ont arrêté leur moto devant l'Aston Martin. En découvrant l'âge du conducteur, leur hostilité a priori s'est nuancée d'une forme de considération.

— Monsieur, bonjour, vous avez été contrôlé à 178 km/h sur une portion limitée à 110.

— J'ai quatre-vingt-douze ans, a répondu Georges.

— Ça n'excuse pas, a répliqué le second motard.

— Mais ça console. Jamais le moindre accident en soixante-dix ans de conduite, sur circuit comme sur route ! Et pas une seule contredanse.

— Ravi d'inaugurer. Permis et carte grise, je vous prie.

Les traits tendus, le ton durci, Georges a obtempéré en effaçant le sourire du gendarme en trois phrases :

— Ma belle-fille est en train d'accoucher, on essayait d'arriver à temps, mais on vient d'apprendre que ça se passe très mal. Ils ne savent pas s'ils pourront sauver l'enfant. C'est pour ça que j'ai dû m'arrêter…

Les doigts désignant ses yeux rougis, il a tiré profit des larmes qu'il venait de verser sur lui-même. Les deux motards se sont consultés en silence, m'ont interrogé du regard. J'ai confirmé, sobrement. Après un instant de gêne, le premier a repris en lui rendant ses papiers :

— Vous ne pouvez pas rester sur la bande d'arrêt d'urgence, monsieur, c'est dangereux.

— Vous voulez que je prenne le volant ? ai-je proposé avec un air de gendre idéal, digne dans l'épreuve et maître de ses nerfs.

— Ça serait préférable, oui. Vous allez où ?

— A l'hôpital ! s'est empressé Georges en désignant la route devant lui avec un geste d'évidence.

— Lequel ? Celui de Marne ?

— Ben oui, celui de Marne ! Aux urgences.

— Et c'est... vraiment grave ?

Nous avons eu le même réflexe en réponse : les bras levés, les mains qui retombent, les yeux au sol.

— On vous escorte.

En évitant soigneusement de croiser nos regards, nous sommes descendus pour échanger nos places.

— Vous n'avez pas de ceintures ?

— Non obligatoires sur un modèle d'avant 1967, leur a rappelé Georges, sauf si elles étaient montées d'origine – article R 412 du Code de la route.

— Soyez prudents, alors.

Ils n'allaient pas être déçus. Je n'avais pas touché un volant depuis onze ans, et l'Aston Martin de 007 n'avait pas grand-chose en commun avec la camionnette Berlingo des jardins de Préoz. D'où ma conduite excessivement sage qui faisait se retourner les motards pour m'inciter par des gestes agacés à dépasser le 60.

— Courage ! nous ont-ils souhaité en nous abandonnant devant le centre hospitalier de Marne-la-Vallée.

Bouche serrée, je les ai remerciés avec des sanglots de rire comprimé qui ont achevé de les émouvoir, et ils sont repartis très vite.

— Mais quel connard ! ai-je lancé en cognant l'épaule du vieux qui leur faisait au revoir de la main. Tu es vraiment un enfoiré !

— J'essaie, a-t-il répondu d'un air modeste. A mon âge, quand tout fout le camp, ou tu déconnes ou tu crèves. Allez viens, je te paye un coup.

On est entrés aux urgences, on a pris un ticket par décence, et on est allés boire un café au distributeur.

*

Je revenais des toilettes quand le portable a bipé dans ma poche. Georges a foncé vers moi en voyant mon expression. Je lui ai montré l'écran : *Je vais bien. Ne soyez pas inquiets pour l'enfant. Je suis avec des amis. J'ai besoin de temps, c'est tout.*

— Elle a écrit « Ne soyez » ! exultait Georges.

Le soulagement, de mon côté, ne faisait que raviver toutes les autres inquiétudes.

— « Ne-soyez-pas-inquiets », a-t-il scandé en agrippant ma manche, comme s'il lisait dans ma tête. Elle ne m'en veut plus, alors, tu crois ?

— Pourquoi ?

— Elle parle au pluriel !

— Le pluriel qui m'importe, c'est celui du mot « amis ».

— Et alors ? Ça prouve qu'on est sur la bonne piste !

— Ça en suggère deux : ou elle a choisi un de ceux qui sont en couple, ou bien elle fait la tournée.

Il m'a flanqué une bourrade pour alléger le dilemme :

— C'est un appel du pied, je te dis ! Elle veut qu'on se lance à ses trousses.

— Sauf qu'elle a changé de portable. C'est sûrement une carte prépayée, intraçable. Elle se doute bien qu'on a mis Timothée dans la boucle.

Il m'a lâché, il a reculé d'un pas et m'a jeté en redressant le menton :

— Arrête d'être négatif !

— De quoi elle vous en « voulait », Georges ?

Il a haussé les épaules.

— Yoa disait des choses un peu dures sur moi dans sa lettre, c'est tout… J'aurais dû les barrer. Ne laisser que les passages concernant Soline et l'enfant. J'ai le tort d'être honnête, parfois.

Je lui ai tourné le dos pour pianoter la réponse : *Prends le temps qu'il faudra, ma Soline. Je t'aime.*

Il a regardé par-dessus mon bras. Agacé, j'ai plaqué ma paume contre l'écran pour lui cacher le numéro. Aucune confiance dans sa psychologie. Il a ouvert la bouche pour s'insurger, mais l'a refermée aussitôt : il venait de biper à son tour. Trois Kleenex en boule, un stylo et le porte-clés Cinémobiles sont tombés sur le lino des urgences quand il a sorti son portable.

Il avait reçu le même message que moi.

Dans l'un des enclos de son club hippique, Enzo faisait tourner un poulain noir au bout d'une longe.

— Mais il est vieux ! s'est indigné Georges.

— Soixante-quatre ou soixante-cinq, je crois.

— Ç'a été son premier ?

— Non, le troisième ou le quatrième, je ne sais plus. Mais c'est celui qui l'a le plus marquée, vous avez dû le sentir dans ses mails.

— Tu peux me tutoyer en permanence, tu sais. Pas seulement quand je t'épate.

— Quand tu m'énerves, aussi.

— C'est bien ce que je dis : ça devient du plein temps.

Je me suis efforcé de lui rendre son sourire. C'est quand il était le plus odieux qu'il me perturbait le moins. Dès qu'il instaurait cette complicité naturelle, je perdais mes défenses.

Le maître de manège m'a reconnu. Il a confié son poulain à un palefrenier et il est venu vers nous de sa démarche de plantigrade.

— Il est en couple, celui-là ? s'est enquis Georges.

— Il l'était déjà. Une cavalière de compétition, championne d'obstacles. Ils sont mariés depuis trente ans.

Enzo m'a donné une accolade distante et m'a demandé de but en blanc quel était le problème avec Soline. Sa question ne m'a pas surpris. Je n'avais aucune autre raison de venir là. Sans attendre ma réponse, il s'est tourné d'un air cordial vers mon compagnon et lui a serré la main.

— Je suppose que vous êtes le mécène de Matteo. Merci.

Puis il m'a toisé avec une sorte de nostalgie bienveillante.

— Tu es venu la chercher, donc.

— Elle est là ? a bondi Georges.

Sans me quitter du regard, Enzo a répondu :

— Non, mais j'ai réagi de la même manière, il y a cinq ans. Je me suis précipité chez Fouad. Seulement là, elle y était.

— Fouad ? a tiqué l'autre en ressortant sa liste. Je ne l'ai pas, celui-là !

— Il est mort, lui ai-je glissé avant de demander à Enzo : Tu l'as eue au téléphone ?

— Non. Enfin, pas depuis qu'elle m'a annoncé sa grossesse. Félicitations, d'ailleurs. Ça se passe mal ?

— Non, très bien, a éludé Georges. Mais c'est ma faute, je suis devenu un peu trop présent dans leur couple, elle a eu besoin de prendre l'air. D'après vous, chez lequel de ses amis aurait-elle pu… ?

Face à l'expression fermée du maître de manège, il a laissé mourir ses points de suspension. Enzo m'a dévisagé en enfouissant les mains dans les poches de sa vareuse.

— Je suis le premier ?

— Tu étais le plus près.

— Bon courage. Mais ne te raconte pas d'histoires : quand elle part, elle part.

— Ne dis rien aux autres, OK ?

Il a haussé les épaules, gratté la glaise de sa botte gauche avec son talon droit.

— Tu peux être serein de ce côté-là : on ne se parle que lorsqu'elle nous réunit. On la joue esprit d'équipe devant elle pour lui faire plaisir, lui laisser croire qu'elle a créé une vraie famille… C'est tout. Rentre chez toi, va. Si elle n'est pas venue se réfugier ici, aucune chance qu'elle soit chez l'un des autres.

On lui a laissé ses illusions, et on a regagné l'Aston.

— Je ne vois pas ce qu'elle lui trouve, a dit Georges dans le claquement de sa portière.

— C'était un grand violoniste. Il a abandonné la musique pour le cheval.

— Et alors ?

— Rien. Elle aime bien les gens cassés.

— Quand c'est elle qui les casse.

Il n'avait pas forcément tort, comme nous allions le constater au fil des kilomètres.

*

En toute lucidité, ce n'était pas très rassurant pour moi de voir dans quel état se trouvaient les hommes qui avaient partagé un temps la vie de Soline. Je ne les avais jamais encore rencontrés séparément et, le soir de la brasserie des Ternes, la convivialité forcée de mon examen de passage avait su masquer l'ampleur des dommages subis. Aucun d'eux ne s'était guéri d'elle. En transformant sa passion à court terme en amitié indéfectible, en rétrogradant l'ouragan en tempête tropicale, elle leur avait fait d'autant plus de mal qu'ils ne pouvaient se passer du bonheur de substitution dans lequel elle les maintenait. La plupart avaient quitté Paris à cause d'elle, sans que ça ait changé quoi que ce soit. Et aucun, jusqu'à présent, n'était au courant de sa fuite.

A chaque étape de notre tour de France des ex, les confidences sur leurs amours dégageaient trois constantes : l'inanité de l'avant, l'éblouissement du pendant et les horreurs de l'après. Elle avait été successivement pour eux une chance inespérée, une consolatrice hors pair, une amante inégalable et une plaie ouverte sans espoir ni désir de cicatrisation. Ils parlaient tous d'elle au présent et vivaient dans leur passé commun, qu'ils soient seuls ou en couple. Ils avaient meublé le vide, parfois, mais ils ne l'avaient jamais remplacée : elle était leur *amie.* Ils appuyaient sur ce mot de toute la force de leur blessure, le ton buté et le regard fier. Et ils ne cachaient guère leur joie de me voir rejoindre (enfin !) l'amicale des anciens de Soline – statut que je réfutais de toutes mes fibres, mais auquel je les laissais croire par délicatesse. N'empêche que leur absence totale d'illusions sur les chances qu'elle me revienne finissait par déteindre. Et ils arrivaient sans trop de peine à me persuader que la profondeur de ma détresse serait à la mesure de mon record de longévité.

A part ça, des gens très bien. Tous plus intéressants les uns que les autres, du flûtiste au rugbyman, du guide de montagne luttant contre le vertige au syndicaliste lorrain qui publiait des poèmes, du capitaine de pompiers sous amphètes à l'artisan joaillier qui devenait aveugle, du dessinateur criblé de fatwas au médecin incarcéré pour euthanasie. Chacun m'offrait un autre visage de Soline, un autre angle de son empathie dévastatrice, une autre facette de la maîtrise émotionnelle qui était le prolongement de ses coups de foudre – cette façon bien à elle d'allumer l'incendie dans nos vies avant de le circonscrire. De Reims à Thionville, de la Creuse à la Charente-Maritime, de Chamonix à Lille en passant par Romorantin, je la cherchais en vain d'appartement en maison, de plage en alpage, de vestiaire en parloir, mais je lui découvrais tant de visages différents dans le cœur de mes prédécesseurs que j'avais l'impression de l'avoir moins perdue – en tout cas de gagner à la connaître mieux. Chaque aspect nouveau de Soline, je me prenais à l'aimer comme s'il avait fait partie de notre histoire, comme si j'avais vécu *aussi* cette relation avec elle, comme si j'avais été ces hommes, successivement, dans une dizaine de vies antérieures satellisées autour d'une même femme, unique et multiple. Je m'identifiais à leurs bonheurs comme à leurs souffrances, j'avais procédé de leur mémoire sans le savoir et marché sur leurs traces. Je comprenais qu'ils lui aient plu et qu'elle les aime encore. Qu'ils lui aient fait perdre la tête et qu'ils ne s'en soient jamais remis.

Georges, lui, rayait les noms et bouffait du kilomètre en s'éteignant de ville en ville. Insensiblement, notre périple avait changé d'objet : nous ne suivions plus une piste, nous nous contentions désormais de rassembler des pièces de puzzle. Des témoignages, des anecdotes, des secrets qui ne débouchaient sur aucun indice ; des émotions qui servaient juste à compléter la personnalité de Soline en attendant qu'elle se manifeste. Du statut de pourchasseurs, nous étions passés à celui de confidents. La course contre la montre n'était plus qu'une façon de tuer le temps.

La grande oubliée du voyage, c'était Yoa. Georges ne m'avait parlé d'elle que le premier soir, près de Reims, dans un petit hôtel perdu au milieu des vignobles. Il m'avait raconté dans le détail les étapes successives de leur vie amoureuse, le long rallye de fiançailles où il lui avait fait découvrir la France dans cette Aston Martin que son ami Stuart venait de racheter aux producteurs de *James Bond*. Puis, sans transition, il m'avait dit :

— Le signe de reconnaissance qu'elle t'a donné, on pourrait peut-être en parler, maintenant.

— Elle l'a révélé à Soline dans sa lettre, c'est ça ?

— Non. Mais j'imagine que c'est la tache sur le ventre. La cicatrice en forme de losange.

J'avais marqué un temps avant de lui avouer la vérité :

— Pas forcément. N'importe quel grain de beauté sur le bébé aurait fait l'affaire. Je vous aurais dit : c'est le signe. Tout ce qu'elle voulait, c'est que vous vous sentiez moins seul.

Après un long moment de silence au-dessus de son assiette qu'il sauçait à vide, il avait soupiré pour lui-même, le regard dur :

— Comment j'aurais réagi, moi, si on avait connu la situation inverse ? Quel moyen j'aurais trouvé, avant de partir, pour l'aider à me survivre ? Le jour où j'ai évoqué le sujet, elle m'a répondu que le problème ne se poserait pas : à ma mort, elle achèterait un fauteuil roulant électrique, elle descendrait jusqu'à la voie sur berge et elle plongerait dans la Seine.

Il avait vidé notre deuxième bouteille de champagne et il avait conclu, d'une voix détimbrée qui baissait de phrase en phrase :

— Il y a une chanson de Jacques Brel, terrifiante, qui s'appelle *Les Vieux*. Ça n'a l'air de rien, c'est tout simple. Une mélodie en tic-tac de pendule… A ton âge, on s'en fout, on trouve ça beau – au mien, c'est inécoutable. « Et l'autre reste là, le meilleur ou le pire, le doux ou le sévère, / Cela n'importe pas : celui des deux qui reste se retrouve en enfer. »

Il a étreint mes poignets sur la nappe, les yeux dans les yeux.

— J'ai terriblement besoin de vous deux. Parce que vous avez besoin de moi. Mais sois sûr d'une chose : le jour où je ne me sentirai plus nécessaire, je saurai très bien m'effacer. Et il ne faudra pas me retenir.

Depuis, le soir, nous nous contentions de faire le point sur nos rencontres de la journée autour d'un homard ou d'un croque, d'un puligny-montrachet ou d'une bière. Un jour relais-château, le lendemain Formule-1 à 19 euros WiFi compris, nous nous adaptions au niveau social du solinien que nous venions de visiter sur ses terres ou son lieu de travail. La matière ne manquait jamais. Ils étaient si contents de parler d'elle, de la partager avec un nouvel ex. Ils ne me rassuraient que sur un point ; elle finirait par regagner Paris, puisqu'elle y avait laissé son violoncelle. Mais ils étaient unanimes : si elle ne donnait aucune nouvelle à quiconque, c'est qu'elle avait rencontré quelqu'un de neuf. Ils avaient tous connu ces moments où elle faisait la morte, pendant huit ou dix jours, après un texto du genre « Je vais bien, j'ai besoin de temps ». Le temps d'émerger à l'air libre, de sortir de la bulle initiale dans laquelle, chaque fois, se consommaient ses coups de foudre – j'étais bien placé pour m'en souvenir. Un peu de patience, me disaient-ils, et je saurais.

Un seul m'avait redonné confiance : Cédric. Lorsque je l'avais rencontré à la brasserie des Ternes, c'était un jeune cancérologue à la mode. Un geste de compassion avait détruit sa vie : plainte des ayants droit, mise en examen, détention provisoire. Tout le monde l'avait lâché. Fiancée, famille, amis, confrères... Seuls le soutien, les visites et les lettres de Soline l'empêchaient d'être totalement détruit par l'univers de truands, djihadistes et violeurs où l'avait enfermé le délit d'euthanasie. Elle n'abandonnait jamais personne, m'a-t-il assuré. Quand elle prenait des distances, c'était pour mieux revenir en force, au bon moment et pour de vraies raisons. Il ne l'avait pas revue depuis qu'elle était enceinte. Sa dernière lettre datait de quinze jours : elle ne lui parlait que de son bonheur avec moi et de ses démarches auprès du juge pour qu'il soit remis en liberté d'ici le procès. Il me préviendrait dès qu'il aurait des nouvelles. Décharné, couvert de plaies et d'eczéma, c'est lui qui m'avait dit de tenir bon.

La générosité de sa détresse m'a donné un coup de fouet auquel je ne m'attendais plus. Moi qui étais libre, je n'avais pas le droit de me soumettre au désespoir, de partir à la dérive sous prétexte que j'avais perdu mon point d'ancrage. Je suis ressorti du centre pénitentiaire de Lille avec une furieuse envie de changer de cap, de prendre le large tout seul. Une envie de Belgique.

— On n'a personne en Belgique, a sourcillé Georges en vérifiant sa liste.

— Moi, j'ai quelqu'un. Pour le travail.

— Les pissenlits ?

— Je suis en rapport avec une entreprise qui a son siège à De Haan. C'est sur la côte, à une centaine de kilomètres.

Son visage, assombri par mon changement d'horizon, s'est éclairé à nouveau.

— On me dépose à Knokke, alors. Je vais aller réveiller quelques souvenirs de jeune homme.

Et son pied a enfoncé l'accélérateur dans un élan guerrier.

— Je ne sais pas si c'est réciproque, a-t-il ajouté un quart d'heure plus tard, mais tu me fais vraiment du bien. Parfois, j'en arrive même à oublier qu'elles nous ont quittés. Toi aussi ?

Il avait parlé si bas que j'ai pu feindre sans le froisser de n'avoir rien entendu.

*

A Knokke-le-Zoute, il s'est arrêté devant le casino avec des vrombissements de moteur et des allures de justicier. Le menton haut, le regard martial, il m'a raconté qu'il n'avait pas remis les pieds ici depuis 1953, le soir de l'inauguration des fresques murales de René Magritte. Venu avec sa passion de l'époque, la chanteuse Juliette Gréco, il s'était fâché à mort avec leur ami Gustave Nellens, le directeur des lieux, en le voyant interdire au peintre – pour une sordide querelle d'argent – l'accès à la réception donnée en l'honneur de ses œuvres. « Je n'invite pas mes fournisseurs », avait-il jeté à Georges, qui, par respect pour les artistes, lui avait balancé son poing dans la gueule.

— A la mémoire de Magritte, je vais faire sauter la banque ! m'a-t-il prévenu en me confiant la voiture. Reprends-moi quand tu veux.

Un soleil froid soulignait les perspectives en béton linéaires du front de mer, tandis que le grondement sourd du quatre-litres grimpait dans les aigus sous la caresse de mes orteils. Je parlais tout haut à Soline. Je lui racontais l'avenir. Je lui promettais la lune. Si elle me revenait, je ne voulais pas qu'elle trouve le même homme qu'elle avait quitté. L'emploi d'archiviste à l'Herbier national, c'était réconfortant, ça exhumait des bonheurs d'enfance, mais ça ne suffisait pas. Il fallait que je force des portes. Il me fallait un vrai travail, un vrai salaire, une vraie passion, pour être à la hauteur de son destin musical et de l'enfance radieuse qu'on essaierait d'offrir à notre fille.

Bois blond, verre fumé, toit végétal ondulant au ras des dunes, le siège de SolarPlant était situé à deux kilomètres du plus joli village de la côte flamande. Le PDG fondateur, Zibal de Frèges, un inventeur multifonction qui répondait lui-même à mes courriers électroniques, m'a reçu entre deux portes, dans un des labos aquatiques où il extrayait les principes actifs de plantes médicinales en essorant leurs racines. Mon idée de fabriquer des pneus et des préservatifs bio à base de pissenlit s'est heurtée d'emblée à l'objection que j'attendais : le caoutchouc génétiquement modifié pour empêcher la coagulation provoque surchauffe et éclatement. Je lui ai parlé musique des protéines. Il a fait tilt aussitôt.

— La génodique de Sternheimer appliquée au latex ? Adressez-moi une note avec un relevé d'expériences. J'espère que vous avez protégé votre idée : si jamais elle marchait, ça serait le brevet du siècle.

Il m'a fait reconduire sur le parking comme un génie potentiel à haut risque, un petit joueur de pipeau s'attaquant à l'un des plus importants marchés de la planète et s'imaginant couper, en toute impunité, le pissenlit sous le pied des multinationales.

J'étais bluffé par mon audace. Galvanisé d'avoir été pris au sérieux par une puissance émergente du biodéveloppement, moi qui jusqu'alors n'avais intéressé que de vieux humanistes. Je ne me sentais pas de revenir en arrière, de renouer avec l'absence de Soline en rejoignant Georges. La tête en feu, j'ai erré de dune en dune et nagé dans les vagues jusqu'à la nuit tombante, avant d'aller me régaler de moules et bière sur une terrasse de plage.

Ce temps libre que je m'offrais pour la première fois depuis la fuite de Soline, cette grève affective où je ne pensais plus qu'à moi ne me détachait pas d'elle, au contraire. Je la sentais bien plus proche qu'en m'angoissant de ville en ville et d'ex en ex à son sujet, parce que de nouveau je lui faisais confiance. J'étais le dernier des soliniens, elle me l'avait souvent dit et je l'avais toujours crue. Je ne la ferais plus mentir. Quels que soient mes torts, les faiblesses et les erreurs psychologiques qui avaient pu l'éloigner de moi, je redeviendrais l'homme qu'elle aime.

Il était minuit moins vingt quand j'ai récupéré le castagneur de Knokke-le-Zoute dans la grande salle des machines à sous. En toute logique, je m'attendais à des reproches, mais pas à celui-ci :

— Tu arrives pile au moment où j'allais me refaire ! C'est malin !

Il m'a désigné les quatre lapins bleus décalés en hauteur qui, disait-il, avaient failli s'aligner juste avant que je vienne porter ma poisse. La mèche en berne et les mains sur les reins, il s'est arraché à son tabouret en soupirant dans un mélange de consternation et de fierté :

— A vue de nez, j'ai perdu quinze ans de retraite. Heureusement que je ne compte pas finir centenaire… J'espère qu'au moins, tu t'es bien amusé. On va dîner ?

Je me suis retapé en sa compagnie quelques douzaines de moules et de bières à notre santé, à la mémoire de Yoa, au retour de Soline, à la naissance de notre enfant et à mon avenir caoutchouteux. On refaisait le monde à partir du cèdre rouge tlingit et du pissenlit à pneus du Kazakhstan, et la vie ne demandait qu'à tenir ses promesses.

— Il est trop tard pour être pessimiste, me répétait-il avec ferveur, les yeux dans les yeux, comme si c'était moi dont les années étaient comptées.

*

Il m'a fait réveiller par la réceptionniste, un peu avant midi. Les gestes ralentis sous l'effet de la gueule de bois, j'étais en train de payer nos chambres au moment où le message est arrivé. Timothée, qui avait programmé une alerte Google sur le nom de Soline, m'envoyait un lien que j'ai ouvert en retenant mon souffle. C'était une page d'infos locales du *Télégramme de Brest.*

Je la relisais pour la dixième fois quand le klaxon de l'Aston m'a fait rempocher l'iPhone. Les jambes coupées, j'ai rejoint Georges qui faisait chauffer le moteur sur le front de mer.

— Tu es plutôt riesling ou bordeaux ? a-t-il attaqué en levant le nez de la carte routière. On a le choix entre Alexis à Strasbourg et Damien à Saint-Emilion. Vu ta mine, ce matin, je t'aurais bien proposé Contrexéville ou Vichy, mais elle n'a personne en station thermale.

J'hésitais à lui parler de l'article du *Télégramme.* J'étais au bord d'y renoncer lorsqu'il a découvert sur son portable, à un feu rouge, le lien que lui avait transféré Timothée.

Locquirec (Finistère)

Vive émotion à l'enterrement de Berthe Le Guen, la doyenne de la charmante localité limitrophe entre le Finistère et les Côtes-d'Armor. On reconnaît, à gauche de M. Yves Corre, maire adjoint, la violoncelliste réputée Soline Kerdal, elle-même native de Locquirec, 1er prix du concours de l'Ecole de musique de Morlaix, accompagnée de son père Me Kerdal, notaire à Plestin. Toutes nos condoléances à la famille de la disparue.

Le feu était passé au vert, les voitures nous doublaient en klaxonnant. La main tremblante, Georges a agrandi la photo sur l'écran. Et il a tourné vers moi son visage décomposé. Sous la robe noire moulante, le ventre était plat. Rigoureusement plat.

— Ce n'est pas possible, Illan… Elle m'aurait menti à ce point ?

Sa question m'a déconcerté. Il s'est ressaisi, a balancé son téléphone sur mes jambes. Dans son regard fixe, la colère remplaçait maintenant la stupeur.

— Tu avais raison, tu es content ? « Ne soyez pas inquiets pour l'enfant », ça voulait dire : J'ai supprimé le problème ! Elle a fait passer Yoa ! Elle l'a tuée une seconde fois !

J'ai murmuré :

— Non, Georges.

Il m'a toisé avec un rictus de haine.

— Même si tu n'y crois pas, et même si la réincarnation est une chimère, ça ne change rien, tu entends ? Symboliquement, *elle l'a fait* !

— Elle n'a rien fait, Georges…

— C'est quoi, alors ? Un accident ?

— Non. D'abord, le ventre ne redevient pas aussi plat en si peu de jours.

— Et qu'est-ce que tu en sais ?

— Tu veux être fixé ? Démarre. Route de l'Eglise, Locquirec, je programme le GPS.

Il a détourné les yeux, ouvert la trappe de l'accoudoir entre nous. Tout en jouant machinalement avec les interrupteurs factices censés commander mitrailleuse, lâcher de clous, cisaille-pneu télescopique, il a laissé tomber d'une voix blanche :

— Tu crois vraiment que c'est utile d'aller là-bas ? de débarquer dans sa famille pour faire un esclandre ? Elle a choisi son camp, Illan.

— Démarre.

— A quoi bon ? C'est trop tard, mon vieux, on a perdu. Je n'ai plus rien à faire dans votre histoire. Si tu veux y aller, tu prends le train.

Je ne comprenais pas pourquoi son ton résigné sonnait si faux. Pourquoi toute son énergie s'était évaporée dans une crise de violence qui m'avait paru feinte.

— Non, Georges. C'est ton problème autant que le mien, et on n'est plus à huit cents kilomètres près. Si on ne va pas chercher la preuve sur place, je peux te raconter ce que je veux, il te restera toujours un doute. Et à moi aussi. Allez, démarre. S'il te plaît.

Dans la trappe des commandes, son doigt s'est figé sur le bouton déclenchant l'éjection du siège passager.

— Donne-moi une raison, Illan. Une seule.

Il a roulé à tombeau ouvert jusqu'à Rennes. Pendant que je faisais le plein à la sortie de l'autoroute, il est allé acheter le journal *en vrai.* Il avait beau m'écouter, me croire par intermittence, il en revenait toujours à la même litanie obsessionnelle : Yoa était *passée.* Il la sentait autour de lui, perdue, hagarde, sans abri…

Je l'ai vu revenir en zigzag, vacillant sur ses jambes de flanelle agitées par le vent, *Le Télégramme* faseyant au bout du bras. Il est tombé assis sur le capot. J'ai raccroché vivement le pistolet à la pompe et j'ai couru l'installer sur le siège passager.

— Tu as raison. Sur l'écran, j'étais quasiment sûr… Mais là, en papier, ce n'est pas elle. J'ai un vrai coup de mou, là, excuse-moi…

Je suis allé lui chercher un sandwich, un Coca. Pourquoi avais-je l'impression, depuis midi, que toutes ses réactions étaient artificielles ? Qu'il n'avait pas été dupe un instant de l'erreur du journal, et qu'il m'avait joué la comédie pour me pousser à l'emmener en Bretagne… La même comédie, peut-être, qui nous avait lancés d'homme en homme sur les routes de

France. Comme si chercher Soline *en arrière*, remonter le fil de ses amants jusqu'aux secrets de son enfance, était une façon pour lui de gagner du temps. De me détourner – mais de quoi ?

Je me suis assis au volant, je l'ai regardé reprendre des couleurs en mâchant son jambon-beurre.

— Ça va mieux ? Tu veux qu'on aille voir un médecin, qu'on s'arrête à une pharmacie ?

Il a roté, posé sa canette, répondu entre deux bouchées :

— Ça va très bien. Démarre.

J'ai pris la nationale jusqu'à Morlaix, avant de suivre la voix morne du GPS de mon iPhone à travers des routes forestières débouchant sur des zones d'activité bricolage, cuisines et canapés. La mer est apparue dans la descente vers Locquirec, petit port de charme encombré par les derniers aoûtiens. GPS coupé, j'ai longé au pas l'église encadrée de vieilles tombes, le Grand Hôtel des Bains à la tour de guet pavoisée d'un drapeau breton que les vents avaient taillé en pièces. Guidé par les mots de Soline me décrivant ce coin de paradis où elle avait connu l'enfer, j'ai continué jusqu'à la pointe du Château, arrêté l'Aston devant les barrières qui transformaient la route en sentier de randonnée.

Georges s'est réveillé quand les mouettes ont remplacé le grondement rauque du ralenti. Il est descendu s'étirer, jauger le paysage en faisant des assouplissements. Puis nous nous sommes insérés dans le flot de la circulation piétonnière qui sillonnait le cap au soleil couchant. J'ai localisé tout de suite la maison des Kerdal, une longère en granit aux fenêtres à l'anglaise assaillies de genêts. Dans le jardin propret dominant la grande plage d'algues vertes, une dizaine de personnes devisaient autour d'un barbecue de poissons.

— Incroyable, a murmuré Georges à notre troisième passage.

La grande brune à chapeau de paille que j'avais repérée d'emblée venait de quitter la tablée pour répondre à son portable, et il pouvait mettre du son, des images sur les horreurs que je lui avais relatées en roulant. Dans l'intimité de son jardin comme en photo dans *Le Télégramme*, Laurence Kerdal était le portrait craché de Soline, le naturel et la vivacité en moins.

— Mais non, mon Eliane, c'est ce que je dis à tout le monde : tu penses bien qu'on t'aurait fait signe si elle était là ! Ils nous ont confondues, une fois de plus ! J'espère bien qu'un jour, ce sera dans l'autre sens – non, je plaisante. Tu sais comment sont ces journalistes, toujours à l'affût d'un scoop, et elle commence à avoir une vraie notoriété… Je suis contente pour elle : elle travaille tellement, la pauvre. Elle ne s'accorde jamais un week-end pour venir se détendre. Et nous, ce n'est pas évident non plus. Si, si, elle nous invite tout le temps à ses concerts, mais c'est difficile de laisser les chiens. Oui, tu es gentille, c'est ce que me disait l'adjoint au maire : « On jurerait que vous êtes sa sœur. » Bisous, bisous.

Effondré sur le garde-fou au-dessus des marches menant au sable, Georges fixait l'espèce de sosie lifté qui jouait les frangines au grand cœur. Dans son phrasé ludique et ses poses d'ancien mannequin, je cherchais le monstre que m'avait dépeint Soline. La tortionnaire qui refusait que sa gamine devienne en grandissant une concurrente potentielle, au point d'avoir provoqué ce que les psys appellent un déni de croissance. Confinée au stade de préado sous cloche, Soline n'avait eu ses règles qu'à dix-sept ans, lorsque son prof de violoncelle lui avait enfin donné confiance en elle. Le pire de tout tenait en une phrase. La réponse que sa mère lui avait opposée le jour où, à treize ans, elle avait essayé de lui parler des attouchements de son père : « Tu es complètement folle : jamais il ne *me* ferait ça ! »

Incapable de concevoir une telle cruauté familiale, Georges oscillait sur son garde-fou comme un boxeur entre deux rounds. Le portail en bois était ouvert, et j'ai dû le retenir d'aller se jeter sur cette quinquagénaire insoupçonnable.

— Lâche-moi ! A quoi ça sert d'être venus si on ne fait rien ?

— Tu veux faire quoi, Georges ? Aller lui annoncer qu'elle va être grand-mère ? lui balancer devant ses amis que la « petite sœur » a tellement peur de ses parents qu'elle leur a caché sa grossesse ?

— Pourquoi on est venus, alors ?

J'ai soutenu son regard en lui renvoyant la même question, à laquelle il s'est dérobé comme je m'y attendais. Depuis le début, il m'avait lancé sur les traces de Soline pour *m'occuper*, j'en étais sûr à présent. Seule sa motivation m'échappait.

— Viens, on va dîner, a-t-il jeté sur le même ton agressif en regagnant l'Aston.

On a reculé jusqu'au parking du Grand Hôtel des Bains. Il ne restait qu'une table et une chambre : il a pris les deux. Après nous être passé les nerfs sur un tourteau dont la dissection minutieuse nous dispensait de conversation, on s'est retrouvés dans une junior suite en bois clair donnant sur la mer au-dessus d'une allée de tilleuls centenaires. Il a ôté ses mocassins, son blouson, et s'est fourré tout habillé dans le lit jumeau près de la fenêtre.

— Je suis crevé, on parlera demain.

Lorsque je suis revenu de la salle de bains, il dormait à poings fermés avec un bruit de ressac. Je l'ai veillé plus d'une heure en écrivant à Soline le plus long texto de l'histoire des smartphones. Pas de réponse. Ses deux messageries étaient toujours saturées. En désespoir de cause, j'ai déplié les quinze feuillets que je lui avais noircis au poulailler et je les ai complétés en lui racontant ses hommes, sa mère, son absence, ses dilemmes tels que j'essayais de les comprendre, de les résoudre… Je construirais avec elle la famille de ses rêves. Notre enfant serait un être libre, en parfaite santé et dégagé de toute influence, je lui en faisais le serment. Pour défendre la vie de notre petite fille, je trouvai des mots qui m'émurent tant qu'ils furent dilués par mes larmes, et je n'eus pas le courage de les recopier.

*

Quand je me suis réveillé, au lever du soleil, le lit voisin était vide. Le cri des mouettes ponctuait le bruit de la baignoire qui se remplissait. J'ai appelé le room service. Je finissais de nous commander le petit déjeuner lorsque j'ai vu l'eau couler sous la porte. En trois bonds, j'étais dans la salle de bains.

Effondré au pied du lavabo, Georges avait les doigts crispés sur sa brosse à dents.

Le médecin du village l'a réanimé au troisième coup de défibrillateur.

— Vous revenez de loin, s'est-il félicité.

— Non, hélas, a soupiré Georges au milieu des serpillières. Je ne suis pas parti.

Pour éviter qu'il ne s'égare dans son diagnostic, j'ai expliqué au docteur que le patient était veuf. Traduction de ses propos : il aurait bien aimé capter l'âme de son épouse à la faveur d'une expérience aux frontières de la mort.

— Balivernes, m'a répondu le généraliste. Mais si ça peut le consoler d'y croire… Vous êtes de sa famille ? Je le fais transporter aux urgences de Morlaix.

En attendant l'ambulance, requinqué par le tonicardiaque et les croissants qu'il avait ingurgités au mépris de l'avis médical, Georges s'est livré à une séance de dernières volontés en mode express qui tenait à la fois du briefing et du coming out :

— Ne t'occupe plus de moi, il faut que tu aies rapporté l'Aston avant 18 heures à Courbevoie. Les O'Neal m'ont envoyé un texto de rappel : elle est louée demain pour un tournage de pub, ça m'était complètement sorti de l'esprit, et on ne peut pas les planter. Bon, et puis Soline… Je ne sais pas si je vais m'en sortir, Illan, alors je préfère te dire la vérité.

Il a pris une longue inspiration, toussé dans son oreiller, tourné la tête vers la mer pour y chercher ses mots.

— Elle va très bien, le fœtus aussi. Je sais où elle est, depuis le début. Ne lui en veux pas, surtout. C'était notre secret : il valait mieux que tu restes à l'écart. Cela dit, ce voyage n'était pas inutile, loin de là. Même si, au départ, ce n'était qu'une diversion.

Il s'est retourné vers moi d'un coup de fesses, a remonté la couette sous son menton.

— Il fallait que je te balade, Illan, mais c'est toi qui m'as offert le plus beau des périples. Toutes ces expériences humaines, moi qui vivais dans mon petit univers en circuit fermé, toutes ces façons totalement différentes d'aimer la même femme et de lui être fidèle… Et toi, il fallait que tu entendes tout ça, que tu fasses tout ce chemin pour vraiment la connaître, vraiment la comprendre, ne pas faire comme moi avec Yoa…

Coupant court aux digressions, je me suis entendu dire ce que je ruminais dans ma tête depuis la veille :

— Elle est en Alaska, c'est ça ?

Il a eu un sursaut. Un temps d'hésitation. Puis son sourire de soulagement a chassé mes derniers doutes. Il s'est raclé la gorge pour articuler avec fierté, les yeux brillants :

— Alors tu m'as joué la comédie, toi aussi…

Je lui ai demandé ce qu'elle faisait là-bas, s'il avait des nouvelles récentes, combien de temps elle comptait rester. Mais il s'est borné à compléter le commentaire que lui inspirait ma question initiale :

— Tu as fait semblant de ne pas savoir. Merci, Illan... Merci d'avoir respecté mes mensonges.

C'était faux, mais j'ai répondu que c'était la moindre des choses : on lui devait tant.

— Vous ne me devez plus rien, a-t-il répliqué avec une tristesse soudaine. Le potlatch doit bien s'arrêter un jour. Le violoncelle est à Soline, son enfant est le vôtre. Toi, tu m'as offert une semaine entre père et fils, le seul cadeau de la vie auquel j'avais renoncé : nous sommes quittes, mon grand.

J'ai contourné l'émotion, je lui ai demandé pourquoi Soline ne figurait sur aucun listing de compagnie aérienne au départ de Paris.

— Parce qu'elle est partie d'Amsterdam. C'est la liaison la moins pénible avec le moins d'escales, en cette saison. Elle est allée à l'aéroport de Schiphol en Thalys, et elle revient d'Anchorage samedi prochain, si tout va bien. Le retour est modifiable.

J'ai rassemblé les informations, cherché la vérité dans son regard de plus en plus absent. Si la dépense ne figurait pas sur l'en-cours Carte Bleue de Soline, c'est qu'il avait payé le voyage.

— Et je n'ai pas de nouvelles depuis qu'elle est là-bas, non, a-t-il ajouté. J'ai juste reçu le même message que toi.

— Pourquoi elle a fait ça, Georges ?

— Elle t'expliquera. Moi j'ai terminé mon rôle, je ne suis plus dans le coup. Si la volonté de Yoa est vraiment ce qu'elle a écrit à Soline dans sa lettre… Je ne l'aurais jamais cru, mais je m'incline. Et puis, c'est peut-être la meilleure solution pour votre couple… hélas. Allez, sauve-toi, maintenant. On n'aurait plus que des banalités à se dire.

Il a tourné la tête vers la mer et fermé les yeux. Je me suis penché pour l'embrasser sur le front. Le geste qui m'est venu. L'élan de tendresse qu'avait eu Yoa dans mes jumelles quand, agenouillé devant elle, il lui regonflait ses pneus. Il n'a pas réagi.

Au moment où je quittais la chambre sans un mot, respectueux de sa consigne, la phrase d'adieu qu'il a prononcée était la seule, depuis le début, à porter un semblant d'espoir :

— Le premier qui a de ses nouvelles prévient l'autre.

Et voilà. Je suis de retour au poulailler où je travaille jour et nuit, passant constamment de mon projet pissenlits à ma lettre à Soline. Ce cri d'amour qui, au fil des pages, est devenu le roman vrai de notre histoire. Soixante-huit feuillets à la date d'aujourd'hui. Elle ne s'est toujours pas manifestée, mais je m'efforce tellement de comprendre et d'exprimer ses sentiments que j'ai l'illusion, quand je me relis, qu'elle me répond.

Quant à Georges, je n'ai pas de nouvelles directes depuis mon retour de Bretagne. Après avoir hésité entre un pontage et la pose de stents, les cardiologues ont fini par opter pour la solution la plus simple à court terme, vu son grand âge. Trois ressorts métalliques dans l'artère carotide pour éviter la formation de caillots, et il sera un homme neuf pour le peu de temps qui lui reste à vivre. C'est ce que m'a expliqué Molly O'Neal, quand j'ai déposé l'Aston Martin à Cinémobiles. Dès que possible, ils le feraient rapatrier dans une maison de convalescence à côté de Courbevoie, pour « l'avoir sous la main ». Ils me tiendraient au courant.

— Mais laissez-le tranquille, m'a conseillé froidement la vieille rousse en me raccompagnant à la porte du garage, les mains enfoncées dans son bleu de mécano. Vous nous l'avez beaucoup fatigué.

J'ai regagné le poulailler en métro et, depuis, je lutte contre la montre. Il ne me reste plus que cinq jours. Timothée a vérifié sur les listings de la compagnie KLM : la résa de Soline est confirmée sur le vol Anchorage-Amsterdam de samedi. Je ne sais pas encore ce que je vais faire. Aller la surprendre en sortie de vol, l'attendre sur le quai du Thalys à la gare du Nord, ou scotcher ma lettre sur le violoncelle avant de partir de mon côté pour lui laisser l'initiative des retrouvailles. Tout dépendra de la réponse du patron de SolarPlant. Au terme du projet qu'il vient de recevoir, je lui accorde une exclusivité de vingt-quatre heures, après quoi j'irai enrichir un de ses concurrents en lui confiant la production d'écopneus et de capotes bio à partir de mon pissenlit musicalement modifié. Mon culot me surprend à peine. Je ne suis plus le même homme, depuis que j'ai quitté Georges.

J'appelle l'hôpital de Morlaix. Il va mal. Il s'ennuie ferme, ses infirmières sont moches, la bouffe est ignoble et l'alcool inconnu. Pour lui remonter le moral, je lui confirme le retour de Soline. Il m'interrompt d'une voix sèche :

— Ça ne me regarde plus. Oubliez-moi. Vous pouvez rester dans l'appartement si vous le voulez, je n'y remettrai plus les pieds. Laissez-moi faire mon deuil, maintenant, finir ma vie comme je l'entends. Et soyez heureux – c'est un ordre. Qu'au moins j'aie servi à quelque chose.

J'en reste bouche bée. Cette agressivité subite est peut-être un effet secondaire de son problème cardiaque. Ou alors il se détache de notre histoire comme on arrache un sparadrap : le choix de la brutalité pour que la douleur soit brève. Ou bien c'est une forme de pudeur, de délicatesse : il veut nous laisser le champ libre sans nous donner de remords. C'est dans ce sens, au bout du compte, que je décide de prendre la dernière phrase qu'il me balance d'une traite avant de raccrocher :

— Ne m'appelez que si vous en ressentez vraiment le besoin ou l'envie – je pardonne très bien l'ingratitude, mais je ne supporte pas la pitié.

Mon Illan,

Je ne sais pas si je t'enverrai ces mots. Tu saurais où je suis et je ne le veux pas encore. Et surtout, j'ignore où tu en es, ce que tu as conclu de mon départ et comment tu le gères. Quand je pense à toi, je m'appuie tour à tour sur ta colère, ton incompréhension, ta souffrance, tes craintes, ton espoir – quel espoir ? Quelle marge d'espoir t'ai-je laissée ? Un texto de quatre phrases au bout de trois jours, pour te rassurer sans rien te dire et te demander du temps.

En fait, c'est à moi que j'écris à travers toi. Pour me pousser dans mes retranchements, essayer de comprendre mes raisons, mes réactions, mes incohérences et mes doutes. La seule chose dont je sois sûre, c'est le réflexe de survie qui m'a conduite ici. Appelons-le l'instinct maternel, pour faire simple.

Longs-courriers, correspondances, hydravion, ferry… J'ai dormi tout le temps du voyage, les doigts serrés sur le pot Bonne Maman qui me causait tant de tracas aux contrôles, entre les chiens renifleurs de drogue et les artificiers. Aucun souvenir du moindre rêve, prémonitoire ou pas – ces signes que Yoa m'avait promis pour ponctuer nos différentes phases de connexion. Rien, si ce n'est l'angoisse du vide, la peur du crash ou du naufrage.

Et puis Halibut Cove. Premier jour où mes douleurs se calment. Le petit fjord aux eaux d'émeraude. Les moustiques omniprésents, soixante-treize habitants pour une centaine d'ours, les maisons pimpantes, les ateliers d'artistes qui ont fui la civilisation pour livrer leur travail en cours à la curiosité machinale des touristes. La file d'attente sur le ponton, devant la cahute en rondins rouges où un Indien torse nu possède la seule machine à expresso de la baie. Je touche au but ? Non, c'est un simple sas. Une carte postale. Une bande-annonce trompeuse de l'Alaska du Sud-Est… C'est ce que je ressens quand je laisse parler le regard de Yoa.

*

Je reprends cette lettre aujourd'hui seulement. Je n'aurais pas dû rallumer les téléphones, écouter les messageries, lire vos textos. Ça m'a bouleversée. Ça m'a brouillé tous mes repères. Cette initiative, ces comptes rendus quotidiens, toute cette intelligence du cœur… Georges me raconte chaque nuit vos rencontres du jour. Ce tour de France de mes ex. Je ne lui réponds pas, je vous laisse entre vous, mais je suis tellement émue par cette idée que tu as eue. Il me dit que ça l'a beaucoup surpris au départ, et un peu choqué. Il ne peut concevoir que tu aies cette image de moi. Il refuse l'idée que je puisse te fuir dans les bras de mes anciens amants – ce en quoi il n'a pas tort : c'est lui que j'ai fui.

Et toi, mon ange, me comprends-tu mieux à présent ? Me vois-tu différemment à travers le regard des autres hommes qui m'aiment ? Eux, en tout cas, t'ont découvert sous un jour nouveau qui leur a bien plu, et ils m'ont encouragée à me « remettre avec toi ». Tu crois vraiment que je t'ai quitté, mon amour, ou c'est leur conclusion à eux ? Je n'ai répondu à aucun, je te rassure. J'ai fait la morte. Ils connaissent. Les quatre phrases de SMS que vous avez eues en copie, Georges et toi, sont les seuls signes de vie que j'ai donnés depuis mon départ. Un mensonge par phrase. En réalité, je vais mal, il y a lieu d'être inquiet, je ne suis pas du tout avec des amis, et le temps n'y pourra rien.

Bon, il faut que je te raconte. Maintenant que je suis clouée au lit, j'ai le temps. Retour en arrière. J'arrive sur l'île Baranof, comme les Blancs s'obstinent à appeler Sitka, j'arrive chez Yoa. Enfin, « chez »... Le B & B que j'ai choisi au hasard est une maison d'architecte à panneaux solaires avec les pieds dans l'eau et les yeux sur l'Ux (le mont Edgecumbe, comme disent les non-Tlingits). Au matin, une immense usine flottante barre la baie sous mes fenêtres. Dix mille touristes débarquent sur une île de huit mille habitants, et ma logeuse me conseille d'attendre qu'ils aient rembarqué pour découvrir Sitka. Ensuite, j'aurai un créneau de trois heures avant l'arrivée de la cargaison suivante. En Bretagne, j'ai grandi avec l'horaire des marées. Ici, c'est la durée d'escale des paquebots qui rythme les jours.

Hallucinant contraste, dès qu'ils ont levé l'ancre. Seules les millions de traces de pas dans la boue rappellent au cœur du silence l'invasion intermittente de ce ravissant bout du monde où les commerçants au repos ont l'air de figurants amorphes. Sitôt qu'on approche de leur comptoir ou de leur étal de souvenirs, leur sourire s'allume comme si un régisseur criait « Moteur ! ».

La zone d'exploitation touristique est concentrée sur trois rues, le reste est réservé au poisson. Seuls les autochtones achètent : pas besoin de se mettre en frais pour le touriste. Ça pue, c'est sale et ça fait la gueule. On me regarde de travers. Je ne suis pas d'ici et je suis calme, je n'ai pas l'air d'avoir raté le départ de mon bateau. Qu'est-ce que je veux ? Leur méfiance initiale s'aggrave quand je leur demande où sont les Tlingits. On me répond *Wha' d'you say ?*, comme si ma prononciation traditionnelle (*R'lin'gouit*) ne leur disait rien. Mais ça ne s'arrange pas, au contraire, lorsque j'avale les consonnes comme eux (*'Linkees).* Et ça empire encore dès que je cite les noms : Yoatlaandgwliss, alias Joanna Curly en version US. Seuls deux Blancs me répondent d'aller voir dans la merde, mais leurs chewing-gums ont pu causer une erreur de traduction. Quoi qu'il en soit, je me sens totalement indésirable et suspecte. Ma logeuse m'en donnera l'explication : les seuls étrangers qui se renseignent sur les gens, ici, en dehors des heures d'escale, sont des détectives privés à la poursuite d'un fuyard ou d'un escroc à l'assurance. Et moi, qu'est-ce que je cherche ? Tu l'as sûrement deviné : un couple d'accueil à qui je pourrai confier l'âme de Yoa. Une Aigle et un Corbeau qui accepteront de sous-traiter sa réincarnation. Le seul moyen de délivrer notre enfant de son influence, m'a-t-elle écrit, c'est de la réinsérer dans son peuple. Une des raisons de ma fuite. La plus avouable.

J'ai poursuivi ma quête en m'enfonçant dans les terres. Beaucoup de vestiges de l'occupation russe, mais toujours aucun indice de culture indienne. Dès qu'on s'éloigne du rivage, les pêcheurs de saumon cèdent la place à la deuxième population : les trappeurs. Toutes deux vivent dos à dos, sans rien de commun que le mépris qu'elles affichent pour la caste inférieure des vendeurs de souvenirs. Elles font commerce, coutumes et pollution à part. C'est peut-être mon état d'esprit qui influence mon ressenti, mais la tension et le cloisonnement qui règnent ici sont vraiment frappants, tu sais. Seuls les arbres et les animaux partagent les mêmes maladies, les mêmes parasites qui font tomber les feuilles, les aiguilles et les poils. Les cèdres se dessèchent, les oiseaux se déplument, les ours se dépilent. Partout, le réchauffement climatique crée des ravages inconnus, des pullulements d'insectes destructeurs et des disparitions d'espèces, sous l'œil résigné des humains qui noient leur déprime dans l'alcool. Seuls les paquebots se portent bien. Les immenses baleines d'acier qui défilent en empoisonnant l'air et l'eau.

Georges nous a immergés à distance dans un monde qui n'existe plus, Illan. La réalité de l'Alaska aujourd'hui, c'est un tiers de militaires, un tiers de pétroliers, un tiers d'irréductibles natifs qui chassent ou pêchent ou tronçonnent la forêt, d'artistes en résidence, de commerçants franchisés et de fuyards qui se planquent. Tout le reste, c'est un faux rêve pour touristes qu'on balade en croisière avec des conférences vidéo sur l'Alaska d'autrefois et des escales à souvenirs *made in China*.

Pourtant, je me sens guidée par une boussole intérieure. Le concentré d'énergie qui rayonne dans mon ventre est attiré vers son pôle d'influence, j'en suis sûre. Le clan de Yoa. Je ne sais pas où je vais, mais je m'enfonce dans la forêt avec mes cendres en faisant confiance aux forces qui me réclament. Je me perds. Autour de moi, les cerfs à queue noire détalent, les ours se figent, les oiseaux se taisent. Le plus inquiétant est que je n'éprouve aucune peur. Je croise un Indien soûl venu de nulle part qui, sans que je lui pose la moindre question, m'indique un chemin que j'emprunte aussitôt. Et je débouche dans une clairière, un ou deux siècles plus tôt. Devant moi, un village de toile et de rondins en tout point identique aux gravures des livres de Georges. Une rupture spatio-temporelle ? Un univers parallèle ? Une reconstitution.

Le lieu s'appelle *The Sheet'ka*, en référence au nom tlingit originel de l'île ; les Blancs d'ici le surnomment élégamment *The Shit*. C'est une évocation façon Disneyland du village indien que les Russes ont rasé en 1802, en réponse à la destruction de leur fort Baranof. Un ensemble de maisons communautaires et d'ateliers pour touristes : cuisine indienne, tam-tam, danses rituelles, peintures de guerre, tissage, animation totems pour les enfants. Tu te rends compte, l'ironie ?

Eux qui ont rejeté tant de fois les envahisseurs à la mer, eux qui ont obligé en 1934 le gouvernement fédéral à légaliser le potlatch, interdit sous la pression des missionnaires, eux qui ont toujours refusé d'être parqués dans des réserves, voici qu'ils émargent de leur plein gré dans un parc à thème.

A la pause syndicale entre deux paquebots, les guerriers en armure de cèdre téléphonent et jouent en ligne sur leurs tablettes. L'univers dans lequel j'ai passé mes premiers mois de grossesse n'est plus qu'un leurre ethno-culturel, un attrape-touristes. J'achète un ticket, je me dirige vers la maison communautaire des Aigles. Tout est bien respecté, fidèle : la société matriarcale avec prédominance de l'oncle maternel sur le père, qui forcément appartient à l'autre clan et vit dans sa maison de Corbeau. Les audioguides te racontent tout ça. Quant aux acteurs, ce sont tous des Tlingits à qui l'on a réappris leurs gestes, leur culture, des rudiments de leur langue – essentiellement bonjour et merci, ce *gunalchéesh* qu'ils prononcent aussi mal que moi, leur dirait Georges. Mais bon, ils sont payés pour redevenir ce qu'ils étaient ; ils ne vont pas se plaindre. Quelle destinée, quand même. En deux générations, ils ont sacrifié leur langue et leur mémoire pour l'avenir de leurs enfants : l'administration fédérale leur avait bien fait comprendre que le seul moyen d'obtenir du travail et du respect dans la société, c'était d'oublier qu'ils étaient indiens. Dès l'école. Ça, c'est Ron qui me l'a appris. Il faut que je te parle de Ron. Pas simple.

Je suis donc dans la maison des Aigles, à demander si quelqu'un se souvient de Yoatlaandgwliss, qui vivait ici dans les années 60. Ils m'envoient chez leur doyenne, une mamy sans dents qui supervise le pôle tissage. A l'énoncé du nom, elle se ferme aussitôt et crache à mes pieds, malgré le Golden Eagle Pass collé à mon blouson, le plus cher des forfaits, celui qui me donne droit à un porte-bonheur en cèdre enfumé par le chamane au-dessus d'un ragoût de cerf, pour que je sois protégée par la faune et la flore. Et, le doigt brusquement pointé, la doyenne me désigne un sentier qui monte sous des arbres morts.

Je quitte Indianland pour m'enfoncer dans la forêt infestée de moustiques. Au bout d'une dizaine de minutes, j'arrive dans une clairière hérissée de totems, la plupart entourés d'échafaudages. Vu leurs couleurs délavées et le pourrissement du bois, on est dans de l'authentique. Enfin. Je m'approche du jeune type qui a l'air de commander le chantier de restauration. C'est un Canadien anglophone, directeur de la division des Arts premiers au musée de Vancouver. Ron, donc. Notre âge, un peu ton physique en plus mystérieux, avec une vraie simplicité dans la démesure.

Je lui raconte pourquoi je suis là. Il tombe des nues quand je parle de Georges. Il lui doit tout : sa passion pour l'art tlinglit qui a fait de lui le plus grand spécialiste mondial en totems, et les subventions de la Fondation Nodier qui lui ont permis d'entreprendre ce grand chantier de restauration. Mais attends la suite. Quand j'évoque Yoa et mon intention de réinsérer son âme dans son clan, il rougit, baisse les yeux. « Jamais ils n'accepteront de la reprendre. » Je lui demande pourquoi. Il me désigne le sommet d'un des totems sans échafaudage, l'un des moins anciens, vu son bois en bon état et ses couleurs encore pimpantes. Accroche-toi bien, Illan : c'est le totem que son peuple a consacré à Yoa en 1965. Je suis émue, je me dis qu'ils la considèrent comme une vraie déesse : celle qui a déclenché par son mariage les financements qui ont pu aider, quoi qu'on pense de la méthode, à sauver de l'oubli une culture indienne. Du coup, ils ne se sentent pas dignes de réincarner leur idole, c'est ce que je comprends. Eh bien, pas du tout. Ron me décode l'œuvre d'art. C'est ce que les archéologues appellent un « totem ridicule », comme celui que les Tlingits ont sculpté à Tongass en 1872, à l'effigie d'Abraham Lincoln. On a longtemps cru que c'était un hommage au président qui avait aboli l'esclavage, mais au contraire : c'était l'équivalent d'une caricature blasphématoire. Une « figure de la honte » édifiée sur l'ordre d'un chef de clan scandalisé qu'on l'ait privé de ses esclaves sans la moindre compensation. Et c'est la même chose pour Yoa. Furieux qu'elle ait fui son pays et ses responsabilités pour suivre un étranger, son clan lui a érigé un totem de haine et de moquerie pour la frapper d'indignité. D'où le crachat de sa contemporaine à la mention de son nom.

Ça m'a flanqué un vrai coup. Ron, en voyant ma réaction, m'a remmenée à la maison communautaire des Aigles pour m'aider quand même à placer « l'indigne ». Mon problème le touchait mais, surtout, pour un ethnologue comme lui, c'était une expérience passionnante. 80 % des Tlingits de notre génération ne croient plus à la réincarnation, me dit-il ; du coup, les seniors n'osent plus aller chercher des « repreneurs » auprès des jeunes, et les 20 % de futures mères qui y croient encore n'ont plus d'âmes à se mettre dans le ventre. Manque de chance, toutes les jeunes Aigles du village connaissent l'histoire du totem, se moquent de ma grossesse et repoussent mon pot Bonne Maman en gloussant. Genre : « Ta Yoa, tu l'as voulue, tu la gardes, et tu repars avec. »

J'étais cassée. J'avais terriblement mal pour mon amie. Je sentais sa détresse, sa blessure, le poids de l'injustice… Sa déception, surtout. J'étais son dernier espoir. Que faire de mon échec, Illan ? Reprendre un hydravion, aller chez d'autres Tlingits jouer les représentantes en âme errante ?

En me voyant si paumée, Ron m'invite à dîner. Je t'arrête tout de suite : c'est un mystique asexué, un apprenti chamane qui m'explique les trois ans de chasteté nécessaires pour devenir un vrai *itcha*. Il me dit que je suis un bon exercice, vu comme il me trouve attirante. Super technique de drague, d'accord, mais tu penses si j'ai le cœur à ça. N'empêche qu'il me fait du bien. Il accepte de passer la nuit dans ma chambre – en tout mâle tout honneur. Il me fait constater combien je le trouble et avec quel mérite il résiste à la tentation. Je le félicite. Il m'inspire une totale confiance. Mais je suis contente, en me réveillant, de constater qu'il est parti sans laisser de mot. Tu me connais, je n'aime pas me sentir en sécurité avec un homme, ça me fait peur : je sais que ça ne dure jamais. Toi seul as su transformer l'évidence d'un amour au long cours en précarité de chaque instant – et c'est un compliment.

Ça a été mon bonheur, Illan, mon grand bonheur de femme, jusqu'au jour où les Nodier sont venus changer nos galères en conte de fées, notre couple en remake du leur, et mon ventre en antichambre d'une morte.

Je l'ai voulu, toi aussi, et puis je ne l'ai plus supporté. Tu sais, Yoa avait exactement prévu ce qui allait se passer. Dans sa lettre de la « quatrième lunaison » que Georges m'a glissée sous la porte, il y avait bien sûr le rappel de l'échéance : la nécessité pour moi de confirmer ou non, à ce stade, la mise à disposition de mon fœtus. Mais elle m'écrivait surtout que ce n'était pas « utile », je cite, par rapport à Georges. Dans ces lignes rédigées à la veille de sa mort, elle avait pressenti qu'il ne mettrait guère plus d'un trimestre à retrouver le goût de vivre, à tomber amoureux de moi indépendamment d'elle. Ce qu'il voulait de nous, c'était avant tout un enfant qui poursuive son œuvre. L'héritier qu'il n'avait pas pu avoir. Un Tlingit adoptif qui marche sur ses traces en portant la mémoire de cette langue à laquelle il a consacré sa vie. C'est cela qu'il avait en tête, bien plus que la réincarnation de sa femme à laquelle il n'a jamais vraiment cru. Mais je ne me laisserai pas faire, Illan. C'est ton enfant. Ta fille. Ta continuatrice à toi, pas la sienne.

C'est pour ça que je suis partie, *aussi*. La lettre de Yoa a été le déclencheur. Le prétexte dont j'avais besoin. Je voulais tellement être à même de t'aimer comme avant, sans cette promiscuité, ces tensions… Je ne voulais plus subir cette présence tutélaire de Georges qui m'éloignait chaque jour davantage de toi, de moi, de nos envies à nous… Dans sa lettre, Yoa m'ordonnait, si je ressentais la moindre douleur bizarre au niveau du ventre ou des articulations, d'interrompre aussitôt le processus, de ne plus ingérer ses cendres, et de la ramener chez les siens.

Elle insistait : si mon corps exprimait une incompatibilité, il fallait vraiment prendre l'avertissement au sérieux. Je ne pouvais pas t'en parler, Illan, me soumettre à ton jugement. Pardon, mais c'était une affaire entre femmes. C'était plus simple de filer sans rien dire. Plus respectueux envers toi que de refuser d'écouter tes arguments contraires. Et puis… on ne pouvait pas laisser Georges tout seul. Il a été formidable, tu sais. Deux heures après mon départ de la rue Norvins, il a envoyé un coursier au poulailler avec un post-it sur le dossier de voyage : « Au cas où tu te trouverais là, et si vraiment tu penses que la solution ci-jointe est le souhait de Yoa… J'expliquerai à Illan. » Sa manière de s'avouer vaincu sans perdre le contrôle. Sa manière d'accepter que je me libère de lui, en m'offrant le billet d'avion.

Tout ça pour en arriver à la grande question que je me pose. A l'initiative que j'ai prise. Je ne sais pas si c'est l'influence de Ron, la nuit où il a dormi sur le fauteuil en face de mon lit, son côté chamane… Mais, pour la première fois, j'ai *entendu* Yoa dans ma tête. Et c'était incroyablement précis. Au réveil, je me souvenais de tout. Alors j'ai fait ce qu'elle me demandait. Sans discuter, sans essayer de comprendre. Je suis retournée sur le site des totems. Et j'ai dispersé les cendres au pied du mât sculpté qui se moquait d'elle. C'est ce qu'elle voulait. Pour libérer son esprit de la matière. Pour se délivrer du lien avec son peuple, du cycle des réincarnations… Ne plus être qu'une énergie de lumière et d'amour qui se déplace à sa guise.

J'ai bien fait, tu crois ? Je ne sens plus du tout sa présence, depuis. Je n'ai plus aucune douleur, aucune révolte contre cette île, ces Indiens. Je ne ressens plus que la souffrance des arbres, des animaux. Et l'immense envie de consacrer ma vie à donner des concerts pour essayer de sauver ce paradis foutu. Et le manque… Le terrible manque de cette amie à qui j'ai tant voulu redonner corps.

Il pleut depuis trois jours, je me suis enrhumée, je ne quitte plus ma chambre, je suis glacée de fièvre et d'angoisse et de doute. Ai-je eu raison de laisser partir Yoa ? Rien ne prouve que c'était vraiment sa volonté ; c'est peut-être simplement mon inconscient qui m'a menée en bateau, pour répondre à mes peurs. Qu'est-ce qui me terrifiait le plus ? Risquer d'infliger à ma fille les traumatismes, les remords, le mal d'une autre, ou bien chercher en elle l'écho des passions, du talent de Yoa, et lui en vouloir si je ne les retrouve pas ? Illan, c'est déjà terrible quand on a perdu un enfant et qu'on exige du suivant qu'il soit « à la hauteur » – la seule circonstance atténuante que j'accorde à ma mère, c'est la mort de mon frère aîné. Mais je m'imagine traquer en vain l'intelligence affective et le génie rythmique chez notre gamine en lui reprochant d'être banale, et là ça serait juste l'horreur.

En même temps, j'ai jeté les cendres de mon amie au pied d'un bois mort qui se foutait de sa gueule – j'ai tellement honte… L'ai-je envoyée vers le Ciel auquel je crois, ou dans le no man's land des Tlingits qui n'ont pas trouvé preneurs ? Je ne sais pas où j'en suis, mon amour, je ne sais plus où je vais, je ne sais plus qui je suis. J'ai voulu vivre ces moments sans toi et tu me manques à en crever. Et je t'en veux.

Et toi, comment tu me traites dans ton cœur, pendant ce temps ? Toi qui ne me parles dans tes messages que des hommes qui m'ont aimée avant toi, dis-moi comment tu vis mon absence. Qu'en as-tu compris ? Vas-tu me pardonner, me remplacer, m'oublier ? As-tu vraiment cru un seul instant que je voulais te priver de ton enfant, le garder pour moi ou ne pas le garder du tout ? Sens-tu aujourd'hui, au fond de toi, que mon départ n'était pas une fuite mais une sauvegarde, un élan d'amour ? Et que mon retour sera du même ordre ?

Je voudrais que tu sois là, simplement, tout de suite, devant moi. Que tu nettoies mes doutes. Que tu aies tout compris avant que je m'empêtre dans mes explications, et que tu débarques dans cette chambre, en colère, angoissé et heureux, alors je me jetterais dans tes bras et puis je t'écarterais, et je te ferais lire cette espèce de journal intime qui a l'air d'une justification, mais qui n'est qu'un appel au secours.

J'abaisse lentement l'iPad de Soline, bouleversé par sa lettre. Elle est encore en train de lire la mienne : j'ai fait beaucoup plus long.

L'employé du service litiges l'appelle. Elle ne réagit pas. A travers la foule qui sillonne le hall d'arrivée, je me dirige vers son comptoir. Il me confirme d'un air rassurant que le bagage de madame est bien parti sur Beyrouth, et qu'il sera redirigé vers Amsterdam dès que possible. Pour ne pas éventer la surprise que je réserve à Soline, j'inscris sur un papier l'adresse où il conviendra de le faire livrer.

Je reviens vers elle pour lui transmettre la bonne nouvelle. Repliée sur mes feuilles, elle me fait signe de me taire. Elle en est à la page 63. Je guette ses réactions, savoure ses inquiétudes et ses sourires, ses claquements de langue lorsqu'elle n'est pas d'accord, le tremblement au coin de ses lèvres dès que l'émotion déborde mes phrases. Elle est redevenue la Soline que je connais, gourmande, vibrante, tonique, vulnérable aux beaux sentiments et aux détresses, mais immunisée contre tout le reste. Plus rien à voir avec l'image qui m'a chaviré une demi-heure plus tôt : la paumée à bout de nerfs accrochée à un chariot sans valise, aussi hagarde que Georges promenant dans les rues de Montmartre le fauteuil roulant vide au lendemain de son deuil. Elle était sortie la dernière par les portes coulissantes en verre opaque isolant les tapis à bagages. Dans l'expression effondrée qui accentuait sa pâleur, il n'y avait même plus la place pour la surprise de me trouver là.

Après deux secondes de flottement, on s'est jetés l'un contre l'autre. L'émoi figeait les mots dans ma gorge, et il en était de même pour elle. Seuls s'exprimaient nos odeurs, nos doigts, nos souffles, nos regards, et son ventre qui prenait à présent tant de place entre nous. On s'est détachés. Je lui ai tendu mes feuilles, elle m'a donné son iPad.

Ça y est, elle a fini. Elle rassemble soigneusement les pages et les glisse dans son sac. Difficile de briser le silence de ces aveux mutuels par un commentaire, une réponse, une question. Tout ce que j'arrive à prononcer en lui rendant sa lettre électronique, c'est :

— Tu me l'imprimeras ?

Elle hoche la tête, murmure :

— Et je te ferai une copie de la tienne, pour que tu n'oublies jamais tout ce que tu m'as dit.

Je promets. J'ajoute :

— Tu as eu raison d'écouter Yoa. Les cendres, y a rien de tel pour faire pourrir les totems.

J'approche mes lèvres de son sourire. Avant de répondre à mon baiser, elle prend ma main, la pose sur son ventre.

— Tu la sens bouger ?

— Oui. Si tu es d'accord, on l'appellera Blanche.

Elle hausse un sourcil, goûte le prénom à mi-voix, demande pourquoi.

— Comme une page blanche. C'est ça, notre boulot de parents : l'aider à rester libre.

Elle soutient mon regard. Je poursuis :

— Après, elle ira où bon lui semble, sur les traces de qui elle veut, mais au départ on lui laisse le choix. Moi, en tout cas, je serai ce genre de père.

Je sens un léger flottement, puis elle accentue la pression de sa main.

— Et Georges ?

— Ça va. Petit souci cardiaque, mais c'est sous contrôle. Les O'Neal l'ont pris en convalescence à Courbevoie, il est ravi.

L'angoisse revient dans ses yeux.

— Et… par rapport à nous ?

— Il est passé à autre chose. Il nous souhaite tout le bonheur du monde, mais sans lui.

J'ai tenté de créer la légèreté qui faisait cruellement défaut à notre dernier échange téléphonique. Je ne l'ai pas rappelé, depuis qu'il est revenu de Bretagne. Je respecte son choix.

Après le plus long baiser de notre histoire, je la conduis au parking. J'ouvre à distance le monospace Toyota aux couleurs de SolarPlant. Dans le coffre, elle découvre Matteo, ses vêtements d'automne et toutes ses partitions. J'ai entreposé le reste au poulailler, après avoir vidé la rue Norvins et laissé les clés à la gardienne. Elle se tourne vers moi. Dans ses yeux, l'espoir le dispute à l'anxiété.

— On ne rentre pas à Paris ?

— Non, on essaie autre chose. Maison près de la plage, super-maternité, crèche quatre étoiles, à une heure d'un aéroport international. Si ça te plaît, on peut s'y installer tout de suite : je commence mon travail lundi.

J'ai pris un ton anodin pour ménager mes effets, mais elle me regarde avec beaucoup moins de surprise que prévu.

— Les Belges t'ont dit oui… J'étais sûre.

Dans ma lettre, j'évoquais juste l'envoi du projet que j'avais rédigé au poulailler pour meubler son absence. Elle n'a pas douté un instant que le caoutchouc fluidifié par son violoncelle soulèverait des montagnes au Plat Pays.

— Je vous aime, Soline.

— C'est un vouvoiement de solennité ou un pluriel ?

— Les deux.

J'ouvre sa portière. Elle la retient.

— Je ne suis pas preneuse. Je veux que tu nous gardes au singulier, elle comme moi, toujours. C'est ta fille et je suis ta femme. Ça marche ?

— Ça marche.

— Parce que je n'ai plus du tout de douleurs, là. Alors, si tu as toujours envie de moi, elle est d'accord.

*

Blanche est née le 14 janvier, en parfaite santé. Elle n'a aucune marque sur le ventre.

Le bébé a tout changé dans notre vie, sauf nous. Ma réussite égale à présent celle de Soline, on court d'un pays à l'autre, on n'a pas une minute, mais on profite de chaque instant volé à nos carrières, et notre maison dans les dunes flamandes est le plus doux des foyers. On va bien, je crois. Hormis trois pages fielleuses dans *Le Couple et ses mensonges*, le best-seller d'Anne-Claire, la célébrité nous épargne ses effets secondaires tout en exaltant le bonheur de nos moments d'incognito.

Pour l'anniversaire de Blanche, on a décidé de l'emmener à Paris. On veut lui montrer le décor où s'est décidée sa venue au monde. Ce sont nos premières vacances à trois. C'est aussi notre premier retour en arrière.

Montmartre frissonne au soleil sous une fine couche de neige saupoudrée par les branches. On quitte l'hôtel du Bateau-Lavoir pour gagner le Moulin de la Galette par le passage d'Orchampt. Rue Girardon, des ouvriers refont l'étanchéité sur notre ancien balcon. En face, la terrasse du sixième résonne d'appels joyeux en italien. Trois petits gamins courent se planquer d'une jardinière à l'autre en se balançant des boules de neige. Georges a dû vendre, pour finir ses jours en famille chez les O'Neal.

On continue la montée de la rue Norvins, en racontant à Blanche les pouvoirs magiques du vieux couple à qui elle doit la vie. Soudain, elle nous fait un caprice. Elle qui refuse avec obstination de quitter sa poussette en Belgique, voilà qu'elle tient absolument à effectuer ses premiers pas sur les pavés gelés – ça promet.

Je suis tout dépaysé de me retrouver dans ce décor du temps où je ne faisais rien, où je n'étais personne. Tant de choses se sont passées, depuis. Tant de travail, de concerts, de conquêtes de marchés, de récompenses… La *Sonate pour violoncelle et piano* de Rachmaninov que Soline a enregistrée avec Natasha Paremski au profit de la forêt de Sitka est déjà Disque d'or. Quant à mon pissenlit anticoagulant, les plus grandes marques de pneus et de préservatifs se sont affrontées à coups d'enchères pour en acheter la licence. Sur les premiers bénéfices de ma société, j'ai versé deux millions trois cent mille euros à la Fondation Yoa-Nodier pour la défense des peuples autochtones. C'est tout à fait déraisonnable, ça ne me laisse aucun dividende à me distribuer, mais c'est la loi du potlatch. La trésorière de la fondation a accusé réception en me transmettant un certificat fiscal et la gratitude du président Nodier. Il nous assure de ses sentiments fidèles, dit-elle. J'en doute.

L'hiver précédent, on a tenté plusieurs fois de le joindre. Je tombais toujours sur sa boîte vocale, et il ne répondait pas à mes messages. Inquiet, j'ai fini par appeler Courbevoie. C'est Timothée qui a décroché. La dernière fois qu'on s'était parlé, lors de mon installation en Belgique, il avait jeté sur moi toutes les malédictions du Bénin. Il trouvait ignoble de laisser tomber un vieux aussi merveilleux que Georges. Du coup, il l'avait pris sous son aile, comme il disait. Il avait revendu sa plaque de taxi et il était devenu chauffeur privé chez Cinémobiles : mariages, événementiel, tournages…

— Il n'est pas là. Y a un message ?

— Oui. S'il le souhaite toujours, on serait ravis qu'il soit le parrain de notre fille.

— C'est pas la peine, Illan. Il a fait son deuil.

— Tu lui dis juste qu'on a envie et besoin de lui parler.

— OK. Il te rappelle.

Il n'a pas rappelé. Nous n'avons plus insisté. Ses dernières paroles en Bretagne restaient d'actualité : « Je pardonne très bien l'ingratitude, mais je ne supporte pas la pitié. »

*

La salade niçoise et le confit de canard sont toujours aussi bons, mais c'est l'heure du coup de feu et le patron est trop soucieux pour me reconnaître. Blanche éteint sa bougie en crachant dans sa première tarte tatin. La ferme sonore électronique qu'on lui offre ensuite répand la consternation dans la salle du Vieux Chalet.

Pendant que Soline traverse le jardin enneigé pour la changer dans le cabanon à la turque, je rejoins Monsieur Robert qui maugrée dans ses additions. Voûté au-dessus du comptoir, son blazer déformé par une écharpe en tricot, il refait à la main d'un air suspicieux les opérations de sa calculette. Je le laisse terminer.

— A nous ! lance-t-il en relevant les yeux. Ah, c'est vous ? Ça fait longtemps qu'on ne vous voit plus.

Après avoir réglé la note, je lui demande avec un pincement d'appréhension s'il a des nouvelles de Georges.

— Toujours le même, ronchonne-t-il. Le menu vous a plu ?

— Parfait.

— Et le pain ?

J'édulcore mon avis par une moue vague.

— C'est celui d'en face, soupire-t-il. La boulangerie vient de changer de mains.

J'échange un regard de nostalgie sensuelle avec Soline qui est revenue du jardin. Tandis que Blanche la bourre de coups de talon dans son porte-bébé, elle demande à Monsieur Robert en m'effleurant discrètement les fesses :

— La jolie Victoire n'est plus là ?

— Si, mais elle s'est remariée.

Par curiosité, on traverse la rue Norvins pour aller dire bonjour à la petite vendeuse tristoune qui, dans mon imaginaire, joua un temps les corps de plaisance. Elle est méconnaissable. Volubile, rayonnante, pulpeuse et décolletée dans sa boulangerie pleine de touristes. Bien plus appétissante que les trois flûtes brûlées qui traînent dans ses rayonnages. Au moment où elle se déplace vers une cliente qui lui rapporte un carton à gâteaux, on découvre qu'elle est enceinte.

— Ce n'est pas contre vous, ma petite, mais les éclairs sont vides.

— Je vous les remplace de suite, madame Jollin.

La corbeille de la dernière fournée, une dizaine de baguettes molles, émerge de l'escalier en vacillant. Victoire s'empresse d'empoigner les montants d'osier pour aider le nouveau boulanger, qui a l'air encore moins flambant que son pain.

— C'est mon propriétaire, explique-t-elle à la cliente. Il nous dépanne gentiment, le temps qu'on trouve quelqu'un. Je ne sais pas ce qu'on ferait sans lui.

Tablier ouvert sur un débardeur, mèche collée par la sueur, blanc de farine et rouge brique, Georges émerge du colimaçon. Il regarde sa nouvelle protégée avec tant de bonheur que nous ressortons avant qu'il nous aperçoive.

*

Encore sous le choc, nous redescendons la rue Norvins jusqu'au square Frédéric-Dard. Notre banc est libre. Ce banc où les Nodier partageaient leur goûter en amoureux, le jour où Soline avait murmuré : « On dirait nous. » Une phrase que le temps a démentie, mais qui pourtant a tenu ses promesses : désormais, grâce à eux, nous pouvons dire *nous* en toute liberté.

Je déneige le banc. Le petit square n'est plus le même. La mairie a nivelé le sol, coupé deux acacias pour installer un bac à sable où trois marmots en anorak jouent dans la poudreuse. Après un long silence passé à bercer le sommeil de Blanche, Soline se demande à voix haute comment Georges s'y est pris pour divorcer Victoire, racheter sa boulangerie, lui refaire sa vie… Elle s'interroge sur l'homme qu'il a distribué dans le rôle du père. Comme moi, elle penche pour Timothée. On se prend la main. C'est doux de sentir que la vie continue sans nous, ici, qu'un autre couple a pris notre place dans le cœur de Georges.

Blanche se réveille, s'agite, veut rejoindre le bac où les garçons façonnent des pâtés de neige. Soline lui ajuste sa doudoune, son bonnet, ses moufles. A quatre pattes, elle chemine vers le château fort en construction dont les six tours menacent ruine en fondant au soleil. Les bâtisseurs la toisent avec circonspection. D'un mouvement résolu, elle s'empare d'un de leurs seaux de neige et le retourne. Puis elle reste immobile à le contempler, pensive.

Gentiment, les parents veulent lui montrer comment on démoule une tour de guet, mais elle les repousse à coups de poing dans les chevilles. Sans insister, ils retournent consolider les fortifications de leurs gamins avec des tapotements de pelle.

Alors, Blanche regarde dans notre direction. Elle vérifie qu'on l'observe. Puis elle approche ses petites moufles du seau retourné et, lentement, elle commence à battre la mesure.

NOTE DE L'AUTEUR

Beaucoup de romanciers connaissent ces moments étranges où un livre en cours d'écriture semble attirer vers lui, comme un aimant, les informations dont il a besoin. Le violoncelle de Soline est entré dans ma vie grâce à Alexandre Durand-Viel, président du Festival d'automne de Saint-Tropez, qui m'a présenté Gautier Capuçon et son Goffriller de 1701. Et que dire de ma rencontre fortuite un an plus tard avec Bernard Hervet, directeur de Musique et Vin au Clos-Vougeot, à l'intérieur d'un TGV où, plongé dans mon manuscrit, j'étais en train de chercher un lieu de concert emblématique pour mon héroïne ? Croisant mon regard en quête d'inspiration, il me reconnut et m'invita à son festival, où se produisait comme par hasard Gautier Capuçon, dont j'essayais en vain de retrouver les coordonnées. Ainsi que le disait Marcel Aymé à Frédéric Dard – mes deux amis, mes deux maîtres qui, par une heureuse coïncidence dans le baptême des sites montmartrois, sont devenus voisins posthumes –, « Un hasard n'est jamais perdu. »

Une fois encore, ce qui paraît le plus fou dans mes romans n'est pas que le fruit de mon imagination. Les lecteurs qui s'intéressent à la migration des esprits pourront approfondir le sujet dans les enquêtes publiées par le Dr Ian Stevenson, notamment *Réincarnation et biologie* (Dervy). Quant aux pouvoirs de la musique sur le métabolisme des plantes, on se référera aux travaux du physicien Joël Sternheimer (www.genodics.net). Leur application dans le domaine des alarmes végétales m'a été signalée par l'ingénieur Jacques Collin (*L'Au-delà de l'eau*, Guy Trédaniel).

J'ai découvert l'existence et les secrets des Indiens Tlingits grâce à deux spécialistes acharnés : Augustin Nicolaï et Nicolas Menut. Et c'est à Joseph Thomas, trésorier de la Société des amateurs de jardins alpins, que je dois ma rencontre avec les pissenlits à caoutchouc. Que tous soient remerciés pour leurs travaux et leurs passions, qui ont contribué à inscrire mes personnages fictifs dans une réalité conforme à leurs rêves.

DU MÊME AUTEUR :

Romans

Les seconds départs :

VINGT ANS ET DES POUSSIÈRES, 1982, prix Del Duca, Le Seuil et Points-Roman

LES VACANCES DU FANTÔME, 1986, prix Gutenberg du Livre 1987, Le Seuil et Points-Roman

L'ORANGE AMÈRE, 1988, Le Seuil et Points-Roman

UN ALLER SIMPLE, 1994, prix Goncourt, Albin Michel et Le Livre de Poche

HORS DE MOI, 2003, Albin Michel et Le Livre de Poche (adapté au cinéma sous le titre *Sans identité*)

L'ÉVANGILE DE JIMMY, 2004, Albin Michel et Le Livre de Poche

LES TÉMOINS DE LA MARIÉE, 2010, Albin Michel et Le Livre de Poche

DOUBLE IDENTITÉ, 2012, Albin Michel et Le Livre de Poche

LA FEMME DE NOS VIES, 2013, prix des Romancières, prix Messardière du Roman de l'été, prix Océanes, Albin Michel et Le Livre de Poche

JULES, 2015, Albin Michel et Le Livre de Poche
LE RETOUR DE JULES, 2017, Albin Michel

La raison d'amour :

POISSON D'AMOUR, 1984, prix Roger-Nimier, Le Seuil et Points-Roman
UN OBJET EN SOUFFRANCE, 1991, Albin Michel et Le Livre de Poche
CHEYENNE, 1993, Albin Michel et Le Livre de Poche
CORPS ÉTRANGER, 1998, Albin Michel et Le Livre de Poche
LA DEMI-PENSIONNAIRE, 1999, prix Version Femina, Albin Michel et Le Livre de Poche
L'ÉDUCATION D'UNE FÉE, 2000, Albin Michel et Le Livre de Poche
RENCONTRE SOUS X, 2002, Albin Michel et Le Livre de Poche
LE PÈRE ADOPTÉ, 2007, prix Marcel-Pagnol, prix Nice-Baie des Anges, Albin Michel et Le Livre de Poche
LE PRINCIPE DE PAULINE, 2014, Albin Michel et Le Livre de Poche

Les regards invisibles :

LA VIE INTERDITE, 1997, Grand Prix des lecteurs du Livre de Poche, Albin Michel et Le Livre de Poche
L'APPARITION, 2001, prix Science-Frontières de la vulgarisation scientifique, Albin Michel et Le Livre de Poche
ATTIRANCES, 2005, Albin Michel et Le Livre de Poche
LA NUIT DERNIÈRE AU XVe SIÈCLE, 2008, Albin Michel et Le Livre de Poche

LA MAISON DES LUMIÈRES, 2009, Albin Michel et Le Livre de Poche

LE JOURNAL INTIME D'UN ARBRE, 2011, Michel Lafon et Le Livre de Poche

Thomas Drimm :

LA FIN DU MONDE TOMBE UN JEUDI, t. 1, 2009, Albin Michel et Le Livre de Poche

LA GUERRE DES ARBRES COMMENCE LE 13, t. 2, 2010, Albin Michel et Le Livre de Poche

LE TEMPS S'ARRÊTE À MIDI CINQ, t. 3, *in* THOMAS DRIMM, L'INTÉGRALE, 2016, Le Livre de Poche

Récit

MADAME ET SES FLICS, 1985, Albin Michel (en collaboration avec Richard Caron)

Essais

CLONER LE CHRIST ?, 2005, Albin Michel et Le Livre de Poche

DICTIONNAIRE DE L'IMPOSSIBLE, 2013, Plon et J'ai Lu

LE NOUVEAU DICTIONNAIRE DE L'IMPOSSIBLE, 2015, Plon et J'ai Lu

AU-DELÀ DE L'IMPOSSIBLE, 2016, Plon

Beaux-livres

L'ENFANT QUI VENAIT D'UN LIVRE, 2011, Tableaux de Soÿ, dessins de Patrice Serres, Prisma

J.M. WESTON, 2011, illustrations de Julien Roux, Le Cherche-midi

LES ABEILLES ET LA VIE, 2013, prix Véolia du Livre Environnement 2014, photos de Jean-Claude Teyssier, Michel Lafon

Théâtre

L'ASTRONOME, 1983, prix du Théâtre de l'Académie française, Actes Sud-Papiers
LE NÈGRE, 1986, Actes Sud-Papiers
NOCES DE SABLE, 1995, Albin Michel
LE PASSE-MURAILLE, 1996, comédie musicale (d'après la nouvelle de Marcel Aymé), Molière 1997 du meilleur spectacle musical, à paraître aux éditions Albin Michel
LE RATTACHEMENT, 2010, Albin Michel
RAPPORT INTIME, 2013, Albin Michel

Le Livre de Poche s'engage pour l'environnement en réduisant l'empreinte carbone de ses livres. Celle de cet exemplaire est de :
300 g éq. CO_2
Rendez-vous sur
www.livredepoche-durable.fr

Composition réalisée par Soft Office

Imprimé en France par CPI
en février 2018
N° d'impression : 3027436
Dépôt légal 1re publication : avril 2018
LIBRAIRIE GÉNÉRALE FRANÇAISE
21, rue du Montparnasse - 75298 Paris Cedex 06